胡狼嗥叫的地方
WHERE THE JACKALS HOWL

AMOS OZ

〔以〕阿摩司·奥兹 著

郭国良 宋倩 译

人民文学出版社
PEOPLE'S LITERATURE PUBLISHING HOUSE

著作权合同登记号　图字 01-2018-5422

图书在版编目(CIP)数据

胡狼嗥叫的地方/(以)阿摩司·奥兹著;郭国良,
宋倩译. —北京:人民文学出版社,2019
　　ISBN 978 - 7 - 02 - 014844 - 8

　　Ⅰ.①胡⋯　Ⅱ.①阿⋯　②郭⋯　③宋⋯　Ⅲ.①短篇小
说-小说集-以色列-现代　Ⅳ.①I382.45

中国版本图书馆 CIP 数据核字(2019)第 003463 号

责任编辑　甘　慧　何炜宏　邰莉莉
装帧设计　钱　珺

出版发行　人民文学出版社
社　　址　北京市朝内大街 166 号
邮　　编　100705
网　　址　www.rw-cn.com

印　　刷　莱芜市圣龙印务有限责任公司
经　　销　全国新华书店等

字　　数　140 千字
开　　本　890×1240 毫米　1/32
印　　张　8.75
版　　次　2019 年 9 月北京第 1 版
印　　次　2019 年 9 月第 1 次印刷

书　　号　978-7-02-014844-8
定　　价　45.00 元

如有印装质量问题,请与本社图书销售中心调换。电话:010 - 65233595

胡狼嗥叫的地方
WHERE THE JACKALS HOWL

AMOS OZ

〔以〕阿摩司·奥兹 著

郭国良 宋倩 译

人民文学出版社
PEOPLE'S LITERATURE PUBLISHING HOUSE

著作权合同登记号　图字 01-2018-5422

图书在版编目(CIP)数据

胡狼嗥叫的地方/(以)阿摩司·奥兹著;郭国良,
宋倩译.—北京:人民文学出版社,2019
ISBN 978-7-02-014844-8

Ⅰ.①胡…　Ⅱ.①阿…②郭…③宋…　Ⅲ.①短篇小
说-小说集-以色列-现代　Ⅳ.①I382.45

中国版本图书馆 CIP 数据核字(2019)第 003463 号

责任编辑　甘　慧　何炜宏　邰莉莉
装帧设计　钱　珺

出版发行　人民文学出版社
社　　址　北京市朝内大街 166 号
邮　　编　100705
网　　址　www.rw-cn.com

印　　刷　莱芜市圣龙印务有限责任公司
经　　销　全国新华书店等

字　　数　140 千字
开　　本　890×1240 毫米　1/32
印　　张　8.75
版　　次　2019 年 9 月北京第 1 版
印　　次　2019 年 9 月第 1 次印刷

书　　号　978-7-02-014844-8
定　　价　45.00 元

如有印装质量问题,请与本社图书销售中心调换。电话:010-65233595

目　录

胡狼嗥叫的地方

一

热浪终于退去。

海上疾风来袭，将厚重无边的喀新风^①撕扯出道道口子，冷风伺机而入。几股柔风以略带踌躇的姿态率先登陆，引得柏树枝头轻佻地阵阵战栗，仿佛一股电流自树根直往上蹿，穿过树身，撼动肢体。

日暮时分，西风渐盛。喀新风一路往东而逃，如潮水般自滨海平原退至朱地安丘陵，然后穿越耶利哥峡谷，直至约旦河以东的蝎子沙漠才肯停歇。眼看喀新风曳尾而去，秋天也就近在眼前了。

基布兹^②的孩子们一溜烟尖声叫闹着跑到花园草坪上，父母们

---

① 喀新风（khamsin）：热浪或沙漠热风，即每年夏季从埃及、阿拉伯红海吹向中东北部的干热季风。
② 基布兹（kibbutz）：以色列集体居民点，一般从事农业，财富公有，成人有私人住所，而儿童一般集体住一起，当作一个团体照顾，大家共同做饭，共同进餐。

1

从阳台上搬来了折叠躺椅。"有例外才证明有规则。"萨什卡常常这样说。这回，萨什卡自己成了这个所谓的"例外"。他独自待在室内，为新书添章加节。正在构思中的这本是有关基布兹改革所面临的问题。

萨什卡是我们基布兹的创始人之一，也是活跃而杰出的一员。他身材横阔，神采奕奕，英俊机警的脸上架副眼镜，有父辈的沉稳自信，也不失充沛干练。一沓稿纸被傍晚的清风拂得四散，他不得不在上面压上一只沉沉的烟灰缸。骨子里正直让这个男人的字里行间透出洞见，观点激进，棱角鲜明。改革求变，萨什卡自言自语道，求的是观念的转变。我们必须时刻保持活力和警惕，不进则退，切忌停滞不前，这才是重中之重。

喀新风肆虐的日子所积累的热气，开始从房屋的墙壁、棚屋的铁皮屋顶和堆在铁匠铺旁的钢管里吁喘出来。

加里拉——萨什卡和坦尼娅的女儿——正在冲凉。她的两手十指相扣枕在颈后，往后压伸两肘。浴室很黑，连湿漉漉垂在肩上的金发都似乎变灰暗了。要是这儿有面大镜子该多好，我可以在镜前细细端详自己，慢慢地，静静地，像看着外边吹着的海风那样。

可浴室很小，就像一间方方正正的囚室，根本没什么大镜子，也从没有过。她有点焦躁，草草擦干身子，套上干净衣服。马蒂亚胡·达姆科夫打的什么主意？他要我晚饭后过去一趟。小时候，我们倒总爱跑去看他和他的马。不过要我在一个汗津津的单身汉那儿耗一个晚上，那简直太过分了。只是他答应给我些外国带来的颜料倒是真的，况且夜晚短暂，再匀不出其他空余时间了。我们这些姑娘平日里还得干活呢。

再想想他在小道上把我拦下时那副别扭又为难的样子，手在空中挥舞，打着手势，像要从闷人的热风里抓出几个字，他吞吐着像条离了水的鱼，怎么也摸不到要说的词。"晚上来小坐片刻吧，"他说，"等着瞧吧，会很有趣的。你不会失望的。只要一会儿。而且非常……呃……重要。噢，当然还有货真价实的油画布和专业画家才用得上的颜料。实话相告吧，这一切是我南美的表弟里奥带给我的，我不需要颜料和油画布。我……呃……还有块衣料呢，都是给你的，可千万要来呵。"

想到这些话，加里拉便感到既恶心又滑稽。她想到马蒂亚胡·达姆科夫那张丑陋却又有点意思的脸，就是这个男人给她购置了油画布和颜料。嗯，我想我还是过去一趟一看究竟，他为什么会选中我。但我绝不会在那屋里待上五分钟。

二

山中的日落来得突然而果断。而我们的基布兹坐落在平原上。日落被平原削弱了力量，力道霎时瘫软了三分。渐渐地，暮色像只长途跋涉的倦鸟降临在这块土地上。首先暗沉下来的是牲口棚和无窗的储藏室。黑暗的降临并没有损害它们，因为黑暗其实压根就未曾遗弃它们。房屋紧接着也蒙上阴影。一个定时器启动了发电机，那悸动回响萦绕着，有如心脏起搏，有如远处的鼓点，横扫过倾斜的平原。电网脉络苏醒了过来，藏匿的电流滑过薄壁。一时间，老兵区的所有窗口绽出点点灯光。只有水塔顶端的金属装置还执意挽留一线黯淡的余晖，长久逗留徘徊在一旁。而塔尖的避雷针尖也在暗潮中淹没而去，最终沦陷。

基布兹的老人仍在折叠躺椅上休憩，任由黑暗笼罩侵袭，淡定漠然，无意抵抗。

快到七点时，基布兹嘈杂起来。这股暗流朝大食堂方向涌去。一些人讨论着今天发生了什么事，另一些则盘算起明天该干什么。当然，还有一些沉默不语。也该是马蒂亚胡·达姆科夫离巢的时候了。他锁了门，留那片死寂在身后，融进了大食堂的喧嚣。

三

马蒂亚胡·达姆科夫是个黑矮的男人，瘦骨嶙峋，青筋暴出。他的两眼狭长，眼眶凹陷，颧骨平平，这副面相活像在说"我早提醒过你"。二战一结束，他就加入了我们的基布兹。关于去过哪儿，做过什么，来自保加利亚的他从未透露。我们便也没再追问。我们仅知道他在南美待过，还有，他长了一撮小胡子。

4

马蒂亚胡·达姆科夫长着一副天生做手艺的身板，消瘦的躯干显得稚气、强壮且有着超乎寻常的敏捷。这样的一副身材，会给女人留下怎样的印象？于男人而言，它只会引起神经质的焦虑。

他的左手只看得到拇指和小指，两指间却空了一茬。"打仗那会儿，人们失去的，"马蒂亚胡·达姆科夫说，"远不止三个手指呢。"

白天，他在铁匠铺干活，裸露的膀子亮闪着汗水，肌肉钢簧似的在紧绷的皮肤下晃动拉伸。他焊合金属配件，焊接钢管，捶打弯头刀具，又把使坏了的铁具打制成金属碎料。无论是用他的左手还是右手，他都能轻而易举地挥动那把长柄大锤，以控制自如的力道狠命地砸向那些铁器。

很多年前，马蒂亚胡·达姆科夫可是掌握着一门为马钉蹄的好手艺。还在保加利亚那会儿，他干的似乎是交配种马的活儿。有时，他还会正儿八经地讲起种马和役马的细微差别，告诉围着他转的孩子们他和他的搭档或他的表弟里奥如何在爱琴海与多瑙河畔养育出最为名贵的马种。

一旦基布兹不再用马，马蒂亚胡·达姆科夫的手艺也渐被淡忘。姑娘们开始收集多余的马蹄钉装饰房子。只有那些曾盯着他钉蹄的孩子，只有他们，有时还能记起些什么。他那精湛的手艺。马匹的痛苦。呛人的气味。干净利落的姿势。过去，加里拉常放一绺金发在嘴里边咀嚼玩弄，边远远地望着他。那灰眼睛睁得大大的，那眼睛像她母亲，全然不像她父亲。

她不会来了。

我不信她的允诺。

她怕我。她谨慎如她父亲，机敏似她母亲。她不会来了。就算来了，我也不打算告诉她。即便告诉了，她也未必会信。她会把一切都告诉萨什卡。毕竟口说无凭。可这会还不是时候：现在还是晚餐时间哪。

每张餐桌上都摆有锃亮的刀叉、钢罐和一碟碟面包。

"这餐刀该磨磨了。"马蒂亚胡·达姆科夫和邻座搭着话。他把洋葱和西红柿切成薄片，撒上盐、醋和橄榄油。"待冬天活少，等我来把厨房的刀具都磨快了，把水槽修了。其实呢，冬天也就在眼下了。这股喀新风也快走了，我寻思。不就是嘛，冬天不等咱们准备好就赶上来了。"

靠近锅炉房和厨房的食堂尽头，一群瘦骨嶙峋的老兵，有秃头的，有白发的，围成一团在读一份晚报。晚报一页页分散开，轮流传递给"预定的"读者。与此同时，有一些人在各抒己见，而另一些人则以满露倦意的老年人所特有的慈祥眼神盯视着这群行家。还有一些只是默默聆听着，安静的面孔上似乎凝固了一抹淡淡的哀痛。这些，按萨什卡的话来说，是现实的真正写照。恰是他们，承受着工人运动带来的真正苦难。

在男人们围着晚报谈论政治的那会儿，女人们盘聚在分工人的那桌上。坦尼娅正扯着嗓门埋怨着什么，不停地拿烟灰罐敲击桌面。她的头发也灰白了，起了皱纹的脸上，疲惫写满双眼。她伏在记工单上，好像要把业已或即将强加在她身上的不公实实地压在身底下。马蒂亚胡·达姆科夫听到了她的声音，却没听清她在讲什么。显然，面对坦尼娅的怒气，这位分配工作的头儿想要体面地溜之大吉。这正中坦尼娅的下怀哩，她顺势收拾起胜利成果，直起身子，往马蒂亚胡·达姆科夫那桌走去。

"现在，该你了。你知道，我可是一直捺着性子，但凡事都有限度的。要是明天十点那个锁还没焊好，我就不客气了。凡事都有限度，明白了吗，马蒂亚胡·达姆科夫，呃？"

这个男人脸上的肌肉扭曲了起来，那脸愈发丑陋可憎了，像极了小丑面具，简直是场噩梦。

"说实在的，"他温和地说，"何必动肝火呢？您的锁早焊好了，只不过您没来取而已。明天过来拿吧。想什么时候来拿都行。没必要催逼我。"

"催逼你？我？这辈子我还从没敢给劳作的人制造任何麻烦。那就抱歉了。没冒犯着你吧。"

"没有哇，"马蒂亚胡·达姆科夫答道，"恰恰相反，我是个和气人。那在这给您道晚安了。"

说完这些话，食堂的这档子事儿也就了结了。"我该回房了，该点上灯坐在床边静候了。噢？我好像还需要些其他什么。对，香烟、火柴、烟灰缸。"

四

潺潺电流淌过缠绕的电线，所及之处无不笼罩在一片微弱的光线中：我们的红顶小屋，我们的花园，疙疙瘩瘩的水泥小道，篱笆和废铁，当然还有，寂静。光晕朦胧、微弱，近似垂暮。

架在木桩上的探照灯以恒定的频率扫视着围篱。田野、溪谷纷纷被信号灯染亮，往山脚处延伸而去。篱笆上的光亮把一圆溜犁过的土地填得满满。夜色和寂静默默躺在光圈之后。秋夜并不总是黑色的。至少在这儿不是。我们拥有灰色的夜。灰白的光辉从田野、种植园、果园上空冉冉升起，此时的果园已开始显现黄色。暮霭轻吻树梢，模糊了它们原本鲜明的轮廓，将有生命的与无生命的揉成一片，合二为一。就这样，夜色扭曲了无生命之物的形体，将活力、寒气、险恶一股脑掷入其中，于是，饶有生气与死气沉沉纠结交融，难辨难分。与此同时，夜深沉中的活物不禁也缓下步子，极尽伪装之能事，其行踪自然难以捉摸，亦真亦幻。无怪乎，鲜有人发现胡狼何时已从隐匿处跃出，它们柔软的鼻子深嗅着空气，滑行在草皮上的爪子几乎不触地面，似幽灵，来去无踪。

唯独基布兹的狗意识到了这变幻的一举一动。这也解释了为什么它们夜半撕心裂肺的狂嗥中掺杂的是嫉妒、威吓和愤怒。它们盘踞于地,虎视眈眈,一有风吹草动,便拽着链锁往前死命扑去,任脖颈快在顷刻间拧断。

成年胡狼总会远远避开陷阱。可这是只幼兽,皮毛柔软,光滑油亮,生生被血腥和生肉的气味引了过去。诚然,它也并没有愚笨到把自己白白送入虎口。它只是循着那气味前行,连踮着的步子也是异常谨慎,却不知晓它正一步一步跌入深渊。它不时稍作停留,倾听传输在血液间的危险信息,即便这信息晦涩而费解。混沌中它驻足陷阱边,竖耳倾听,却只有死寂一片。终于,这气味战胜了它。

难道这真的出于命运?都明白命运的随机与盲目,却不知所谓的命运早已用千万只眼盯住了我们。这头胡狼尚且年幼,即使万千目光齐刷刷地注视着它,它也不会明白其中的含义。

一堵灰蒙蒙的老柏树墙紧绕种植园四周。它究竟扮演着何种角色?难道是沟通生死两界的隐形通道?我们在绝望、怒火、扭曲中紧咬双唇,找寻通道的出口,纵使落得躁狂暴怒,仍一无所获。胡狼却对此熟稔有余。它们了解悸动其中的阵流如何充盈在感官间,如何从身体涌向身体,从躯体淌向躯体,在震颤间争相传递,那里有和谐与安宁。

最后,幼兽弯下头,鼻子凑近诱饵嗅了起来。是血和植物汁液的气味。那湿润的鼻尖抽搐着,唾液在口中分泌,皮毛竖起,纤弱的筋腱隐隐搏动。柔软似一团水蒸气，那爪子不由自主地伸向禁果。

利刃的滋味随之而来。咔嚓一声金属的声响，圈套将其牢牢捕住，正中要害。

这只兽顿时僵如磐石。许是想侥幸瞒骗过这陷阱，它装起死来。没声息，没响动。很久很久，胡狼和捕捉器都不动声色，好像是在比试对方的耐力。缓缓地，忍着疼痛，这东西又清醒了过来。

此刻，只有柏树默默摆着腰肢，俯首起身，弯腰摇曳。它张大了鼻口，赤裸地龇着牙，吐着白沫。

那一瞬，绝望袭遍它全身。

于是，狂躁中它猛地一跃，试图逃生，试图挣脱刽子手。

剧痛将它撕裂。

它死沉沉瘫在地上大口喘息。

幼兽张嘴呜咽起来。恸哭声叩响黑夜。

五

暮色之下，我们的世界由层叠的圈子组成。外圈是漆黑的秋夜，它远在遥远的山间和大漠。而被严实地围在它里面的是由我们这儿的夜景、葡萄园、果园和种植园组成的内圈。四起的耳语声扰动了灰暗朦胧的湖面。这方土地总在夜晚流露出另一面，它变得陌生，不再对我们俯首帖耳，灌溉管道和泥土小路纵横交错其间，在夜间

10

分外明显。我们的田地似乎也投向了敌人那一边，向我们发散着一波波陌生的气息。夜晚，它们就那样带着威胁和敌意凛然耸立，似乎又回到原先的状态中去了，回到我们来到这地方之前的样子中。

再往内，是交叠的灯色，在我们和我们的房屋上方守望警戒，抵御着外来日渐积累的威胁。防御墙显然不那么奏效，甚至不能把敌人的气味、声音隔离在外。夜幕来临，那声音、那气味就像是尖牙利爪在撕扯我们的皮肤。

在最中心的一环，在我们明亮通透的世界的中心，是萨什卡的写字台。桌灯投下平静而明朗的光晕，逐去了叠放成堆的书本投下的暗影。他挥笔疾书，文字就应运而生。萨什卡常说："没有什么比以少敌多的观点更高尚的了。"

他的女儿瞪圆了眼睛，好奇地望着马蒂亚胡·达姆科夫那张脸。你这么丑陋，也不属于我们这里。幸好你没有小孩，而且那双无神的细小眼睛总有一天会闭上的，那时候你也就死了。你也不会留下任何像你这样的人了。真希望我从没来过这儿，但走之前我要知道你怎么会要我来这儿，为什么会是我。这房间简直让人窒息，而且还有股单身老头的气味，像极了回锅油的浊与涩。

"请坐。"马蒂亚胡·达姆科夫的声音从暗处传来。这个房间的死寂把他的声音衬托得深沉幽远。

"我还有急事。"

"来点儿咖啡？实打实的好货色。巴西来的。我表弟里奥还给我捎了咖啡。他似乎以为基布兹是科霍兹，科霍兹劳改营。噢，科霍兹就是俄国的一种集体农庄。"

"不加糖，谢谢。"加里拉答道。自己也对这一回答感到吃惊。

这个丑陋的男人在对我做什么？他想怎样？

"你说要给我一些油画布和颜料，是吗？"

"别急。"

"不烦劳您准备咖啡和糕点了。我待一会儿就走。"

"你很漂亮，"这个男人说道，喘着粗气，"你是个金发姑娘，我没弄错的话。没错。这是肯定的。但为什么不呢。我指的是，你会在这儿喝咖啡，慢慢地，自在舒坦地喝完你的咖啡。然后我会给你点上一支烟，美国货，弗吉尼亚的。瞧瞧这盒子。这些画笔。还有，高级颜料。当然还有画布。所有这些画笔全是你的。所以慢慢来，先尝尝你的咖啡。"

"可我还是不明白。"加里拉道。

夏夜，一个男人穿着汗衫在房间里踱步并不是什么稀奇事。可马蒂亚胡·达姆科夫猿猴似的身材让她觉得胃里一阵翻腾。一阵恐慌攫住了她。她把咖啡杯往托盘上一放，从椅子上跳了起来，逃到后面，攥住椅背，好像那就是一道屏障。

这一受惊之举，显然逗乐了房子的主人。他耐心又近乎嘲笑地说道：

"跟你母亲一个样。等时机成熟，我会告诉你一些事，一些我确信你还不了解的事，关于你母亲的缺德事。"

此刻，觉察到危险的加里拉，话音里透出冷冷的敌意：

"你疯了，马蒂亚胡·达姆科夫。大家都说你疯了。"

她脸上挂着几分严厉，一种夹杂着掩饰和期待的表情。

"你疯了，别挡着我的道，让我过去。我要离开这儿。是的。就现在。让开。"

这个男人稍退了退，却依旧怔怔地望着她。忽然，他纵身跃上了床，背笔直贴着墙坐下，呵呵大笑起来。

"别急嘛，孩子。这么匆忙干吗？别急嘛。我们不过刚开了个头。耐心点儿。别这么激动，白白废了你的精力。"

加里拉迅速掂量了两种可能性，一种安全，一种疯狂，继而说道：

"请告诉我您到底想怎样。"

"其实，"马蒂亚胡·达姆科夫说道，"其实，水又开了。让我们停歇片刻，再喝点咖啡。你不会拒绝的，我相信，你还从没喝过这样的咖啡。"

"不要奶和糖，我告诉过你的。"

六

咖啡的味道驱散了其他气味：这是一股强烈到刺鼻却给人愉悦

的味道，透人肺腑。加里拉细细观察他的一举一动，他收紧的汗衫里服帖的肌肉，他的丑陋。当他又开口了，她本能地用十指扣紧了茶杯，一刻短暂的平静降临在她内心。

"如果你想听，现在，我可以给你讲些有关马的事儿。我们在保加利亚的农场，离瓦尔纳港五十七公里左右，是个种马场。它属于我和我的表弟里奥。我们专门从事两种活计：养役马和种马，也就是，阉割和配种，你想先听哪样？"

加里拉放松了下来，交叉着双腿，靠在椅子上，准备听故事。童年的时候，她总是很喜欢睡前的故事时间。

"我记得，"她说道，"我们还小的时候，总来看你给马钉蹄铁。干得很漂亮也很怪，所以……这……就是你。"

"要为成功的交配做好准备，"马蒂亚胡·达姆科夫递给她一盘薄饼，说道，"是门技术活。这需要技术和天赋。先得把种马禁闭很长一段时间。把它逼疯。这对它的配种有好处。它要和母马，当然还有其他种马隔离上几个月。因为饱受挫折后的种马非常急躁、暴烈，准会攻击其他公马。不是每头种马都适宜于配种的，也许一百头中只有一头呢。种马与役马的比例为一比一百。要有经验和足够的眼力才挑得到最合适的。迟钝、性情暴烈的那类是最佳不过的选择。当然，要挑出最愚笨的可不是这么容易的事儿。"

"为什么非要愚笨的？"加里拉不解，吞下一口唾液。

"这就得扯上性子烈不烈的问题了。最壮实英俊的不一定能产

14

出最好的马驹。其实，普通的马就已经足够强壮，也具备暴烈的性情。待选中的马匹已经关上数月之久，我们就在马槽中倒酒，半瓶左右。这是我表弟里奥的主意。让马微醉。然后我们就把它带到栅栏边与母马对望，互闻对方的味道。这时，它又会发作起来。像公牛一样四处顶撞，打滚，蹬蹄子，身体死命搔挠刮蹭，千方百计想着射精。它不止扯着嗓子嘶啸，还乱咬一气。这档口，我们就知道，时机来了。我们打开栅栏门。母马正等着它哩。起初，它会稍稍犹豫一下，颤抖，喘息。像个被捏成团的弹簧。"

加里拉缩了回去，出神地盯着马蒂亚胡·达姆科夫的嘴唇。

"对。"她插话道。

"然后它就这样发生了。好像地心引力一下子消失了。它不再跑了，它飞了起来，在空中驰骋，像业已被发射了的炮弹。那弹簧霎时松了下来。母马躬下身，低下头，种马一推而入，一击连着一击。它的眼里布满血丝，似乎都没有足够的空气供它呼吸。它开始大口喘着粗气，却像是哽咽窒息了，快要死去似的。它的嘴张得大大地垂着，吐出的唾液和白沫流到母马头上。突然，它开始咆哮、嘶叫，像只猎狗，像头豺狼。翻滚。嘶吼。那一刻，谁也辨不清那到底是痛还是乐。似乎，配种和阉割没啥两样。"

"够了，马蒂亚胡，看在上帝的分上，够了。"

"现在咱们放松一下。或者，你还想听怎么阉割的？"

"够了，请别再说了。"加里拉恳求道。

15

马蒂亚胡·达姆科夫缓缓举起那只残废的手。声音中夹杂着异乎寻常的怜悯，宛如父爱。

"跟你母亲一个样。关于这些手指，还有阉割，我们另找时间聊。现在谈得足够了。现在甭怕了。咱们可以小憩放松。我从别处弄来了点儿白兰地。不要？噢，不要。那就苦艾酒。我这儿也有苦艾酒。又该感谢我的表弟里奥。喝吧，放松点儿。行了。"

七

远星的冷光为田野蒙上一层微红的光亮。夏末的几个星期里，田地都已翻刨妥当，只待冬天的播种。曲折的道路在平原上蜿蜒开来，处处隐现种植园的朵朵黑影。柏树墙像栅栏一样把它们密密护在其中。

这片土地在很多个月中第一次感受到了冷空气捉莫不定的触碰。不论酷暑还是寒秋，当极端气候的淫威开始肆虐，灌溉水管、水龙头和金属装置总是最先屈服。这一次，冷湿气流来袭，它们亦立马举白旗投降了。

过去的四十年，基布兹的创建者，把苍苍十指插向泥土，终究在这片土地上扎下了根。他们中，有一些像萨什卡金发闪闪，还有另一些，如坦尼娅，泼辣蛮横，整日怒容。白天，难耐烈火骄阳热辣辣的炙烤，他们狠狠诅咒被火球燃焦的土地。他们绝望、愤恨，渴望河流和森林。可到了夜晚，一旦夜幕降临，他们暂时忘却身陷

16

何地何时，为这土地谱起甜美的歌谣。只有夜色中的忘却才能带来生趣，让生者品尝人生。暗夜掩藏好了愤懑，忘却将他们送入母亲的怀抱。"那儿"，他们过去常唱，而不是"这儿"。

那儿，在我们祖先热爱的土地上，

那儿，我们所有的希望当会实现。

那儿，我们将要生活，那儿，有健康自由的生活

待我们去创建……

萨什卡式的这类人物愤怒着，憧憬着，在奉献中历练。而马蒂亚胡·达姆科夫呢？以及后来许许多多像他那样的流亡者呢？他们对熊熊燃烧的渴望和催人憔悴的执著一无所知。这就是为什么他们要奋力打入内圈。他们周旋于女人们之中。他们和我们说一样的语言。但他们只懂得另一种哀伤。他们并不属于我们这一群，他们只是徘徊其外的他者、异类。直到死的那一天也是。

被俘的幼兽此时已筋疲力尽。右掌尖紧紧卡在了铁夹的利齿中。它瘫软在了草皮上，似乎已屈从了自己的命运。

起初，它像猫一样慢慢舔舐自己的皮毛。接着又伸出头去舔那光滑、闪亮的铁夹。好像毫不吝惜地将温暖和爱献给了默默无语的仇敌。爱，抑或是恨，都滋养了驯顺。另一只活动自如的爪子硬生生探进了铁夹底部，吃力地摸索着那块肉做的诱饵，又小心翼翼伸

17

回来，把沾染在上面的味道舔了个干净。

终于，它们出现了。

很多胡狼，体形硕大，大腹便便，面相丑恶却流露着憔悴。一些脚上还在化脓，另一些还散发着腐肉的恶臭。一头接着一头，它们纷纷从各自遥远的隐匿地聚拢来，被这可怕的仪式召唤着。它们自发围成一圈，都把怜悯的目光定格在无辜的小俘虏身上。不怀好意的欣喜竭力把自己伪装成善意的怜悯，得意扬扬的邪恶却撕裂了哀恸的假面具。隐秘的指令一下，暗夜的强盗们开始慢慢地围成一圈，迈着滑溜溜的忸怩步伐，仿佛蹁跹起舞。而当兴奋渐变爆发为狂喜，那步调，那节奏也顺势打乱，仪式被破坏了，胡狼腾跃而起，狂躁有如疯狗。那时候，绝望之声在夜的王国悄然升起，悲恸、怒火、嫉妒、成功的喜悦、野蛮的浪笑、乞求的哽咽与哀嚎、愤懑、威胁，交融成一片恐怖的尖叫，又渐渐隐而退却，湮没在屈从、哀悼及沉寂中。

午夜已过，它们终于停歇了。也许胡狼已绝望于那无助的幼兽，它们悄然消散在各自的悲痛中。夜，这位耐心的收容者，将它们一一揽入怀中，抹去所有痕迹。

八

马蒂亚胡·达姆科夫在欣然享受这段人生插曲。加里拉也不推诿催促。天已入夜，这姑娘展开了马蒂亚胡·达姆科夫表弟里奥带给他的油画布，摆弄起那一管管颜料。没错，都是好货色，专业画家才用得上。迄今，她还只跟幼儿园借过颜料，只用过油麻袋布和廉价的画布。她很年轻，马蒂亚胡·达姆科夫思忖着，她还是小姑娘，一个弱不禁风、被宠坏的黄毛丫头。我一出手，她就不堪一击了。曾有那么一会儿，他差点儿就把真相和盘托出，给她一个晴天霹雳。可寻思之后，他改变了主意。夜还长呢。

忘却了之前的不快，加里拉又起了兴致，蠢蠢欲动。她拿指尖掭了掭精致的笔头，轻刷了一抹橘色颜料，在画布上浅浅拂了一笔。这无意的一拂，像极了指尖溜过毛茸茸的脖颈的感觉。灵动而出的无邪、天真，从她的身体流到了他的身体，他那身体起伏不迭，欲望涟涟。

而后，加里拉一动不动地躺在泼溅着颜料渍的油腻腻的墙砖上，仿佛睡着了似的，周围摊散着乱乱的画布和颜料堆。马蒂亚胡·达姆科夫躺回了单人床，闭上眼，做起梦来。

在他的召唤下，那些安静又狂野的梦，出现了。它们在他跟前一一上演。这次，他选择了一个洪水的梦，他节目单中最残酷的一个。

一片广袤的山域出现在视野中，沿陡坡一路镶嵌着众多的峡谷沟壑。数股水流阡陌纵横呈"之"字形，倾泻而下。

蓦地，一大群人闪现在深谷间。他们的体形甚是微小，好像小小的黑蚂蚁团聚在山间裂缝处，而后却按捺不住一窝蜂拥了出来，像片大瀑布席卷而下。那黑瘦的人群气势汹汹淌过陡坡，如山崩时乱石翻滚，集成一股激流轻率仓促地窜向大平原。这儿，他们崩裂成千股，如大洪水泛滥般向西进发。现在，他们近得隐约可以看清形貌了：黑黑瘦瘦，身上爬满虱子跳蚤，散发着臭味，惹人厌恶。饥饿和仇恨扭曲了他们的脸，他们眼里燃烧着疯狂，他们俯冲至肥沃的溪谷，一口气扫过被遗弃的村庄废墟。往海边奔去的同时，还不忘一路掳掠洗劫，毁坏栅杆围篱，蹂躏田地，践踏花园，哄抢果园宅地，夷平棚屋马厩，他们像发了疯的猿猴般攀过高墙，向前，向西，一直来到海边沙地。

忽然，你也被包围，围剿，恐惧让你瘫软了下来。你看到他们的眼睛里燃着原始的激愤，嘴张垂着，牙齿已腐烂发黄，弯匕首在手中闪光。他们的诅咒断续难辨，是狂怒和邪恶的欲望让他们语不成句。看有多少双手摸向了你的身体。先是一把刀子，然后便是一声尖叫。随着你生命的最后一束火光迸发而过，你终于扼死了那个梦魇，终于又顺畅地呼吸了起来。

"来吧，"马蒂亚胡·达姆科夫出声道，用右手摇了摇小姑娘，而他那只残废的左手，却爱抚着她的脖子，"快点，咱们离开这个地方。就今晚。凌晨。我会救你。我们一起逃到南美，去我表弟里奥那儿。我会照顾你，我会一直照顾你的。"

"放开我，别碰我。"她大叫。

他有力地、默默地拥抱着她。

"明天我父亲一定会杀了你。我说了放开我。"

"是的，你父亲他现在会照看着你，也会一直照看着你。"马蒂亚胡·达姆科夫轻声回应道。他放开了她。姑娘站了起来，理好裙子，抚顺了金发。

"我不想这样。我根本不想来这里。你利用了我，强迫我。还说了一堆可笑的疯话。谁都知道你是个疯子。不信就去问问，没人不知道。"

马蒂亚胡·达姆科夫双唇一展，绽出了笑容。

"我再也不会来了，再也不。我也不要你的颜料。你这个危险分子。你比猴子还丑。更可笑的是，你还是个疯子。"

"我可以告诉你关于你母亲的事，如果你想听。如果真有那么个人该你去憎恨诅咒，那也该是她，不是我。"

姑娘急忙往窗口奔去，死命把两扇窗往外一推，把身子探了出去，探向空寂的夜晚。现在，她要尖叫了，马蒂亚胡·达姆科夫慌了神，她要叫了，就再也没有机会了。血液冲上他的脑门。他猛地俯身一扑，用手捂住她的嘴，硬是把她拽了回来。他埋向她金发的双唇，急切地探寻着那姑娘的耳朵。终于，他找到了。告诉了她一切。

九

秋寒料峭，冷空气把整个房屋的外墙团团围起来，伺机入侵。

21

从山坡上的院子里传来奶牛的低哞声和牧人的咒骂声。一头奶牛难产了，一束巨大的火把把摊摊血迹和整个困境照得通亮。马蒂亚胡·达姆科夫跪在地上，把他客人散落在地的颜料一支支地捡起收好。加里拉僵在敞开的窗子旁，背对着屋子，脸扎在黑暗中。终于，她开口了，依旧背对着这个男人。

"这很值得怀疑，这几乎不可能，这不合常理，更没有证据，太荒唐了。"

马蒂亚胡·达姆科夫用他那双细小的眼睛盯着她的背。现在，他的丑陋毕露，那是十足的惊人心脾的丑陋。

"我不会强迫你，真的。我什么也不会说。也许只会是一笑了之。无论你是萨什卡的女儿，甚或是本·古利安的女儿，这不关我的事。就像我的表弟里奥，我也不会吐露一个字。他爱他的基督徒儿子，却从没和他说我爱你。当他的儿子杀了十一个警察之后自杀身亡时，他才想起在他的坟墓前告诉他，我爱你。相信我。"

加里拉突如其来一阵大笑：

"你这蠢货，大蠢货，看着我。我是白肤色金头发的，看到了吗?!"

马蒂亚胡·达姆科夫一言不发。

"我可以十分肯定地说，我绝不会是你生的。因为我是白肤色金头发。不是你生的，也不是里奥生的。我是白肤色金头发，得了吧，你! 你爱怎么说就怎么说!"

这个男人朝她冲了过去，喘着气，呻吟着，盲乱地摸索着。他蓦地掀翻了咖啡桌，剧烈地颤抖着。此情此景，姑娘不寒而栗。

她缩了回去，逃到离他最远的墙边。马蒂亚胡·达姆科夫一把推开挡在跟前的咖啡桌，朝它踢了一脚。血液似乎要从眼里进射出来，一阵咕噜咕噜的怪声从唇中呼出。她脑中忽然晃过母亲的脸，以及她抖动的双唇、闪现的泪花。恍然如梦，她猛地推开了这个男人。仿佛当头一喝，两人纷纷后退两步，瞪大了眼，互相凝视着。

"爸爸。"加里拉惊呼道，似乎刚从长夏逝去后第一个冬日清晨醒来，她望着窗外说。下雨了。

十

在我们这片土地上，太阳毫不庄严地冉冉升起。它怀着廉价的哀伤，出现在东面的山顶上，它那闪烁的光线轻抚着我们的土地。没有辉煌，没有光造成的复杂的幻觉。这纯粹传统的美，与其说是现实中的风景，不如说更像摆在眼前的美术明信片。

可这样的日出毕竟不多了。秋天不日就在眼前。再过些日子，我们就能伴着雨声苏醒。也许还会有冰雹。太阳钻出来，却只能可怜兮兮地被乌云遮掩在身后。早起的人们把自己严严实实地裹在外套里，因为他们一出门，就要抵御凛冽如匕首的寒风。

季节交替的轨道运行如常。秋、冬、春、夏、秋。万物依旧。有谁想在时间和季节的洪流中摸到凝固的瞬间，奉劝他们去聆听黑夜的声响，要知道，它们可从未改变啊。它们自那儿向我们悠悠而来。

1963 年

游牧人与蝰蛇

一

饥荒把他们带到这里。

赶着满身尘土的牲口，风尘仆仆地向北流亡，躲避可怕的饥荒。从九月到四月，荒漠一刻也躲不过干旱的炙烤折磨。黄土干裂，化作尘埃。饥荒肆虐，其魔掌遍布游牧族人的营地，牲口也逃脱不了它的百般蹂躏。

军方已经对局势给予了紧急关注，虽多番踌躇，终还是为贝都因人 ① 打开了往北去的通道。芸芸众生——男人、女人、小孩——不能眼见生灵被弃于饥饿而丧命。

这个沙漠部族密集成一股黑压压的细流，沿土路蜿蜒淌过，瘦

---

① 贝都因人（the Bedouins）：是以氏族部落为基本单位在沙漠旷野过游牧生活的阿拉伯人。贝都因系阿拉伯语译音，意为"荒原上的游牧民"、"逐水草而居的人"，主要分布在西亚和北非广阔的沙漠和荒原地带。

25

骨嶙峋的牲口群寸步不离左右。为避开镇上居民，这股源源不断的脉流朝着向北的方向，在溪谷中曲折前进，绕过沿途一个又一个离散的居住点，直至那一片耕田出现在眼前，他们顿时瞪大了眼睛怔怔望着。话说那黑压压的牲畜群早已散布到田间各个角落，撕扯起金黄色的麦茬来，那牙齿嚼得凶狠而专注，仿佛是在撒气泄仇。相比之下，游牧族人则更克制，更鬼鬼祟祟；众目昭彰，他们畏缩了回去。他们煞费苦心地避开路人，千方百计地隐藏行踪。

如果你开着拖拉机砰砰砰地在他们身边经过，腾起阵阵沙浪，他们就会客客气气地把散在两旁的牲口往里拢拢，给你让出一条宽宽的道，宽得简直不可思议。他们远远地呆站着看你，像一尊尊雕塑。酷热的空气模糊了他们的形貌，让这群人活像是一个模子里印出来的：牧羊人持着棍棒，妇女抱着婴孩，老人眼窝深陷。其中的一些半瞎了，或许也可能只是在"扮"瞎，似乎给了乞求施舍这样模棱两可的行为一个冠冕堂皇的理由。而像你这样的人自然捉摸不透他们的心思。

他们那几头皮包骨的牲畜可悲又可怜：瘦瘦小小，三五成群，往黑压压、喧闹的人堆中挤。它们安静而拘谨，和它们木讷的牧主一样的卑微，着实与我们驯养良好的绵羊大相径庭。

只有骆驼摒弃了卑躬屈膝的秉性。它们总顶着高高的脖颈怔怔望着你，疲惫的眼神中溢满了轻蔑与悲伤，岁月沉淀的智慧似乎就潜藏在眼底，不时有一阵莫名的抽搐在皮肤间淌过。

有时，你在不经意间，就撞见了它们。当你徒步穿越麦田，走着走着，猛然发现一群慵懒的牲口呆立着，蹄子显然深深地扎进了干裂的泥地，原来正作着午间小憩。它们之间横躺着熟睡的牧人，黑得像一大块玄武岩。你走到近前，在他身上罩上了一层阴沉的暗影。你会吃惊地发现牧人的眼睛正睁得圆圆的，他已摆好一个安抚性的笑容，露出了他大半部分牙齿，一些闪着光，另一些已经蛀蚀了。他身上的刺鼻味道向你袭来，你做出了一副怪相，这又仿佛是一记重拳击在他脸上。他饶有风度地站了起来，立得笔直，耸着肩。你阴郁冷漠的眼神定格在他身上。他于是拉大了笑肌，发出了一个喉音。他的装束是种杂糅：打补丁的西式小夹克搭白色的沙漠长袍。他把头摆向一边。脸庞闪过一阵令人宽慰的神色。如果你无意责备，他会突然伸出左手，用说得飞快的希伯来语讨上一支烟。语调柔柔，像个羞涩的妇女。要是你还算大方，先给自己点上一支，再扔一支到他皱纹横生的手掌心里，你会惊奇地发现，他竟嗖地从长袍的褶凹处抓出一个镀金打火机，把那忽闪的火苗递给你。那笑容从未离过他的嘴。这样的笑容持续得太久，反倒不令人信服了。一线日光掠过他手指上佩戴的厚厚的金戒指，刺着你眯起的双眼。

终于，你转过身，把流浪牧人抛在身后，继续赶你的路。走了一百步、二百步，你回了回头，竟见他依旧立在原来的位置，凝视的目光仿佛要把你的背望穿。你敢打赌，他一定还在笑，他还会笑上很久很久。

还有，他们的歌声在夜晚响起。忧伤的哀诉曳着长尾散至夜空，从日暮到黎明。音色渗入基布兹的花园、小道，给我们的夜抹上一缕不安与沉重。你刚安顿下准备睡去，你的睡眠就随远处的鼓声一起一伏，像颗执拗的心脏，起搏得沉沉重重。闷热之夜，水汽盈盈，迷途的云朵抚拥月色，像极了一队队温驯的骆驼，它们是没系铃铛的骆驼。

条条黑色织呢拼成了流浪牧人的帐篷。走失的妇人四处漂泊在夜幕中，赤着足，安安静静。凶狠的流浪瘦猎犬从帐中窜出，整夜朝着月亮吠个不歇。这吠声惹狂了我们基布兹的狗。一天夜里，我们最精壮的狗发了狂，闯入鸡舍，咬死了一大片鸡仔。守夜人开枪击毙了它，并不因为他生性残暴，他别无选择。凡是理智明义的人总认为他有他的道理。

二

可想而知，流浪部族的侵入是怎样为我们热浪袭人的夜晚平添了一份诗意。也许，对我们一些未婚的姑娘来说，确实如此。但我们不得不提那一连串常见且的确毫无诗意可言的麻烦事，例如口蹄疫、农作物损坏以及盛行一时的盗窃。

口蹄疫病源来自沙漠，是游牧人那些未受过有效医学检疫的牲畜把它们带到了这儿。尽管我们已预先采取了多种预防措施，病毒还是感染了我们的羊和牛。我们的奶产量大幅降低，牲畜也大批病死。

谈及庄稼的毁坏问题，我们不得不承认从未当场抓获过任何游牧人。我们发现的仅仅是人和牲畜的足迹残留在一排排蔬菜丛间、干草地里，隐藏在围篱护得好好的果园深处。而遭毁坏的灌溉水管、陷阱标记和耕作农具全被丢弃在田地，如此等等。

我们却不会自认倒霉。我们不信什么宽容克制和素食主义的鬼话。我们的年轻一代更是如此。虽然还有些老一辈仍在信奉着诸如托尔斯泰式的人道主义。而在这些年轻人心中，忍耐的约束力早已失效。他们去偷他们的牛羊，往游牧男孩掷石子，或是把某个牧人揍得奄奄一息。然而，出于礼貌和气度，我不便斤斤计较地去细说这些报复行为的种种细节：任何东西孤立起来看，都会只看到它突兀出格的一面。为给以上报复行为的始作俑者辩护，我必须清楚地声明，刚才谈及的牧人面相狡诈，令人恼怒。他瞎了一只眼，断了鼻梁，滴着口水；他的嘴里——这一点，当事人也一致赞同——嵌着长长的、弧形的尖牙，跟狐狸似的。一个如此面相的男人还有什么勾当干不出呢？贝都因人当然也不会忘记这个教训。

行窃当属其中令人恼怒痛恨的行为之最。他们向我们果园中未成熟的果实下手、将水龙头揽入囊中、擒走堆放在田间的麻布袋，还潜入鸡舍，甚至掳走我们简陋家中仅有的贵重物。

深沉的黑夜与他们勾结共谋。他们进出我们的居留地，如风般难以捉摸，巧妙避开我们设下以及加设的各种警戒与看守。某个月黑风高的夜晚，你开一辆拖拉机或破吉普去关一处偏僻农田的灌溉水龙头，暗影在车灯前一闪即过，不是人，就是夜兽。一天夜晚，某个恼怒非常的看守断然开火。黑暗中，他杀死了一头迷路的胡狼。

不用说，基布兹的书记处自然没有保持沉默。艾迪肯，我们的书记，多次报警。但无奈那追踪犬不是出卖，就是辜负了他们。驯犬员们被引至基布兹围篱几步开外处，只见那警犬扬起黑鼻子，凶猛地仰天长吠了一番，就呆呆望着前方无所适从了。

搜查破旧的帐篷，却一无所获。似乎整个地球都决定掩藏赃物，厚颜无耻地让受害者死无对证。最后，部族长老被"请"到了基布兹办公处，由一双高深莫测的族人护卫左右。急性子的警员试图逼供，拼命嚷嚷。

我们这些书记处的成员，礼貌而恭敬地接待了老者和他的手下。我们把他们邀至长凳坐定，微笑以对，在艾迪肯的特别关照下，还奉上了出自葛优拉之手的热腾腾的咖啡。老者以繁缛的礼节回应，从面谈的起初到终了均以笑容相待，并用谨慎、正式的希伯来语措辞辩护。

事实摆在眼前，他们部族的一些浑小子向我们的财物下了手。为什么要否认呢，孩子总归是孩子，更何况世风日下。他有幸能在这里请求我们的谅解并归还财物。俗话说，行窃者必自毙。这就是天道，因果。年轻人的鲁莽我们除束手无策外，又能奈何得了？对于我们所受的困扰和不幸，他深表遗憾。

说着，他把手伸进了袍子的褶皱处，掏出一些螺丝，几个锈的，几个闪闪的，一把修枝刀，一刃脱了柄的刀片，一支袖珍手电，一柄破锤，还有三张邋遢的钞票作为对我们损失和忧虑的补偿。

艾迪肯尴尬地伸出双手。谁都猜不透，他竟会无视我们客人的希伯来语，用蹩脚的阿拉伯语作了答复。他在暴乱、围困时期学的那点儿"三脚猫功夫"忘得所剩无几，显得格外寒碜。他一开腔便坦率而清晰地阐述了我们之间的睦邻友好——这是我们一切共识的基础——这一点，也是为东部各民族一直引以为傲的，特别是在喋血的战争年代和剑拔弩张的冷战时期我们对此更是深有体会。

我们的客人——无疑是因为疏忽——在致歉中却对诸般劣迹只字未提。而艾迪肯果然不是等闲之辈，他详尽历数种种偷盗、蓄意破坏等行径，义正词严，毫无畏惧。如果盗得财物能悉数归还，恶意破坏也只此一次，永不再犯，我们也会奉上诚挚，为我们的邻里友好书写新的篇章。而对贝都因营地进行具有教学意义的礼节性参观无疑将使我们的儿童开阔视野，受益匪浅。当然，自不待言的是，部族孩子也将得到回访我们基布兹家园的机会，这对加深我们的相互理解大有裨益。

长老没有松懈亦没有扩大笑幅，只以谦恭之辞允诺，除却他已承认并请求我们宽恕的种种，基布兹的绅士们再不会发现一件盗窃之事。而那个笑容也一直保持在先前的水平。

他留下大番的祝福祈祷后告辞。祝我们健康长寿，子孙满堂，丰衣足食，并由裹着黑长袍、赤着足的二人护送而去。他们的身影很快被基布兹围篱外的荒漠旱谷吞并湮没。

警员没有找到任何线索——且确已放弃搜查——事已至此，于是，我们有几个年轻人提议在晚上给他们来个突袭，用他们所能懂的方式，教训教训这群野蛮人。

艾迪肯对此表示厌恶，并理直气壮地驳斥了此项提议。这群年轻人却给艾迪肯冠以种种绰号。教养让我不得不在此略去他们的粗话。说来也怪，艾迪肯并没有理睬这些侮辱，而是勉强同意把他们的建议提交基布兹书记处再作定夺。也许他顾虑到这群小子会一意孤行。

黄昏时分，艾迪肯一屋又一屋地召集起委员会于八点半召开紧急会议。遇到葛优拉时，他告诉了她那帮年轻人的想法和他所承受的非民主压力，并叮嘱她带上一壶黑咖啡，以及多多的亲善。葛优拉只酸酸一笑。刚被艾迪肯从昏睡中惊醒，眼睛还蒙蒙眬眬的。她换了身衣服。夜色越来越浓，天气又潮、又热、又闷。

三

又潮、又热、又闷的夜降临在基布兹，在尘埃满覆的柏树间纠缠，沉沉压着草坪和观赏灌木。洒水车播洒出的水甚至还没来得及触及干渴的草坪，就被贪婪地吮吸吞噬。锁着的办公室里，电话铃声躁怒而徒劳地响个不停。屋子的墙面呼出一波波潮湿的水汽。一丝风都没有，厨房烟囱里冒出一柱笔直如箭的炊烟，向天空正中心射去。油腻腻的水槽边传来一阵惊呼。盘子打破了，有人流血了。不知刚咬死了一条蜥蜴还是蛇，胖胖的家猫把它的战利品拖上滚烫的水泥道，在浓烈的夕阳下慵懒地耍玩起来。一辆有些年头的拖拉机在其中一间棚屋隆隆地发动起来，气门猛一闭合，喷出一股熏人的汽油，夹杂着轰鸣声和噼啪声，终于载着晚饭向第二拨劳作在偏僻田间的人们驶去。波斯丁香旁，葛优拉发现了一只脏兮兮的瓶子，里面还残留着油腻腻的液体。她不停踢它，可它总不碎，在玫瑰花丛间沉沉地滚来滚去。她捡了块大石头。试着砸这个瓶子。她希望砸碎它。没砸中。姑娘吹起口哨，是段含糊的调子。

葛优拉是个矮小却活力十足的姑娘，二十九岁左右。她还没有丈夫，可无人不夸她的美德，譬如，她曾为当地的社会文化活动出过大力。她脸瘦而苍白，两条辛酸的皱纹蚀刻在她嘴角。她煮得一手好咖啡——我们称之为能让人起死回生的咖啡——无人能出

33

其右。

夏日的傍晚，我们成群躺在铺在草坪上的小毯上，讲着笑话，空中不时爆出阵阵欢歌，浓浓烟味缭绕四周。葛优拉却把自己关在屋内，直到备好一壶滚烫的浓咖啡才加入到我们中间来。此外，她也费尽心机保证我们不缺饼干。

葛优拉与我之间的交情在此并无大关联，我也就一笔带过了。很久以前，我们常常在黄昏时分去果园散步、聊天。这一切确是许久以前的事了，且也持续了很长一段时间。我们常自由交换政见，或讨论新书。葛优拉眼光犀利，把事物批判得体无完肤：我深感不安。她不喜欢我的那些故事，因为其中极端二分的情势、场景以及人物，那么黑白分明，没有过渡的中间地带。还没等我辩解，她却早已摆好证据反驳。当然，她的思辨有条不紊。有时候，我壮着胆子搭一只手在她脖子上息事求和，等她平静下来。可她却从没完全放松过。如果有那么一次两次，她倚靠在了我身上，她也总是在责备她的破凉鞋或者隐隐作痛的头。就这样，我们渐渐疏远了。至今，她还从期刊上剪下我的作品，装在一只硬纸板盒中，硬纸板盒专门保存在一个单独置放它们的抽屉里。

我总会买一本新诗集当做她的生日礼物。我会趁她不在的时候溜入她的房间，把书放在桌上，书上没留任何题词或者赠言。有时，晚饭我们碰巧同坐一桌。我会避开她的一瞥，以避免直视她那

34

略带嘲讽的悲戚。热天，她满脸是汗，脸上的雀斑也变得更红，似乎也没什么盼头。然而，当凉爽的秋天来临，我偶尔发现，从远处看，她还是挺漂亮、挺迷人的。在这样的日子，葛优拉喜欢在黄昏时分去果园散散步。她独自前去，又独自回来。一些年轻人跑来问我她到底在那儿找什么，脸上带着不怀好意的窃笑。我告诉他们，我不知道。而我确实不知道。

四

葛优拉恶狠狠地又捡了块石头朝那瓶子掷去。这一次，她击中了，却仍没有听到她渴望听到的碎裂声。石子擦过瓶子，弱弱地哐当了一声，滑进花丛不见了。第三块石头——比前两块都大都沉——射了出去，那射程近得荒谬：这姑娘踩在花坛松软软的泥土上，直直俯视着瓶子。这一回，那爆炸声来得刺耳又干烈。却并未带来丝毫解脱。还是走吧。

又潮、又热、又闷的夜降临在基布兹，酷热像碎玻璃般扎着皮肤。葛优拉折了回去，经过她屋子的阳台时，把凉鞋扔了进去，她光着脚踩上了脏兮兮的小道。

地上的泥块磕得她的脚底痒痒的。有种糙糙的摩擦感，她的神经末梢与朦胧的兴奋感一起跃动起来。石山那边，阴影正召唤着她：那儿是沐浴在最后一线光辉中的果园。她用两手坚定地拨开了围篱间的空隙，钻了进去。那一刻，有股柔柔的晚风微动了起来。它温和地拂着，却没有明确的方向。落日满是倦意地朝西踱去，被灰蒙蒙的地平线吮吸吞噬，自投罗网。最后一班拖拉机也一路喷着黑烟，载着物什从偏远的地里驶回仓库。没错，就是这辆拖拉机给第二拨劳动者送去了晚餐。它似乎完全隐藏在了浓烟或者是夏日的烟霾中了。

葛优拉蹲下身去，从尘土中拣出几块鹅卵石。然后，她又心不在焉地把它们一一扔了回去。她的唇间有诗行呼之欲出，一些出自她喜欢的青年诗人，另一些则属于她自己。走到灌溉水管旁，她俯身停下，那汲水的样子就好像在轻吻水龙头。但那水龙头锈了，水管也还烫着，水微温而带涩味。尽管如此，她拐过头，任凭水流过她的脸部和脖子，流进她的衣衫。她的喉咙充满了锈味和湿土气。她闭上眼，立在静谧中。还是没有丝毫的解脱。也许该来杯咖啡。但先要离开果园。这会儿必须离开了。

五

此时的果园硕果累累，芳香四溢。交错的枝丫在一排排树干上汇合成穹顶，抛下阴霾片片。脚下经浇灌的泥土残留着隐隐的潮湿感。扭曲的树干下阴影重重。葛优拉摘下一个李子，嗅了嗅，把它捏碎。滴下黏黏的汁水。这幅景象，还有这气味让她眩晕。接着，她又碾碎了第二个李子。她又摘下一个，拿碎李子在脸颊上摩擦，直到溅满水果的汁液。随后，她双腿跪地，捡了根干棍，在土里随手涂画起来。漫无目的地勾勒着线条、曲线、锐角、凸圆。远处一阵咩咩声飘入果园。她隐约察觉到渐响的铃声。她离得很远。一位游牧人幽灵般悄然停在了她背后。他的大脚趾刨着土，影子在身前倒映下来。可这姑娘像是被湮没在声音的洪流中，她什么也看不见什么也听不到。许久许久，她还在那儿跪着，用细枝画着各种形状。游牧人耐心等着，不发出一丝声响。他时不时闭上那只管用的眼睛，用另一只盲眼盯住前方。终于，他伸出手去，在空中爱抚着葛优拉的轮廓，他的影子也顺从地在尘土间随之移动。葛优拉瞪大了眼，跳了起来，靠到离她最近的那棵树上，发出了低吼。游牧人垂下了肩膀，露出淡淡一笑。葛优拉警觉地举起手臂，拿细棒在空中挥着刺着。游牧人依旧笑着，他低垂的目光移向她赤裸的双脚。他的声音低低的，而他讲的希伯来语，透出罕见的文雅气息。

"请问几点了？"

葛优拉深吸了一口气。面容变得机警，眼神冷漠。她的回答干脆利落：

"六点半。正好。"

阿拉伯人咧嘴一笑，微微鞠了一躬，仿佛答谢她帮的这个大忙。

"非常感谢，小姐。"

他裸露的脚趾已深深插入了潮湿的土壤，泥块爬上他脚面，好似一只受了惊吓的鼹鼠要钻进他脚下的地洞。

葛优拉系紧了衬衫的顶扣。衬衫染上了大块的汗渍，让那腋窝很惹人注目。依稀闻到身上的汗味，她张大了鼻孔。族人闭上了盲眼，抬起头来，他另一只眼眨巴着。他的皮肤很黑，显得神采奕奕，灵气十足。脸颊上刻着皱纹。他不像葛优拉之前见过的任何男人，连他的味道、肤色、气息都那么不同。他的鼻子长而窄，下面露出一撇胡须。脸颊似乎沿着口腔凹陷下去。他的嘴唇薄而纤细，比她自己的精致多了。但那下巴却强壮得很，几乎现出一种轻蔑，甚至桀骜不驯。

这个男人虽可憎，却也英俊，葛优拉暗自思忖。游牧人孜孜地露齿微笑着，葛优拉无意识地轻蔑一笑，作为回敬。这个贝都因人从隐在腰带内的口袋中掏出两支皱巴巴的香烟，搁在黑乎乎的手心上，摆到葛优拉眼前。那手势就像在给一只麻雀喂面包屑。葛优拉收起笑意，点了两下头，接过一支。她心不在焉地把它放在指尖缓缓揉搓，直到抚平捏直了才塞进唇间。这个男人快如闪电的突然举动还没让她反应过来，一小束荧荧的火舌已经跳跃在近前了。葛优拉用手避了避火，尽管果园里没有一丝风，闭了眼，深吸上一口。贝都因人也为自己点上，彬彬有礼地鞠上了一躬。

"非常感谢。"他用那天鹅绒般柔和的声音说道。

"谢谢，"葛优拉答道，"谢谢你。"

"你打基布兹来？"

葛优拉点点头。

"很——好。"一个拖长的音节从他闪闪的齿间漏出来，"这很——好。"

姑娘瞅了瞅他的沙漠长袍。

"穿着那东西不热吗？"

男人给了一个尴尬又愧疚的笑，好像犯了事儿被逮了个正着。他稍微往后退了一步。

"没这样的事。一点也不热。真的不热。为什么？这儿有风，有水……"接着陷入了沉默。

树梢愈长愈繁密。率先出动的胡狼嗅了嗅即将降临的夜，发出一阵疲倦的低号。果园间，穿梭着繁忙的碎步，有东西在疾行。葛优拉忽然察觉到一群山羊正前后推攘着寻找它们的主人。它们在果树间静静地绕进绕出。葛优拉把嘴一撇，吹出一声惊人的短哨。

"你在这儿到底干什么？偷东西？"

游牧人猛地一缩，仿佛被一块石子击中。他手敲着胸前那个凹陷的文身。

"不，不是偷东西，没这样的事，真的不是。"他用阿拉伯语在后面加上了一串冗长的起誓，又默默漾出那个笑意，那只盲眼紧张地眨着。这时候，一只瘦弱的山羊窜了出来，擦到了他的脚。他把它踢了开去，继续激动地起誓：

"没有偷东西，千真万确，以安拉的名义起誓，没有偷。禁止偷窃。"

"《圣经》里禁止，"葛优拉残酷地冷笑，"禁止偷窃、禁止杀戮、禁止贪念、禁止通奸。正义不容藐视。"

遭到这些词的连番炮轰，阿拉伯人又退缩了回去，低头看地。羞怯、内疚。他一只脚又开始焦躁不安地踢着地面的松土。一副讨好的模样。他的盲眼变窄了。葛优拉在一瞬间明白了过来：这一定是在眨眼。他的唇边不再有笑意。他的口中发出了一段柔软、绵长的低语，就像在祷告：

"美丽的姑娘，十分美丽的姑娘。可我，我还没有姑娘。我，还年轻。还没有姑娘。啊。"他用喉音朝那头把前蹄搁在树干上、大口嚼着树叶的无礼山羊吼了几声，结束了这段祷词。这牲畜往它主人投去了疑惑、忧虑的一瞥，抖了抖山羊胡，继续表情严肃地大啃大嚼。

牧羊人突如其来地往空中一蹿，身手异常敏捷。他擒住了这畜生的后蹄髈，举过头顶，野蛮而骇人地厉叫一声，往地上重重地摔了下去。他啐了一口唾沫，扭身对着姑娘。

"畜生。"他很抱歉，"畜生。该拿它怎么办。没脑、没规矩。"

姑娘松开了倚压着的树干，向游牧人靠了过去。脊背一阵宜人的战栗。她的声音依旧坚定而冷漠。

"还有烟吗？"她问道，"你还有烟吗？"

贝都因人现出痛苦的表情，几近绝望。他道了歉。大费口舌解释他已经没有烟了，一支也没有，一小支都没有了。不再有了。都没了。多可惜。要是还能给她一支，他会多快活。可是没留下一支。全没了。

被摔在地的山羊颤颤抖抖地站了起来。小心翼翼地踩稳，又折回了树干旁，不老实地用眼角的余光观察着它的主人。牧羊人一动不动地望着它。山羊抬起蹄子，搁到树干上，继续平静地大快朵颐起来。阿拉伯人捡起一块沉沉的石头，撒手就想掷出去。葛优拉扯住手臂，阻止了他。

"随它去吧。干什么。让它去。它不懂的。只是头牲口，没脑、没教养。"

游牧人遵从了。他顺从地放开手中的石头。葛优拉也放开了他的手臂。又一次，男人从皮带中摸出打火机，用纤细的手指若有所思地把玩起来。他无意中燃着了一簇小火，于是慌忙吹它。火光渐大，偏斜，熄灭。近处，一条胡狼爆出刺耳、彻骨的呜咽声。这时候，余下的山羊，全效仿起了第一只，埋头狠嚼起来。

模糊的哀号自游牧营地向南而去，隐隐的鼓声和着倦怠的拍子无精打采地担起传递召唤的职责。黑黝黝的人们围坐在篝火旁，用他们单调的歌谣向天空致意问候。将这旋律收入囊中的夜晚，权且以沉闷的蟋蟀声当作应答。最后一抹光亮也在遥远的西天消失殆尽。果园立在黑暗中。各色声响萦绕纠缠，风的低语，羊的鼻息声，树叶令人迷醉的沙沙作响声。葛优拉瘪扁了嘴，又吹出一声口哨。游牧人听得全神贯注，惊得把头撇到一边，愣得嘴巴也不觉微咧了开来。她瞟了瞟腕上的表。那指针却只眨巴着眼，闪烁着邪恶的荧光，无所相告。夜，太黑了。

这个阿拉伯人扭过身，背对葛优拉跪了下来，头轻叩着地，热烈地喃喃自语起来。

"你还没有姑娘。"葛优拉打断了他的祈祷，"你还太年轻。"声音来得洪亮而怪异。她叉着腰，呼吸依然平静。男人停了下来，黝黑的脸朝她望去，用阿拉伯语嘀咕出只字片语。他仍用四肢蹲伏着，那姿势中却掩藏着某种喜悦。

"你还年轻，"葛优拉重复着，"非常年轻。也许只有二十，或许三十。年轻人。没有姑娘。还太年轻了。"

男人神情严肃地用母语叽里咕噜了一通。她神经质地笑了起来，手撑着腰。

"你这是怎么回事？"她仍笑着问道，"为什么突然要用阿拉伯语和我说话？你把我当成什么人了？你在这里到底想干什么？"

这回，男人用的还是阿拉伯语。但那声音充满了恐惧。迈着无声的细步，他往后退缩了回去，好像眼前正面对着一垂死之物。葛优拉花容失色，喘着粗气，浑身颤抖着。一个赤裸裸的单音节从牧羊人嘴里吐出：原来这是他和羊群间的一个暗号。羊群即刻反应过来，簇拥到他身边，蹄子急速拍打着积得厚厚的落叶，像极了布匹

42

撕裂的声响。蟋蟀沉寂下来。羊群在黑暗中挤作一团，受了惊吓般瑟瑟发抖，消失在了茫茫夜色中。那牧羊人也渐行渐远，隐没在它们中间。

后来，独自一人哆嗦着的葛优拉望见树梢顶上，一架飞机正从黑压压的天空飞过。那隆隆声沉闷而压抑，各色灯火就像族人的鼓点一样循着精准的节拍一闪一烁：红、绿、红、绿、红。夜色抹去了它的踪迹。空气中飘散着一股篝火的味道，微风中也杂糅着尘埃粒粒。只有一小股清风在果树间嬉戏。她惊慌失措，毛骨悚然。她张开嘴，想尖叫，却没叫出声。她跑了起来。她赤着足，使出全身力气飞奔回家。跌倒了，又站起来，继续跑，像是有人在后边追踪，却只有蟋蟀的唧唧声在追逐她。

六

她回到屋里，开始给书记处的所有成员煮咖啡，因为她记得对艾迪肯允诺过。屋外，寒气逼人。可屋内，墙壁很烫，她的身体也像是燃着了火。衣服都贴在了皮肤上，因为她一直在跑，腋窝渗出的汗味令她作呕。脸上的雀斑灼得红红的。她站着数咖啡煮沸的次数——须等七次连续的沸腾。在她弟弟埃胡德在一次沙漠报复性袭击中丧生前，她从他那儿学的。她噘嘴数着，那黑色的液体，涌起、消退，涌起、又消退，腾起簇簇水泡，直达沸点。

现在，够了次数。拿好晚上的换洗衣服，去冲澡。

那个艾迪肯能理解野蛮人多少。他只是个仁厚的社会主义者。他对贝都因人又了解多少。游牧人远远就能嗅出你的弱点。一句言辞，一个微笑，他却像头野兽反咬一口，竟企图强暴你。幸亏我逃走了。

淋浴房的排水管堵了，长凳上油腻腻的。葛优拉把干净的衣物搁到石架上。我瑟瑟发抖，并不是因为水太冷，而是因为恶心。那些黑乎乎的手指。就那样径直掐紧我的喉咙。那牙齿。那羊群。瘦小得像个孩童，却力大无穷。我死命咬踢才得以逃脱。在肚皮、全身上下都打上肥皂。一遍又一遍地清洗。对，今晚上就是要让那帮小子闯到他们的营地，把那些黑骨撕扯个粉碎。我要让他们为对我所做的付出代价。现在我必须出门了。

七

她离开浴室，折回自己的屋子，取了咖啡，端到书记处。一路的蟋蟀声和笑声，令她忆起他四肢伏地的样子。她突然惊醒过来，怔怔地立在黑暗中。忽然，她在灌木花丛间呕吐了起来。她哭了。双膝一软，瘫坐在黑漆漆的地上。她忍住泪。牙齿却止不住打战，不知是因为冷，还是由于自怜。这时，她突然不再匆匆忙忙的了，甚至连咖啡都不重要了。她心想：尚还有时间，为时不晚。

今晚，扫过夜空的飞机也许在进行夜间轰炸演习，源源不断地从星斗间轰鸣而过，保持着恒定的闪烁：红、绿、红、绿、红。与之相呼应的是游牧人的吟唱和鼓声，似一记遥远而持久的心跳：一、一、二，一、一、二。陷入寂静。

八

从八点半到九点左右，我们一直在等葛优拉。九点还差五分时，艾迪肯说他实在不能想象到底发生了什么。他记得葛优拉之前从没错过一场例会或迟到一次；无论如何，我们都要开始会议，商讨议程上的事务了。

首先，他对当前的事态作了总结，详述了贝都因人对我们造成的破坏，虽然尚无正式的举证，但那是再明显不过的。他还列举了委员会业已采取的主动措施：呼吁和解、报警、加强居住区的守卫、潜出追踪犬、与部族长老会晤。他不得不承认，事态已陷入僵局。然而，他坚信，我们必须保持平衡的心态，杜绝极端主义作祟，因为仇恨会愈演愈烈，积怨由此而来。打破敌对的恶性循环十分紧要。人在其位谋其事，这就是他以道德的名义反对这一举措的原因——尤其是那些提议——出自一些过激的年轻人。他以警示作为结语：自人类文明存在以来，游牧民族与农耕民族就冲突不断，该隐弑杀弟弟亚伯的故事就是最好的证据。遵照我们信奉的社会福

45

音，理应遏止这一宿怨，就如我们废除其他丑行。这取决于我们，一切都有赖于我们的道德力量。

屋内气氛紧张，甚至可以说是剑拔弩张。拉米两次打断艾迪肯，有一次竟然还用了粗话"废物"。艾迪肯十分不悦，指责年轻成员企图实施恐怖行动，并摆明立场："我们不会让这样的事在这儿发生。"

葛优拉还没到，也就没人去缓和会议气氛了。当然也没咖啡。我和拉米热烈地交换起意见来。尽管从年龄上看来，我确实属于年轻的那一群，但对于他们的提议，我实在不敢苟同。和艾迪肯一样，我坚决反对用武力回应游牧人——原因有二，当我有权发言时，也将它们悉数提及。其一，事态还未发展到真正严重的地步。也许确有小小的偷盗，但连那都没有十足的证据：每一个水龙头、钳子，也许被拖拉机司机落在了田地，遗失在了车库，或不小心带回了家，而这些罪名都无一例外地归咎在了贝都因人身上。其二，并没有发生强奸抑或谋杀。这时候，拉米激动地打断了我，厉声问道我究竟在等什么。在等一些能让葛优拉写进诗里或者让我杜撰出一个短篇的强奸之类的小意外？我的脸刷地红了，搜肠刮肚想要反驳。

但艾迪肯，被我们的鲁莽惹恼了，立马让我们住口，又一次开始阐述自己的立场。他让我们试想，要是报上登出"基布兹潜出一支凌迟暴众与自己的阿拉伯邻居秋后算账"的大字新闻，会是何等

46

后果。当艾迪肯说出"凌迟暴众"几个字时，拉米给他的年轻朋友使了一个篮球球员常用的手势。得到信号的示意，他们齐刷刷立了起来，不满地走了出去，留艾迪肯一人纵情地给三位老年妇女和一名早已退休的议员喋喋宣讲。

略作迟疑，我也站了起来，随他们而去。诚然，我并不赞同他们的观点，但我也被武断而无礼地剥夺了发言的权利。

九

如果葛优拉准时到会，并端来她那名声响当当的咖啡，那么，这个夜晚的紧张气氛或许能缓和。也可能，她的善解人意能敦促持对立观点的两派达成某种妥协。可那咖啡，至今还在屋里的桌上搁着，早已冷却。葛优拉自己呢，躺在纪念堂后的灌木丛间，凝神望着天上闪闪的飞机，听着夜的声响。她多么希望自己能宽恕他，与他修好。不再恨他，不再诅咒他。或许起身去他那儿，在荒漠旱谷间找到他，宽恕他，并永不回来。甚至还吟歌给他听。她在傍晚用大石砸碎的玻璃瓶那尖利的长条碎片刮伤了她的皮肤，泪出殷红的血。在泥地上的碎长条玻璃间蜿蜒滑动的活物是一条蛇，兴许有毒，是条蝰蛇。它吐出叉形的舌，三角形的头部冷冷地直立着。眼睛似黑玻璃，可永远也闭不上，因为它没有眼睑。她皮肤里戳进了小刺，也许是一片玻璃。她很累了。但那痛楚灼得模模糊糊，甚至很舒服。萌动在远处的铃声传到耳边。此时此刻，好想睡啊。太倦了。困乏中，她隐约看到一帮年轻人穿过草坪，正要去田地，去荒漠间，找游牧族人一清恩怨。我们持着短而粗的棍棒。我们的瞳孔因兴奋而张大，脑门热血沸腾。

远处，昏黑的果园显得肃穆而阴郁。柏树积着厚厚的尘，来回摇摆，彬彬有礼而又饱含一腔虔诚。她觉得累了，所以没来为我们送行。但她的手指还轻抚在尘土上，那脸上一片静谧，几近美丽。

1963 年

风之道 [①]

一

吉迪恩·什哈夫的最后一天，始于一抹绚丽的朝阳。

破晓来得轻蔼柔和，只因秋意渐浓。东方地平线被云墙层层封锁，奈何闪光微弱地扑动着射透云隙，将天映得明晃晃。新的一日掩藏起它的真面目，把热浪严严实实地裹在胸怀，不透露一丝迹象。

一团紫光在东方高空燃烧，跃动，伴有晨风徐徐。随后，一道道光芒撕裂云墙的围困。白昼到来了。日光轻触而过，黑压压的漏洞眨巴着眼苏醒过来。炽燃的球体终于升起，给如山峦般层叠重围的云墙来了个突袭，喷薄欲出。东方地平线耀眼得让人眩目。面对

[①] 希伯来语中，风具有多重含义，如精神、才智、鬼灵等。本文中，它还指老人的意识形态信仰。本文的题目借自《圣经》之《训道篇》第11章第5节内容。——英译本原译注。

可憎的绯色火焰，那团柔紫只得悻悻褪去。

拂晓前的几分钟，晨号惊动营地。吉迪恩起了床，睡眼惺忪，赤脚走到小屋外，望着烈烈的日光。他一手遮眼，哈欠连天，另一只手不假思索地扣紧了他的军装。大老远传来了谈话声和金属声；一些个跃跃欲试的小伙子已经在为晨哨清理起枪来。吉迪恩却不急。破晓在他心头激起一阵难捺的躁动，也许，那是股朦胧的渴求。黎明过去了，他仍昏昏欲睡地站在那儿，直到有谁从后头推了他一把，招呼他赶紧动手干活。

他回了屋，理好行军床，擦净了他的半自动步枪，收妥剃须用具。一路上，置身在刷着白色涂料的桉树与宣扬整洁、纪律的铺天盖地的标语间，他突然记起今天是独立日，依雅尔月 ① 的第五天。今天排里将会在耶斯列谷 ② 谷底上演一场庆典跳伞秀。他进了盥洗室，等镜前空下来的间隙，他刷了牙，寻思了会儿漂亮姑娘。一个半小时内，所有准备工作必须完成，整个排须踏上行程空运至目的地。市民将如潮涌般聚集于此，等待观看空降。当然，姑娘们也会在那儿。降落点就在诺夫·哈里什之外，那个基布兹，那个吉迪恩的家乡，他生于斯，长于斯，直至参军入伍。他一踏上这片土地，基布兹的孩子们就会把他围得紧紧的，蹦着，跳着，嚷着，"吉迪

① 依雅尔月（Iyar）：犹太教历二月，希伯来历的八月，在公历四五月之间。
② 耶斯列谷（Valley of Jezreel）：是以色列最大的农业区，盛产小麦、棉花、葵花，还辟有鱼塘，并有众多历史和宗教遗迹。

恩，瞧，这就是咱们的吉迪恩！"

他挤到两个大兵中间，开始往两腮涂泡沫，想要剃须。

"是个热天。"他说道。

其中一个大兵答道："还没呢。不过快了。"

后边那个咕哝着："快点，别整天喋喋不休。"

吉迪恩并未动气。相反，出于某种原因，这话反倒让他萌生一阵欣喜。他擦干脸，来到阅兵场。蓝色光线此时已演变成喀新风那灰白、黑压压的光。

二

早在前一晚，施姆顺·欣鲍姆就颇有把握地预测到喀新风已经出动。他一起床，就匆匆跑到窗边，恬静而满足地证实自己又一次对了。他关上百叶窗，把热风挡在外面，洗了脸、毛茸茸的肩和胸，刮了胡子，准备好早餐：昨晚从餐厅买的咖啡和面包卷。施姆顺·欣鲍姆讨厌浪费时间，尤其是早晨这段黄金时间：你出门，走到餐厅，闲聊一番，读读报纸，谈谈新闻，大半个早上就过去了。于是，他总是一杯咖啡，一个面包卷，就把早餐打发了。到了六点十分，听完新闻综述后，吉迪恩·什哈夫的父亲坐在写字台前。无论冬夏，概莫能外。

他坐在写字台前，对挂在对墙的国家地图瞩目良久。他正竭力忆起醒前那个让他牵肠挂肚、心神不宁的梦，那该还是凌晨。但却徒劳了一番。施姆顺决定继续工作，不再浪费哪怕一分钟的时间。对，今天是假日，但最好的庆祝方式就是工作，毫不懈怠。在该出门观看空降表演前——对，吉迪恩也会在他们当中，他会在最后一刻从机舱跳下——所以他仍有几个小时的工作时间。一个七十五岁的男人实在虚度不起他的时光，尤其有这许多、如此多的事需要他来落实到笔头。时间真的不多了。

　　施姆顺·欣鲍姆的大名无须再多赘言。希伯来工人运动自然明晓如何尊崇老功臣。几十年来，施姆顺·欣鲍姆的名字被赋上了不朽的声名与光环。几十年来，他全身心投入，竭力实现年轻时代的抱负。阻挠与失望并没有破灭或是动摇他的信仰，反而丰富了他的信仰，让他越发英明理智。越能透彻地了解他人的弱点和意识形态的分歧错位，就能更毫不留情地制服自己的弱点。严格的自律将它们断然摒弃，只依原则生存，独享私趣，自得其乐。

　　这个时刻，独立日早晨的六七点之间，施姆顺·欣鲍姆还算不上是个丧子之父。但他目前的处境却与这样的形象格外相称。布满皱纹的脸上一副庄重而睿智的表情，一切都看在眼里，却心思缜密，不泄露分毫。那蓝眼睛更是饱含着冷嘲意味的忧思。

　　他笔直坐在桌前，头伏在书页间，手肘很放松。写字台同其他家具一样，由普通木材制成，只求实用而非装饰。这间坐落在建成已久的基布兹内的平房更像是修道院的一溜巢室。

　　这算不上是个高产的早上。反反复复，他的思绪总漫游入梦境，那个梦境被扼杀在夜之尽头，却仍百般挣扎，阴魂不散。他非把它记起来不可，然后才能将它生生忘却，再把精力集中到工作上。那儿有根软管，对，有些金鱼，或者别的什么。在和人争吵。没有一丁点儿联系。好吧，现在开始工作。锡安山工人运动自创建伊始，即建立在相悖的理念之上，弥合无望，靠精彩绝伦的口舌之争得以欺瞒掩盖。然而这一分歧只浅存于表面，要是谁想存心作梗，耍弄计谋，将之利用，以期攻击诋毁运动，将不知所云。以下就是一个简单的证据。

　　施姆顺·欣鲍姆丰富的人生阅历让他明白，指引我们变化莫测命运的那只看不见的手，是多么恣意专横，无理可循。不单单是个人命运难逃窠臼，集体命运亦是如此。自青年时代始就激励他的正直坦率，并未被他的清醒自持消磨殆尽。他最出众、最令人称道的品性当属那份无邪的纯真，如我们的祖先般纯粹、虔诚、睿智渐长，信念不减。施姆顺·欣鲍姆绝不容许言行不一。尽管在我们这场运动中，某些领导者已不知不觉投身政坛，与体力劳动完全割裂，施姆顺·欣鲍姆却和基布兹不离不弃。他推辞了外面所有的工作和任命，只有在万般无奈中才接受了提名，在全国工人代表大会就职。直到几年前，体力劳动和脑力劳动仍平分秋色：三天从事园艺，三天埋头理论。诺夫哈里什的漂亮花园多半出自他的双手。过去他如何种植、修剪、砍伐、浇水、锄地、施肥、移栽、除草、开垦，历历在目。身为这一运动的精神领袖，他从不以此为借口允许自己逃避任何一项普通老百姓应尽的责任与义务：他当过守夜人，下过厨房，收割时帮过工。施姆顺·欣鲍姆的人生道路从未笼罩着双重标准的阴影；他是个集理想与实践于一身的特殊杂合体。他孜孜不倦，不知意志薄弱为何物——几年前，正值欣鲍姆七十大寿之际，该运动的书记在一份杂志上撰文作如是观。

的确，有过刻骨铭心的绝望，也偶有厌烦情绪作祟。但施姆顺·欣鲍姆懂得如何把这样的时刻转化为滋生无限精力的神秘来源。行军歌的歌词总能燃起他内心即刻行动的激情，就像里边唱的那样："挺进我们翻越的高山，攀向明日的曙光；昨天已被我们抛弃，明天还有长长的路待行。"那个恼人的梦境若能自揭面纱，他就能将它踢出脑海，豁然开朗，最终专注于工作。时间在一秒秒溜走。一根橡胶管，一副开局的棋，几条金鱼，一场激辩，但其中又有怎样的蹊跷？

很多年来，施姆顺·欣鲍姆独自一人生活。他已将全部心血注入意识形态的创作中。为了一生的事业，他牺牲了家庭温暖。所幸的是，年岁渐老，他却成功地保留下了年少时的清醒与诚恳。五十六岁时，他与莱雅·格林斯潘闪电成婚，生下了吉迪恩，打那之后，他离开了她，重返他的意识形态事业。然而，要说施姆顺·欣鲍姆婚前过着修道士般清心寡欲的生活，则有些言过其实了。他的人格品性吸引了门徒，也吸引着女人。那头蓬乱的头发斑白时，他还年轻力壮，古铜色的脸盘蚀刻着诱人而有型的横条和皱纹。他方正横阔的背，强壮的肩，他的音色——总漾出温暖，疑惑，饱含冥思——还有他的慎独，都吸引着女人趋之若鹜。甚至有流言谣传基布兹及别处不止一个孤童缘于他的风流韵事，此类故事随手即可拈来，但我们的重点并不在此。

五十六岁时，施姆顺·欣鲍姆意识到该有个后嗣来承载他的音容笑貌，将他的姓氏延续到下一代。就这样，他俘获了莱雅·格林斯潘的芳心。这姑娘比他小了三十三岁，身材小巧，有点结巴。婚礼庄重，只有少数人莅临。婚礼后三个月，吉迪恩出世了。没等基布兹在诧异中回过神来，欣鲍姆已将莱雅遣回旧时住处，再次埋头于他的意识形态事业。这段插曲惊起阵阵涟漪，的确，施姆顺·欣鲍姆此前也是经过一番痛苦的内心挣扎。

现在，让我们集中心思，做一做逻辑思考。对，我渐渐想起来了。她来到我的房间，要我赶快去那儿，结束那桩丑事。我什么也没问，只是在她后面赶路。有人吃了豹子胆竟敢在餐厅前的草坪处挖了个池子。我怒火中烧，因为这样的新鲜花样压根没有得到批准，餐厅前弄一个花园池塘，就像一些个波兰广场上的城堡。我叫嚣了起来。至于对着谁，并没有一个清晰的画面。池里有金鱼，一个男孩正用黑色橡皮管往内灌水。于是，我当机立断，决定制止这整场闹剧，但那男孩并不搭理我。我开始沿水管走，试图找到水龙头，在任何人企图让水池变成既成事实前，切断水源。我走啊走，直到我突然发现自己原来是在转圈子，那水管并不连向哪个水龙头，而是导回了水池，又从那儿往上汲水。胡说八道。一派胡言。荒谬至极。梦就此断了。锡安山工人运动的原始纲领不能循着辩证法去理解，它必须照字面意思，一字一句去领悟。

三

离开莱雅·格林斯潘后，施姆顺·欣鲍姆并未忽略对孩子的教导义务，也没有推诿责任。男孩长到六七岁，他言传身教，将人格中光明温暖的一面倾囊而出。吉迪恩，却让人失望透顶，他不是开辟王朝的那块料。孩提时代，他动不动哭鼻子流眼泪。他是个迟钝、糊涂的孩子，默默舔舐去奚落侮辱而没有复仇之心。这是个奇怪的孩子，爱摆弄糖纸、枯叶、蚕虫。从十二岁起，他就开始被各种年龄的姑娘折磨得心碎。他老害相思，不时在儿童时事通讯上发表些悲情诗和言辞毒辣的仿作。一个黑皮肤、温文尔雅的年轻人，几乎透着几许女性的柔美，总那样执拗地沉默着走过基布兹的小道。工作上，他并不出众；集体生活中也不夺目。他不善言辞，思维自然也欠佳。他的诗文，在欣鲍姆看来，感伤到无可救药。那尖刻的仿作中，全无灵感迸发的火花。无可否认，匹诺曹^①的绰号倒挺适合他。更令人沮丧的是，脸上永远抹不掉的让人恼火的笑意，对欣鲍姆来说，他简直是莱雅·格林斯潘活脱脱的翻版。

但后来，十八个月前，吉迪恩却让他父亲大为惊愕，另眼相看。他突然出现，索求入伍伞兵部队的书面认可——作为独子，要求双亲的签字同意。吉迪恩好歹让施姆顺·欣鲍姆相信，这不是儿子开的一个恶意玩笑，欣鲍姆才同意了下来。他快活地同意了：这毕竟是儿子成长过程中一个欢欣鼓舞的转变。在那儿，他会成为一个男人。让他去吧。为什么不呢？

莱雅·格林斯潘顽固的反对却给吉迪恩的计划构成了意想不到的阻挠。对，她不愿签字。无论如何绝不。想都别想。

有天晚上，欣鲍姆亲自去了她屋里一趟。讨好，说理，甚至大吼，都无济于事。她就是不肯签。没缘由。就是不签。于是，施姆顺·欣鲍姆只得动用"非常手段"。他亲自给耶洛克去了封私人信件，恳求他卖一个人情。他希望他的儿子能征召入伍。他的母亲情绪非常不稳定。这个孩子一定能成为头等伞兵。欣鲍姆自己将担上全部的责任。顺带说一句，他之前还没有向任何人求过情。而且他也再不会这样做。有此一次，且仅此一次。他请求耶洛克看看是否

---

① 匹诺曹（Pinocchio）：世界经典童话故事《木偶奇遇记》中的主人公。

帮得上忙。

九月底，当秋天在果园初露痕迹，吉迪恩·什哈夫入伍当了伞兵。

打那以后，施姆顺·欣鲍姆愈发无可自拔地沉醉在意识形态事业中，毕竟那是一个人真正可以留在世上的唯一印迹。施姆顺·欣鲍姆在希伯来工人运动中刻下的一笔无可抹杀。韶华未逝，白头仍远。七十五岁的他头发厚实，肌肉健壮有力。眼神警醒，头脑专注。有力、干脆、微嘶的音色依然对老老少少的女人有着意想不到的吸引力。不消说，举止自若、态度谦逊的他深深扎根在诺夫·哈里什的土壤中。他厌恶大会和正式的仪式，更别提委员会和各色公职。单凭一支笔，他的名字就足以在我们的运动与民族中流芳百世。

四

吉迪恩·什哈夫的最后一天，始于一轮绚丽的朝阳。他感到他甚至能看见露珠在热气中挥发。遥远的东方山头燃着辉煌的征兆。这是个值得欢庆的日子，庆祝独立，庆祝即将空降在家乡熟悉的田野上。那一夜，在亦梦亦幻的漆黑的秋日森林，他依偎在北方的苍穹下，迷醉在秋的浓重气息里，眩晕在唤不出名字的苍天大树下。一整夜，苍叶悄然落在营地的尖顶小屋上。以至待他次日醒来，仍能听见北部的森林，无名的树木在他耳畔私语。

吉迪恩无可救药地嗜上了那一跳，自机舱至伞开前的自由一跳，甜蜜的畅快可以于瞬间渗透血脉。空洞感以闪电的速度扑向你，气流如绵，凶狠地舔舐过你的身体，让你眩晕在极致的快乐中。整个速率跌跌撞撞，鲁莽直前，空气尖声厉啸怒吼着，你的身体都随之颤抖，你的神经末梢似被千万只灼热的针头刺激了，心也怦怦怦跳得热烈。当你在风中驰骋时，突然，降落伞啪的一声打开了。皮带扣住了你，你不再降得飞快，而像一只有力的男子臂膀把你稳稳托在臂弯中。你依稀感到有股力支撑在腋窝。这种无畏的快感落幕退去，更为镇静的快意及时替补。缓缓地，你的身体在气流中摇摆着，旋转着，沉沉浮浮，行得犹犹豫豫，飘浮在微风中，不过你永远猜不准双脚会在何处落地，是山坡上呢，还是那儿的橘树丛旁；你像只疲倦的候鸟，缓缓降下，屋顶、道路、牧场的奶牛尽收眼底，迟迟疑疑地晃过，仿佛你能选择，仿佛全由你决定。

　　那时，土地实实地踩在了你脚底。你熟练地向前一倾，翻了个跟斗，以期抵消着陆的冲力。几分钟内，你清醒过来。奔腾的血液缓和平静。眼前的眩晕重影也渐趋消失。只有渐趋疲弱的自豪感在你的胸膛中留存。直到你重新回归你的指挥官，你的同志们，你再次沉浸到列队重组的激情与澎湃中。

　　而这次，这一切将在诺夫·哈里什上空上演。

　　老人将会举起他们汗涔涔的手，将帽子往后一推，试图从悬在空中的灰点认出吉迪恩。孩子们也必定会冲到田间，兴奋地等待着他们的英雄着陆。母亲那会儿也会离开餐厅，站着翘首细望，小声自言自语。欣鲍姆则会离开他的写字台一小会儿，或许搬个椅子到窄窄的门廊，骄傲却若有所思地观看整场表演。

接着，基布兹将会宴请伞兵团。一壶壶壁上渗出"冷汗"的柠檬水送到餐厅，那儿有一箱箱苹果，老婆婆烘焙的糕点，用糖衣覆着的祝贺语。

六点半时，太阳终于退去了之前五光十色的反复无常，照耀在东部高地。现场被密不透风的热浪沉沉笼罩着。营地小屋的尖顶反射出刺目的强光。稠密的热量在墙壁的辐射之下，侵袭进屋内，如梦魇般倍感压抑。途经边界围栏的大马路上，一长列巴士和卡车蓄势待发，欲载着乡村、小镇的居民拥进大城市观看阅兵。尘土遮天，他们的白衫却隐约可辨；遥远处，各色歌谣的片断不时飘来。

伞兵部队已经完成了他们的晨间检阅。今天的任务命令，由参谋长签署，已经宣读，并贴上了告示牌。节日早餐已经摆好，生菜叶上摆着一只煮老的鸡蛋，周围绕一圈橄榄。

吉迪恩乌黑的刘海塌塌地搭在前额，轻声吟起了一曲安静的歌谣。其他人也哼了起来。偶尔有人改了歌词，一下子显得滑稽甚至下流起来。不一会儿，希伯来曲子就被一声绝望的阿拉伯喉音式的悲号打断。伞兵队队长，这位血性、英俊的军官，他的英雄事迹总会在夜晚的篝火旁受到大家的传诵。他站了起来，吆喝道：够了。伞兵队停了唱，匆忙灌下最后一点幼滑的咖啡，奔赴跑道。接下来又将是另一项检阅；指挥官大大鼓舞了部下的士气，称他们为"社会中坚"，下令他们登上久候的飞机。

空军中队的长官们立在舱门前，检查背带和挽具。指挥官在士兵们中间转悠，拍拍肩，打打趣，憧憬明天，鼓励情绪，好像他们即将奔赴战场，面临真正的生死威胁。吉迪恩以匆忙一笑回应肩上的一拍。他瘦得像个苦行僧，却有一身古铜色的皮肤。金发的指挥官阅历丰富，经历传奇，一双犀利的眼睛甚至可以窥探到青筋在他脖颈上悸动。

热气闯入荫庇的储物仓，所及之处无不覆上一层灰白的热光，阴凉的最后阵地也被无情驱逐。指令已下。引擎咆哮得嘶哑。鸟儿从跑道四散开去。飞机一阵战栗，沉沉移向前方，开始聚集起飞必需的动量。

五

我一定得出门了，到现场和他握手。

打定主意后，欣鲍姆合上了笔记本。几个月的军事训练着实历练了这个孩子。虽然难以置信，但他似乎终究要开始成熟了。他还得学会如何与女人打交道。他不得不永远告别羞怯与多愁善感：他必须摒弃那些女性习气，培养自己坚韧不拔的品性。而现在他已在博弈中进步不少。很快，他就会是他老父不可低估的对手了。也许，将来某一天，他甚至会打败我。不过现在还不会呢。只要他不是猴急地娶第一个委身于他的姑娘。当然，婚前他应该和一两个这样的女孩一刀两断，有了经验再结婚。几年后，他得给我生几个孙子孙女。多多益善。吉迪恩的孩子们会有两个父亲：我的儿子照顾他们，而我呢，则照管他们思想的成长。第二代是在我们成就的阴影中成长起来的。这就是他们为何会如此糊涂的缘由。这就是辩证法啊。而第三代，会成为绝妙的综合体、卓越的成果：他们会继承父辈的天然率直和祖辈的精神气概。如此辉煌的遗产传承，萃取于一脉扭曲交融的血统。我最好把这一句记下来，它迟早会派上用场。想到吉迪恩和他的朋友们我就心痛：他们总是如此颓靡绝望，浅薄地虚无着，愤世嫉俗地嘲讽着。他们不能爱进肺腑，亦不能恨入骨髓。没有激情，没有憎恶。我无意抨击绝望本身。绝望与信念本是永恒的孪生子，不分你我，但那是真正的绝望，是男子气概和澎湃的激情，而不是眼下这些诗意、感伤的忧郁。坐定，吉迪恩，别老抓头挠耳，别再咬指甲了。我要给你读一个布伦纳绝妙的段落。好吧，你再做个鬼脸，我就不读了。走出去，去变成一个贝都因吧，如果你真想那样。但如果你不熟悉布伦纳，你将对绝望或是信念一无所知。你就读不到那些描写坠入陷阱的胡狼，或是秋天的花朵的感伤的诗。在布伦纳的诗文中，任何事都如火焰般热烈。

爱、恨，均是如此。也许你们自己没有机会直面光明与黑暗，但你们的孩子将会那样。这是多么辉煌的遗产传承，它将萃取于一脉扭曲交融的血统。我们不会让第三代因伤感的诗篇、颓废的诗人而放纵堕落。飞机来了。我们先把布伦纳放回书架，准备好为你的改变而自豪吧，吉迪恩·欣鲍姆。

六

欣鲍姆有意识地跨过草坪，踏上水泥路，转身向基布兹西南角的耕地走去，那儿已被选作降落点。一路上，他不时在花坛边走走停停，揪出暗暗潜藏在花丛底的杂草。他小小的蓝眼睛格外眼尖，总能一眼瞥见杂草。的确，因为年纪，几年前他就不再从事园艺了。但到他死的那天，他都不会停止扫视花圃，不将可憎的侵入者除去就不善罢甘休。每当此时，他总会想起那个年轻他四十岁的男孩，那个继任他成为新园丁的小子，那个一直把自己幻想成基布兹的水彩画家的小子。他接手的是个打理得漂漂亮亮的花园，也终将在我们眼皮子底下一天不如一天了。

一伙兴奋得不得了的孩子半路冲进他的道。他们完全沉浸在了咿咿呀呀的详细争论中，争论在山谷上头盘旋的是哪种型号的飞机。他们一直跑着，吵闹中还掺杂了高声的叫喊和喘息。欣鲍姆抓住了其中一个的衣角，按住了拽到跟前，脸对着脸说道：

“你就是扎基。”

“放开我。”小孩答道。

欣鲍姆又说道：“大呼小叫什么？你脑子里只有飞机？没看到写着‘请勿践踏花圃’的字样么？这样跑对吗？可以为所欲为了，是吧？没规矩了难不成？看着我。我在和你说话。认真回答我，不然……”

但扎基趁着老人家作着这番滔滔不绝的教训之际，一扭身子，要滑逃开了。他溜进树林，做了个鬼脸，吐了吐舌头。

欣鲍姆气得瘪了嘴。他立马想到自己上了年纪，可那念头在他脑中只一闪而过，他跟自己说：好你个小子，我们回头再算账。扎基，要不就是阿扎赖亚。他迅速估算了下孩子的年龄，他至少也该有十一岁，说不定已经十二了。小流氓。畜生。

这时候，年轻的训练队员已经在水塔顶占据了一个有利位置，从那儿，他们可以放眼眺望山谷的东南西北。整个场景令欣鲍姆忆起了一幅俄罗斯油画。那一刻，他几乎有种冲动，想攀上去加入塔顶的那群年轻人，从远处更舒适地观看整场表演。可一想到待会儿男子气概十足的握手，他继续大步向前走，一直来到了田埂边。那儿他张开两腿直立着，两臂交错抱在胸前，密密的白发垂到额前，格外醒目。他拉长了脖子，灰眼睛以平稳的目光跟随着空中的两架运输机。马赛克般细细镶着的皱纹为那张脸添上了罕见的骄傲和沉思，以及一抹控制良好的讥讽，使他的表情格外丰富。浓密的白眉

64

像极了俄国圣像中的圣人。这时，飞机已完成了第一次盘旋，领头的那一架正再次向田野迈进靠拢。

施姆顺·欣鲍姆张开嘴唇，低声哼起了小曲。胸腔中嗡鸣的是古老的俄罗斯小调。第一批伞兵出现在舱门口。小小的黑色形状点缀在空中，像是拓荒时期老照片里的农民撒下的种子。

此时，莱雅·格林斯潘把头探出厨房的窗外，挥动着长柄勺，就好像是在对着树梢骂骂咧咧。她的脸红得发烫。黏黏的汗水让她朴素的裙子都贴在了粗壮而多毛的腿上。她喘着气，用另一只闲着的手的指尖撸了撸蓬乱的头发，突然转身朝在厨房里干活的其他女人吆喝道：

"快点儿！到窗这边来！吉迪恩在那儿呢！吉迪恩在天上呢！"

突然，她错愕得张口结舌，说不出话来了。

当第一批伞兵似一把羽毛轻柔地漂浮在天地之间时，第二架飞机如期而至，投下了吉迪恩·什哈夫那一组。舱内，伞兵们前胸贴后背，挤压紧靠在一起站着，他们大汗淋漓的身体融成了紧绷的一团。轮到吉迪恩跳伞了，他咬紧牙关，绷紧两膝，猛地一跳，仿佛从子宫跃入那股明亮的暖流。坠下时，一声狂野而悠长的欢叫破喉而出。童年的念想来回闪现，从下往上朝他涌来，萦绕于脑际。一路降下，屋顶树梢纷纷闯入眼帘，他朝它们疯狂地微笑致意。他落向葡萄园、水泥路、棚屋和锃锃发亮的管道，内心充满了欢欣喜悦。有生以来，他从未感受过如此势不可当、激动人心的爱。他全身的肌肉绷得硬邦邦，悚然的兴奋从胃里喷涌而出，沿脊髓直上，一直刺到他的发根。他发了狂般为爱呼喊，捏紧的拳中，掌心几乎被指甲掐出血来。这时，皮带拉紧了，在腋窝处托住了他。他的腰肢被扣在了一个紧紧的环抱中。那一刻，仿佛有只无形的手把他拉回飞机，拉向天空中央。下坠的美妙快感被舒缓、轻柔的摇摆所代替，像在摇篮里摆动或在温水中飘浮。突然，一阵荒唐的恐慌攫住了他。他们在下面该如何认出我。他们该如何设法从如林的白色降落伞中辨识出他们唯一的儿子。他们怎样才能独聚千万焦灼、亲切的目光于我一身。母亲，父亲，那些漂亮姑娘，还有小孩，以及在场的每一个人。我无论如何不能就这样在人群中淹没。我毕竟是我呀。他们所爱的我。

那一刻，一个念头闪过吉迪恩的脑际。他的手向上摸到肩膀上，拉下绳索，打开了应急的备用降落伞。伞蓬在他头顶张开的那一秒，他的降速霎时缓了下来，似乎地心引力已经对他失去了作用。他独自飘浮在真空中，像只海鸥，或是孤云一片。他最后一批战友都已在松软的土地上着陆，并开始折叠卸下的降落伞。只留吉迪恩·哈什夫一人在半空中悬着，仿佛中了咒语般，头顶两把硕大的伞罩。他陶醉在幸福中，沉醉在上百双眼睛的凝视里。唯独凝视着他一人。沉醉在他独占的辉煌中。

似乎要让整个景观更加惊心动魄，宏伟壮观，西边刮起一阵凉飕飕的烈风，呼地犁过热浪，抚弄着看客们的头发，将最后一个降落伞微微向东携去。

七

而远在大城市，熙熙攘攘等待观看阅兵的人群舒了一口气，一声解脱的叹息迎接骤然而降的海风。也许，这昭示着热浪的尾声即将退去。一股凉凉的、咸咸的味道弥散在被阳光炙烤的街道上。海风啸啸，更清新凉爽了，气势汹汹地撒乱树梢，压弯僵直的柏树，刮乱松树枝头，搅起滚滚尘埃，模糊了观众的视线。吉迪恩，像只孤寂的大鸟，被西风往东边的大马路送去。

底下上百张喉咙惊慌失措，交织成一片惊恐的呼声吼声，男孩却充耳不闻。他大声哼着歌，着魔般沉醉在神思恍惚中，继续摇摇摆摆地朝紧拉在巨大电缆塔间的高压主电缆缓缓靠去。看客们个个瞪圆了惊恐的眼睛瞅着悬在半空的士兵，盯着稳稳跨越山谷、笔直贯穿西东的高压电缆。由于自身的重量，五条平行的电缆垂坠在塔桥间，疾风阵阵吹过便轻柔地嗡鸣起来。

吉迪恩的两张降落伞缠绕在了高处的一根电缆线上。不一会儿，他的脚底踩上了较低的那根。身体往后倾，斜斜地悬挂着。皮带紧紧扣住他的腰和肩膀，不让他摔落在松软的耕地上。要不是他的厚厚靴底是绝缘的，他在撞到电缆的一刹那就被电死了。事实上，电缆线已经烧焦了他的鞋底，以抗议这个不必要不寻常的负

67

担。细微的火星子在吉迪恩脚下噼噼啪啪地闪着火花。他两只手死命狠拽住皮带上的搭扣。他惊恐不堪，目瞪口呆。

很快，一个矮个子军官，大汗淋漓地从吓呆的人群中跳了出来，嚷嚷道：

"别碰电线，吉迪恩。身子仰后面去，离开得越远越好！"

挤成一团、惊慌失措的人群开始往东边徐徐移动。有人大叫，有人恸哭。欣鲍姆用他那有震慑力的声音让大家安静，告诫每一个人都保持镇定。他飞跑起来，脚步重重踩踏在松软的土上，奔到现场，拨开军官和好奇的围观者，指导起儿子来：

"快，吉迪恩，松开皮带下来。地很软。绝对安全。跳下来。"

"我办不到。"

"别顶嘴。按吩咐做。跳啊。"

"不行，爸。我不能。"

"没有不能的事。松了皮带跳下来，不然你会被电死。"

"我不能，皮带缠住了。快叫他们关掉电源，爸，我的靴子烧起来了。"

一些士兵试图把人群往后拦，给七嘴八舌的好心建议大泼冷水，想在高压线下多留出些空间。他们像讲着咒语似的不断重复着："请别惊慌，请别惊慌。"

基布兹的孩子们从各处蜂拥而至，让场面更为混乱。训斥与警告已经丝毫不起作用了。两个气坏了的伞兵终于擒到了扎基。这个蠢货竟然想爬到最近的电缆塔上耸鼻子、吹口哨、扮鬼脸，以吸引人们的注意。

矮个子军官突然大吼一声：

"你的刀。你背带里有刀。拿出来割断皮带！"

但吉迪恩不知是听不见还是压根不想听。他开始抽抽搭搭地大哭起来。

"把我弄下来吧，爸爸，我会被电死的，让他们把我从这儿弄下去。我自己下不来。"

"别哭鼻子，"父亲厉声喝道，"跟你说了割断皮带。照我说的做吧。别哭鼻子。"

小伙子照做了。他还大声抽泣着，却用手去摸那把刀，摸到以后一根根地将皮带割断。四周鸦雀无声。只听到吉迪恩断断续续怪异、刺耳的抽泣。最后，只剩一根皮带拽着他了，但他再不敢继续割了。

"割断它，"孩子们尖叫道，"割断了跳下来。我们看你跳。"

欣鲍姆用平稳的语调又说道："你还在等什么？"

"我不能。"吉迪恩几乎是在恳求。

"你当然能。"他父亲说。

"电流。"小伙子哭着说，"我感觉到那电流了。快弄我下来。"

父亲眼里布满血丝，吼道：

"你这个懦夫。你真该为自己感到害臊！"

"可我不能。我的脖子会折的，太高了。"

"你能做到。你必须做到。你这个蠢货，这就是你，蠢货，懦夫。"

一列参加城市空中表演的喷气式飞机从头顶飞过。它们排着整齐的队列，像群野狗轰鸣着往西。飞机一消失，寂静的氛围愈加强烈浓郁，压抑得近乎窒息过去。连小伙子都停下了抽泣。刀掉在了地上。刀刃刺入欣鲍姆脚边的泥地。

"你在干什么？"矮个军官叫道。

"我不是故意的，"吉迪恩哭诉着，"它从我手里滑出来了。"

施姆顺·欣鲍姆弯腰捡了一颗石子，挺直了腰板，狠狠朝他儿子的背掷去。

"匹诺曹，你这个没出息的东西，你就是个可悲的胆小鬼！"

这时候，海风也平息了。

热浪重新打起精神压迫起人和死气沉沉的物体。有个红头发、长雀斑的士兵小声咕哝道："他不敢跳下来，大傻瓜，待在那儿迟早会让自己死掉。"一个身材消瘦、相貌平平的姑娘听到了这些话，冲到中央，摊开两臂：

"跳到我怀里来吧，吉迪恩，你会安然无恙的。"

"这可真有意思了，不知道有没有人想到给电力公司打电话要他们关掉电源。"一个穿着工作服的老拓荒者在一旁插话道。他转身向基布兹大楼走去。他急急迈开大步，气冲冲地走上斜坡。身后突然响起一阵枪响，他顿时一惊。一时间，他一度以为自己的后背被击中了。但他立马意识到发生了什么：中队指挥官，那个帅气的金发英雄，想用他的机枪射断电缆线。

没有成功。

这时，一辆破旧的卡车从田地里开来。卸下梯子，后面跟着一个上了年纪的医生，还有一副担架。

那一刻，吉迪恩显然做了一个仓促的决定。他猛地一踢，把自己推离了那根低处的正冒着蓝色火星的电缆，倒翻了个跟斗，被最后的那一根皮带头朝下倒吊了起来，烧焦的靴子在离电缆一英尺的地方踢腾着空气。

虽然很难确定，但看起来目前他还没有受什么重伤。他软绵绵地在空中上下摇摆着，像极了肉贩钩上倒挂着的死羊。

看热闹的孩子们见到这番情景不禁发出了一阵歇斯底里的哄笑。他们笑着嚷着叫唤着。扎基直拍膝盖，噎得抽筋喘不过气来。他上蹿下跳，嗷嗷叫得像只顽皮的猴子。

不知吉迪恩看到了什么，他突然伸长了脖子随孩子们大笑起来。或许是他那荒唐的姿势让他的脑子神经错乱了。他的脸涨得通红，吐出了舌头，浓密的头发倒垂下来，只有两只脚还在空中踢腾。

八

空中又有第二批喷气式飞机列队飞过。十二只铁鸟闪闪发亮地掠过耀眼的阳光，肃穆冷峻，美感十足。它们摆着窄窄的矛尖造型。它们隆隆轰鸣着，威风凛凛，声震大地。它们朝西驶去，尾后甩下了一片深深的沉寂。

与此同时，上了年纪的医生一屁股坐在担架上，点了一支烟，茫然望着眼前的人群、士兵、蹦蹦跳跳的孩子，自言自语起来：我们倒要看看结果会是怎样。该发生的总会发生。今天可真热。

吉迪恩时不时疯疯癫癫地大笑一阵。他的两腿又踢又蹬，在灰尘遍布的空中粗鄙地画着圆。血液几乎从颠倒的四肢中流干，全聚集到大脑中。他的眼睛要鼓爆出来了。世界黯淡下来。眼前不再是日光灿灿，倒是金星飞舞。他吐出了舌头。孩子们以为那是个嘲弄的表情。"倒挂的匹诺曹，"扎基激动起来，"别朝我们挤眉弄眼了，你倒不如用手走路算了。"

欣鲍姆走过去想打这个臭小子，拳头却扑了个空，小鬼早跳开了。老人向金发指挥官招手示意，于是他们简短讨论了一番。小伙子没有和电缆直接接触，短时间内还没有危险，但必须尽快把他救下来。这场滑稽戏不能永远闹下去。一把梯子没多大作用：他悬得太高了。或许，可以再把刀设法递给他，他也就能割断最后一根皮带，跳到一面帆布上。毕竟，对于一名伞兵来说，那是再寻常不过的常规训练。当务之急是要快，因为场面越来越难堪了。更别提那群孩子了。于是，矮个军官脱去衬衫，把刀包在里面。吉迪恩把头往下伸，试图接到这一捆。它却从他张开的两臂间溜了出去，徒劳地坠在了地上。孩子们窃笑起来。两次失败的尝试后，吉迪恩才抓住了衬衫，取出了刀子。他充血的手指麻木了。他突然把刀刃贴在自己灼得热辣辣的脸颊上，享受着钢器凉凉的触碰。真是个美妙的瞬间。他张开了眼，看到了一个颠倒的世界。一切看起来都那么滑稽：卡车、田野、他的父亲、军队、孩子们，甚至他手里的刀子。他朝那帮孩子装了个鬼脸，大笑着，挥刀朝他们晃着。他想说些什么。若他们也能在这儿像他这样倒挂着看自己像受了惊的蚂蚁一样四处乱撞，必定也会和他一起笑的。但那笑却转变成一阵重重的咳；吉迪恩噎了气，泪水满盈。

九

吉迪恩倒吊着的古怪滑稽样让扎基充满了邪恶的痛快感。

"他哭了，"他残忍地大叫，"吉迪恩哭了，看呀，还有眼泪呢。英雄匹诺曹吓得哭鼻子喽。我们看得见你，看得见。"

施姆顺·欣鲍姆的一记拳头又落空在了稀薄的空气中。

"扎基，"吉迪恩那干瘪、饱受痛苦折磨的声音终于吼了出来，"我要杀了你，我要掐死你，你个小兔崽子。"他突然吃吃笑起来，接着又止住了。

这样没用。他自己是割不断那最后一根带子的。医生唯恐再这样拖延下去，他很有可能会失去知觉。该想想其他办法。这场表演不能闹腾个一天。

于是，基布兹的卡车隆隆驶过耕地，在施姆顺·欣鲍姆指定的位置刹了车。两条梯子匆匆捆成一节架到要求的高度，被五双壮实的手臂支撑靠着卡车借力。经历传奇的金发指挥官开始往上爬。当他爬到两架梯子重叠的那部分时，响起了令人生畏的吱嘎吱嘎的断裂声，木梯由于高度和重量开始弯折下来。指挥官，这个体形壮硕的男人，犹豫了。为安全起见，他决定退回去扎结实梯子。他爬回卡车，抹去了额头上的汗水，说道："等等，让我想想。"说时迟那时快，一眨眼的工夫，没来得及阻止，甚至没来得及被人发现，小鬼扎基已经爬上梯子，越过接口，如同发了狂的猴子一溜烟跃至梯顶最高一级横档；他手掌心里突然多了一把刀——他究竟是从哪儿弄来的？他憋足了气死命对付着绷紧的皮带。看热闹的人都屏住了呼吸：他似乎在藐视地心引力，什么也不握扶，什么也不顾，赤手空拳，踮在顶级横档上，灵活机敏，身手轻盈，惊人地能干。

十

热浪炙烤着吊在空中的小伙子。他的眼神黯淡下来，奄奄一息。在他神志清醒的最后一线时机，瞧见了眼前这个丑陋的小兄弟，感受到他的气息拂在面前。他闻得到他。他能看到扎基龇尖牙露利齿。恐惧将他套入死穴，就好像瞥见了镜子里的怪兽。梦魇唤醒了吉迪恩仅存的最后一点体力。他在空中又踢又蹬，终于往后翻腾了过去，擎住皮带，把自己撑拽起来。他张开了臂膀，将身体往电缆线甩去，火花四溅。热风依旧在山谷间肆意妄为。第三拨机群咆哮着轰鸣着淹没了最终的画面。

十一

丧子之痛会给一个男人赋上受难圣人的光环。欣鲍姆却无心顾及这样的光环。由一簇不言不语吓呆了的人群簇拥护送着向餐厅走去。他知道，万分肯定，这地方离莱雅不远。

半途中，他遇见了小鬼扎基，满脸通红，气喘吁吁，一位英雄，被其他孩子围在中间：他差一点就救了吉迪恩。欣鲍姆颤着的一只手搭在了孩子的头顶，想要说点什么，却只颤动着嘴唇没说出来。他笨拙地抚了抚那脏兮兮、乱蓬蓬的头发。他之前还从没抚摸过孩子的头。没走几步，老人两眼一黑，瘫在了花圃中。

独立日渐近尾声，喀新风也减退不少。清新的海风抚慰着冒着热气的一堵堵墙。一夜之间，草坪沾染上了厚厚一层露水。

月亮周围的苍白光环意在透露何种信息？不出意外，这预示着喀新风的到来。明日，热浪无疑会卷土重来。先是五月，然后是六月将接踵而至。在夜间，在柏树丛中，一股风在游荡，要在两股热风交替之际给柏树捎来安慰。这就是风之道。风来，风去，风又来。亘古不变，并无新奇。

1962 年

志未酬，身先死

一

公牛死去的当晚，身子还是壮实、热乎的。

就在夜里，公牛"大力士"被宰杀了。凌晨，还不到五点整的挤奶时间，拿撒勒①来的肉贩子就将它装在一条灰船上运走了。于是，它的肉一爿爿上了拿撒勒肉铺锈花了的铁钩。被教堂钟声惊起的大群苍蝇蜂拥而至，叮了牛肉一身，仿佛处心积虑要狠狠报复一番。

后来，早晨八点光景，来了位老先生，提一个半导体收音机，来买"大力士"的牛皮。拉马拉电台一直往他手心灌美式音乐。这是支荒凉得要命的爵士曲，在教堂钟声的映衬之下，那悲戚戚的腔调叫人受不了。曲子终了，买卖也达成了，公牛皮售了出去。壮牛"大力士"的这张皮，你准备拿它做什么呢，拉西德阁下？做成

---

① 拿撒勒（Nazareth）：是以色列北部地区古城，该城首见于《圣经》，为耶稣童年时期的活动地。

77

装饰品呀，那可是价值连城哟，给阔绰游客作纪念品，就那么弄几张牛皮底的多色拼画：瞧，这儿是耶稣住的巷子，这儿是约瑟夫自家的木匠铺，这儿呢，小天使们正敲钟宣告着救世主的降临，这儿三王俯在摇篮前，还有这儿，前额发光的婴孩，真正的牛皮纸大作，融入了艺术家洞察力的纯手工制品。

拉西德先生来到札伊姆咖啡馆，在玩十五子棋的桌上打发了一个早上。他手上的收音机里播的是欢快的曲子，可他脚边的麻袋里，装的是死公牛的牛皮。

拿撒勒的微风，掺和着浓重的气味，拨弄过鸣钟、树梢、搅和着肉铺的铁钩串，而底下的牛肉，哀叹着血淋淋的呻吟。

二

"大力士"正逢壮年，力大无比，是基布兹牧人的骄傲，山谷中最棒的公牛。要不是它的体力每况愈下，由熙是绝不会突然在半夜割了它的喉的。

"大力士"垂着头，压着蹄子，睡得很沉。呼出的鼻息中混着黏糊糊的汗味。晃在它胸前的袖珍手电的光束，最终停留徘徊在它的脖颈。公牛没有察觉丝毫。

毒饵，一直在由熙脑中挥之不去。黑夜中狼嗥四起，深秋时分，曾有一匹迷途的胡狼闯进牛棚，饥饿难耐，丧心病狂，狠狠咬住了"大力士"的腿。"大力士"一蹄子过去，那胡狼立刻毙了命。但狼牙上的毒药渗进伤口，"大力士"的体力由此挫伤，就一蹶不振了。从此，耶斯列谷最勇猛公牛的命运似乎也盖棺定论了。

由熙轻轻抓起公牛的下颌，撑起它黑乎乎的头。公牛呼吸得很沉，它的双眼微微颤着，几乎是在眨着。由熙把刀刃抵在了"大力士"的喉管，按了进去。公牛的鼻孔蓦地撑大了，前蹄死命踢着身子底下的粪球。它依旧没有睁开眼。它只睁开了一会儿——直至刀刃割破它的皮肉，割裂它的颈静脉。

一开始，几滴稀薄的血缓缓渗了出来。这牛发出一声不安的低哞，脑袋左动右晃，好像要甩掉一只叮得牢牢的苍蝇，又好像在对一个话题表示强烈的异议。接着，迟缓地淌出了一股涓细的血流，仿佛是不经意间挠抓出来的。

"好了。"由熙说道。

"大力士"用尾巴打着沾满泥浆的后肢，粗重地喘着热气。

"好了，就这么着吧。"由熙边说着，边把手插入裤兜。两瓣唇间的香烟有些潮湿了，而且脏兮兮的。由熙着了什么魔？竟把火柴贴在死牛的前额按熄了。火星灭了，黑暗卷土重来。公牛痛苦地呻吟着，但那呻吟仿佛被抑制住了一般，不一会儿就默不作声了，只笨拙地往后移了两步左右，抬了头，怔怔瞪着这男人。

它神奇的头颅抬起的那一瞬，血从伤口喷溅出来，在地上淌成一条黑色的激流，在手电的光束下冒着泡。由熙顿觉恶心和急躁。

"哎呀，真是。"他说道。

溅血的场面让他感觉膀胱痒痒的。但看到这垂死的公牛，他又尿不出来了。可他再也捺不住性子了，于是他焦虑地狠抽起了烟。"大力士"气断得十分缓慢。它的血热乎乎、黏稠稠的。公牛的前蹄先瘫软了，然后是膝盖，之后，不紧不慢地倒下了。垂下的牛角茫然顶着，却证明了只是一片盲目和徒劳。

牛眼睛最先死去，牛皮包裹的身体却还颤抖着。接着，身子也不动了，只有一只前蹄导盲拐杖似的还在拨弄稻草。腿也停歇了，一片死寂。尾巴轻弹了一下，又一下，仿佛在挥手说拜拜。血流干流尽了，"大力士"蜷缩起来，似乎选择了以胎儿的姿势死去。

"唔，唔。"由熙道。

接着，牧人吸完了烟，撒完了憋着的尿，转身朝扎什卡守夜的小厨房走去。

扎什卡，多夫·舍尔金分居的妻子，用陶杯给由熙舀了碗热腾腾的甜奶。她是个满脸皱纹的老年妇女，有双猫头鹰似的凹陷的眼睛。陶杯很大很厚。扎什卡的动作有点急躁，有点紧张。她的身材矮小干瘪。杯里冒出热气，油脂结成薄衣漂浮在奶面上。

三

每一晚，扎什卡都会在小厨房坐到天亮。这儿有给婴儿和病童

80

的特备食物。她瘦削方正的脸庞搁在膝上。她的膝藏在臂弯里，像把收紧的折刀。每个小时，她都会裹一件长长的毛大衣去育婴楼巡视一番。她整整这儿的毯子，关关那儿的窗。她不喜欢新式的育儿方法，她觉得这会儿除了彻底的安静，孩子和家长什么也不需要。

这档子间隙，她会坐在她的长凳上，一动不动，也不思考，如入无人之境，似在睡眠边缘徘徊。但她没睡着。如果远处传来哪个孩子的哭闹或夜咳，她会闻声寻去，轻拍那个小家伙的身体，唤道：

"嘘。够了。"

或者："够了。安静吧。"

然后她自言自语道：

"随他去吧。"

自那天起，那还在很久以前，多夫·舍尔金离开了他的家和他的基布兹，扎什卡的脾气就开始变得暴戾。她诽谤起基布兹来，尤其是某些人。我们已经尽最大努力去忍耐。当她的大儿子在一次残暴的报复袭击中丧生，是我们在她身边将她护着，以免她失去理智。夜里，我们轮流守着她。我们把她送去接受工艺培训课。当她大言不惭地提出除了定期守夜，一概免去所有其他职务的要求时，我们没有坚持我们的原则，只说："行。完全可以。你是个特例。我们决定准予你的请求。但请记住……"

要是"大力士"没有认命地呻吟着死去，而是狂叫着奔赴黄泉，扎什卡也一定只会点点头说"好吧"或者"也该这样"。但"大力士"选择了安静地死去。由熙抿着她给他备好的奶，一言不发，甚至没有"想当年"。有几次，他会待上一会儿，讲讲笑话。可今晚，他来了，喝完奶，又再次折回黑暗。

随后，就是胡狼的天下了。他们会一直嗥到天亮。

突而一阵呜咽，突而一阵大笑，你还以为隔壁有个孩子正被活活烧死呢。还有些时候，听起来像是有个好色的男人正纠缠着个荡妇，追逐、抓挠、挑拨着那女人，直到她尖叫大笑起来，接着就传来两人的呻吟声。这时候，连扎什卡都会笑起来，自言自语道：

"是的，没错。"

五点或五点十五，天色变得苍白，一抹鬼魅似的光辉挂在东边山顶，离天亮还有好一会，扎什卡回房睡觉了。路经年轻成员那一区时，她停了下来，使劲敲着葛优拉的门，叫喊道：

"该起床了。都五点了。都早上了。起来了！"

葛优拉·舍尔金，扎什卡和多夫尚存的孩子，愤恨恨地醒了，起来在凉水龙头下抹了把脸。她跑到食堂，如果有谁招呼"早上好，葛优拉"，她会懒洋洋、昏沉沉地作答"嗯，好"。到了厨房，她会开了大茶缸的火，给工人们煮咖啡。她的指甲裂了，粗糙的手上结了痂，嘴角还有两个苦褶。她的腿脚细而苍白，覆着一层黑乎乎的汗毛。所以她从不穿裙子或连衣裙，总穿长裤。尽管她已经二十出头了，两颊上还有许多青春痘。她喜欢读现代诗。

　　大茶缸里的咖啡，葛优拉想，真是令人作呕的东西。好咖啡只有在阿拉伯式的咖啡壶里才煮得出来。埃胡德休假时不经常回家，但每次回来都能让待字闺中的姑娘们高兴上一阵，有时连那些已嫁作人妇的也会如此。他像远古的巫师那样调制咖啡，默念着咒语施下魔法。他会突然大笑一声，仿佛在说：你懂什么，关于近程火箭炮，你又懂多少？但他是个少言寡语的男人。他就只会猛然大笑，并问他们怎么老在他身边晃悠，好像他们都没家可回，全都无所事事。早在他去世之前，他的眼里就布满了死亡的阴影。他没有离开基布兹，但他也不在这儿生活：他的服役期限延了一年又一年，他已成为了军中及边境据点的传奇人物；他二十三岁，统领着一个营。他穿一身破军衣和便鞋，佩一把从一具叙利亚人的尸体上撸来的冲锋枪巡视这片土地。他几乎参加了所有的报复性袭击——从没错过一场。在一次任务中，还染着严重肺炎的他炸飞了贝特·阿雅的一所警局。就是他，在去往希布伦山的夜行中，单枪匹马地擒住了以撒·突巴斯，这个来自贝特·哈达斯的莫沙夫的杀害亚尼夫家族的刽子手。前往希布伦山的行动结束后，他对妹妹葛优拉说道："我杀了他，还有另外六个。我必须这么做。"

　　咖啡缸子开始冒热气的时候，葛优拉空腹抽了这天的第一支烟，山谷的胡狼也已退回了隐匿处。"大力士"的血腥味着实让它们在夜里骚动起来。山里的胡狼是软骨头，都会红着眼、迈着怯步、颤着尾巴、馋涎欲滴。有时候，它们中的一只两只饥饿难耐或欢腾过了头，也会窜进农庄撕咬起来，直到守夜人将它射杀，伴着痛苦的哀号和它同伴恶意的大笑。

许多年前，多夫·舍尔金曾给这些胡狼下过毒饵，他还设计过一些齿夹式的小陷阱。笑到最后才笑得最好，多夫·舍尔金常说。再后来，他离开基布兹，离开家，浪迹天涯。他对妻子这样说："一个男人必须努力留下些死亡所不能磨灭的痕迹，不然就白白在这世上走了一遭。"

据参谋部的指示，在死伤人员还未撤离疏散前，我方战士禁止从敌方领土上撤退。那埃胡德又怎会被弃尸荒野呢？两个班子的调查委员会彻查了这一不光彩事件，也吸取了教训。埃胡德被遗弃在荒野整整三个晚上。敌军试图搜寻到尸体，并在他们的一座城池悬首示众，以泄战败之辱。埃胡德的同志们义愤填膺，羞耻难当，在我们的前线放出了一条绵长凶猛的火龙，一举挫败了敌人的企图。敌军也将尸体掩埋，阻止同志们千方百计找回尸体。埃胡德的同志们日复一日冒着生命危险，匍匐进那块荒芜的土地，在草丛、矿地挖着，凿着，却一次又一次被迫撤退。敌军已架好强光探照灯，散布到各个黑暗角落。第四个晚上，埃胡德的同志们以六人伤亡的代价重获尸体——纵使有天大的危险也在所不惜，尽管他们已接到放弃任务的命令。他们把他带回营地，再从营地运回他家，他们对他说："埃胡德，我们的朋友，即使舍弃生命你也不曾将我们遗弃，我们又怎会遗弃你？安息吧。"

但那胡狼已将他的容颜撕毁，还糟蹋了他英俊、棱角分明的下巴。多夫·舍尔金失魂落魄出现在儿子的葬礼上，看似病入膏肓。扎什卡没有和他说话，他也是。他试图与葛优拉搭话，她却没有应声。

焦黑、冒泡的咖啡在升腾着蒸汽的缸子中翻腾着。让它煮沸七次，葛优拉·舍尔金这样盘算着，足足七次。她把双唇咬得紧紧。牙齿咬得紧紧。嘴巴像把弯刀。

四

清晨六点，拖拉机棚的方向传来了引擎发动的声响，基布兹的成员们也一一走下了露水湿透的田地。八点时，天已经大亮，天色也从蓝渐变为暗白。拖拉机、灌溉水管、农具，所有铁器发炎红肿了似的，操手去摸去提都是一阵火辣辣。生锈的水龙头汩汩的水流中还掺杂着碎铁屑。

很多年前，多夫·舍尔金曾掌管着所有的果园。他常光着膀子，兴高采烈地歌唱着，像把刀似的立在丛林间忙活，一会儿从果园的这头蹦了出来，一会又出没在果园的那头，朝采摘工们扯着嗓子，或斥责或鼓励。他的肩膀宽阔有力，胸脯和躯干棕熊般黑黝敦实。

夏日的黄昏时分，他总会到果园转悠，肩上托着一个瘦弱的金发小子，胳膊长得细致小巧，和女孩儿一般俊俏。多夫会在男孩毫不设防时猛地把他抛到天上，足有树梢那么高。在惊险中跌落回他父亲强壮的臂膀时，这小子没出一点声。

"男人就要强壮自信。"他常这样说，虽然他知道孩子还明白不了这些。"残杀无辜是世上最令人唾弃的罪行。当然，成为那个被杀的无辜者与此一样糟。你，埃胡德，你一定要成为最强壮的男人。强壮到没人可以伤害你，你也不需要去伤害别人，因为他们压根没有胆量同你较量。天黑了，我们回家吧。不，我们不一起。你自己过旱谷吧，我会走另一条道。你必须学会不再怕黑。对，旱谷里什么都有，但它们只会怕你，因为你根本就一无所惧。好了，你走吧。"

果园按果种呈块状分布，其间用齐整的犁沟隔开。先是粗糙味淡的亚历山大大帝苹果，多汁香甜的金色加利亚苹果。然后是桃树，那果子毛茸茸的，闻起来芳香醉人。还有黑紫的李子，忧郁的番石榴，再就是另一溜苹果地，这是个叫做"无可匹敌"的品种。早年，是多夫·舍尔金设计了布局并栽下树苗。如果没有多夫·舍尔金和他的坚持，这片果园压根不会存在。他说服、威逼甚至恐吓基布兹的创建者接受他的方案，但他还是走错了其中的两步，他们说他是疯了，他该放弃了，可他却两次将它们连根拔起，重新种植。二十年前，他离开了他的果园、他的家庭，离开基布兹，远走天涯。他甚至没留下只字片语。

自那以后，几代胡狼经历了生死流转，但年幼的依然效仿着它们的父辈生存着，一成不变。什么都没有改变。夜复一夜，灰色的旷野呜咽四起，伴着咝谑的叫吼，绝望的哭号和怨泣，群狼作怪，恣意欢腾。

多夫·舍尔金离开一事传得沸沸扬扬，基布兹上下倍感愤慨：那个年代，离开的都是些怯懦者，而非中流砥柱式的人物。但凡有一位核心人物要离开，那么他会在大会上发表一通演说，用拳头敲着桌子将平时看在眼里吞在肚里、被光鲜外表掩盖的腐败现象一吐为快。接着，他就坐定静候众人的反应，等待他们直言对他的看法，揭穿他的动机。但多夫就这样溜走了，没有争辩，没有控诉，亦没有借口：他在某个清晨消失，到了傍晚都没有回来，第二天，也没有。不见了。远走高飞了。

久而久之，我们的怒气也平息了。有困惑不解，也有不以为然：他走了，让他走吧。我们早认识他了。我们了解他。

后来，传出了有关墨西哥巡回歌女的传言，一切自然也明了了，不言而喻了。基布兹也就担起了照料扎什卡和她两个孩子的责任。是十四岁半的埃胡德亲手制出挤奶转筒，改良了我们的乳制品。十六岁时，他辍了学，开始在山野间闯荡。从此，他就常越过停火线，毫发无伤地安全返回。他同训练队中年长他四五岁的姑娘在牲口棚后做爱。应征入伍后，他安定了不少。二十三岁成为少校的他已经闻名四方了。我们只为葛优拉忧虑着。当然还有扎什卡。

多夫先是去了海法①，那儿，他在码头上干活，赚点小钱——离开基布兹时，他身上只有六十二比索。从海法，他又去了死海岸的诺夫麦斯基矿场。之后，他又旅行去过以色列国内和国外的许多地方，而我们也彻底失去了他的行踪。近些年来——有第一手消息称——多夫·舍尔金已经在耶路撒冷定居下来，并成为了当地中学低年级班的地理老师。第一次心脏病发作后，他放慢了自己的脚步。而在心脏病第二次发作后，他弃教居家了。他的脸色也日渐苍白。

五

是夜，多夫·舍尔金坐在家中。他笔直坐在椅子上，一动不动，没有眨眼，没有打哈欠。他勾勒着素描，线条硬朗。

凌晨两点。头顶燃着耀眼的橘色灯光。薄薄一片灰泥石膏从天花板飘到了一把老旧的木椅子上。多夫的房间打理得一丝不乱。每

---

① 海法（Haifa）：以色列北部港口城市，濒临海法湾，俯瞰地中海。

一件物什都放在多夫原本设想好的那一个准确位置上，早在《独立宣言》颁布的两年前就这样了。尽管它井然有序，但这间房似乎充斥着一摞吱吱作响、不听话的杂色家具。各色不相称物体的组合显得纷繁混乱：轻盈、透明的窗帘与一只过时的五斗橱，可以追溯到耶路撒冷塞法迪贵族年代的椭圆形台桌与柜脚雕成史前怪兽模样的深色衣柜，双双形成反差。中央地带铺了条俗丽的花纹床罩，红蓝相间，蚕丝质地。一盏枝形吊灯悬停在这片混乱之上。角落里，一盆硕大的仙人掌向四周伸展出如扭曲小蛇似的手掌，中央是装饰着金银配件的写字台，多夫·舍尔金就坐在那儿描着素描。

他放下圆规，捡起一把尺。又把尺放回原处，削起铅笔来。他按得太过用力，笔头折断了两次。一些妥协还是需要的，他想。从一堆铅笔中，挑出一支红一支黑。

很多年前，多夫还是多法港的工人，后来去工厂当了领班，再后来，是贝都因皇家装甲部队的骑兵、犹太地下军在拉丁美洲的军火代理商、独立战争时期的参谋、内盖夫 [1] 地区的开发顾问，最后成为了一名地理教师——那个年代，"地理教师"一称仍保留着"绘制地球"的本意。

他低头躬身坐着。他的面容冷冷的，好像是为了节省表情，一处细节只为一种目的。他的容貌似乎融进了吝啬的神色，纯粹、

---

[1] 内盖夫（Negev）：以色列南部地区，略呈三角形，西南与埃及的西奈半岛毗邻，东南以阿拉伯谷地与约旦为界，南端抵亚喀巴湾。

高度浓缩的音啬，不带一丝贪婪或享乐的沉溺。只有两弯眉毛非常张扬，仿佛在嘲笑皱出褶层以供其生长的四四方方的前额。他从数学练习簿上扯下一页纸，用铅笔在上面涂着，画着，吱嘎作响。

是这样的静谧，在这样萧索的凌晨，在耶路撒冷如此荒芜的郊外如飘零的冷雾，游荡到街道上，从花园的松树顶折下松尖一簇，松尖沙沙作响，这声音穿透封了的百叶窗，渗入骨髓。黑暗中，阳台栏杆上的猫也惊恐得瑟瑟发抖。多夫转过头去看门：

对。是关着的。也上了锁。

远处的胡狼发出一声短促的厉叫，就像管弦乐队领奏的首次调弦。离埃胡德第一次也是仅有的一次拜访已一年有余了：不知是耶路撒冷的一些青年大会，还是这儿的考古狂热者营地，让这小伙子自己找上门来待了两天。其实，他还带了个姑娘，就这样出现在半夜，朝他父亲疲倦地笑笑，称他会在次日早晨解释一切，接着，两人双双和衣闭眼睡沉了。待多夫六点醒来时，他们已经走了，只留下一张字条："多谢。再会。附：一切都好。"第二天晚上，除了两个女孩子外，他还带了一些古陶器。一直到凌晨三点，他仍忙着修理浴室漏水的热水管道。再后来，他回到姑娘们那儿，她们早在阳台的睡袋里睡下了。翌日一早，他又不见了，除了修好的水管，没留下任何踪迹。

四年后，他们不经意在别什巴 ① 简短地碰了面，埃胡德许诺会再来看他，没人知道是不是真的。"或许会是夏天的某个晚上，"他说，"我会带这些可怜的呆子进亚杜兰山训练，看看家猫能不能变成老虎。我想我要是在半夜突然出现，来看看你顺便冲个凉，一定会让你大吃一惊的。"多夫并没有相信这样的承诺，次年的夏天，他也没有期待会在夜里听见脚步声。夏末，多夫·舍尔金收到了一封伞兵司令发来的吊唁信，众多悼词间出现了这样的字样："做父亲是幸福的。"他摇了摇头，决心专注于他的画，不再胡思乱想。他累了，高度的自律仍让他沉湎。旧城的墙后，座座教堂的钟鸣越过约旦王国边境向停战线异端的伯利恒 ② 教堂窸窣暗语。伯利恒回应了起来，它敲响了和谐悦耳的钟声：是的，这儿，就在这儿，他出生了。东耶路撒冷的鸣钟也交相辉映地唱着：这儿，他入土为安，也是在这儿，他沐浴重生。

六

多夫放下了黑红两支铅笔。用圆规画了个规整的半圆。接着又

---

① 别什巴（Beersheba）：以色列南部内盖夫沙漠最大的城市。

② 伯利恒（Bethlehem）：巴勒斯坦中部城市。一个人口不多、面积不大，但闻名世界的城市。位于犹太山地顶部，耶路撒冷以南，海拔 680 米。传为耶稣降生地，是基督教圣地，建有耶稣诞生教堂，地位仅次于耶路撒冷的圣墓教堂。又有拉结墓，故亦为犹太教圣地。

挑了支蓝笔一口气描上了一刻钟。

　　纸上，一弯巨大的港口现出了雏形。蓝色的海水从他灰色的眼角流经指尖，涌出笔头，直到那汹涌的蓝覆满全页，将纸上那些方方块块吞没。多夫的港口码头比最宽的码头更宽，突堤比有史以来任何突堤都长，起重机比世上最大的起重机都庞大，仓库很高，有如寂静伸长黑指，拨开多夫·舍尔金的百叶窗缝隙。高速公路、联络大道、桥梁、隧道、入路等综合设施如蛇巢盘结交错。黄色机器迸出巨大的火花。钢制移动平台和橡胶传输带也绘了进去，以方便从巨轮中卸下堆积如山的货物。一切都从精确的建筑透视图角度绘制，狂放不羁的激情全被围困在数学严谨的水晶琥珀中。耶路撒冷之夜，如果世界上最大的船只在多夫的码头间抛锚，那么这艘船看起来简直就像匍匐于象牙的一只甲虫。

　　蓝笔涂出了一整片海湾，接着又细致地为运河网注水。外边楼道上，响起陌生人的脚步声。有人重重倚在了栏杆上。嘎吱一声。又静了下来。

　　多夫从椅子上跃起，冲到窗边，检查百叶窗的插销。它们拧得紧紧的。透过缝隙望出去，是空荡的街道。从屋顶到阳台栏杆，从垃圾桶到柏树尖，从市政信息局到电话亭，从石阶顶到人行道裂缝，束束荒凉萧索的星光层层叠叠地倾洒挥泻遍整条街道。静默的地壳包裹着陆地，蓝色水汽无声降临。也或许，只是露珠一粒。

　　天花板又飘下一片石膏碎屑，比第一片还大。小块小块的石灰粉薄片落满了花色似轻佻女人内衣的床罩。步子在楼梯处止住了。陌生人现在也许还在一楼。静穆一片，没有钥匙扭锁的声响，亦没有门铃。他一定站定了，检查着剥落了油漆的门，也许还瞧了瞧邮箱上的住户的名字。多夫咬紧了牙齿，下巴像只拳头绷得紧紧。他站了起来，把耶路撒冷码头的蓝图搁回了旧柜子的抽屉，又回到写字台。他撕下一页新的方格纸，坐了下来，开始描绘一幅山地图。

七

他整个人都是灰色的：灰色的眼、脸和头发。但他总穿一件年轻运动员爱穿的蓝衬衫，还有《圣经》风格的便鞋。藏在衬衫下的是一具筋腱交织、强壮多毛的躯体。一眼看去，他似乎有装卸工的体魄，年轻力壮。但他有颗虚弱的心脏，从外表看，这是怎么也看不出来的。但是要知道到秋天，他就上六十了。

他勾勒了一处山地图。一辆绿色的巡逻警车驶过街道，划破寂静，可不一会儿寂静又回来了，用冰凉而空幻的手匆匆将缺口补上。警车消失在向南去往火车站的陡峭的窄街。停战线从三面圈住了耶路撒冷城。这条线的北边和东边孕育了一个不一样的耶路撒冷。而南边呢，伯利恒在那儿，更远一点就到了荒凉的希伯伦山，它的山脚，永远躺着沙漠。

多夫描了一片黑乎乎的玄武岩山地。他为这些山峦加上了白雪皑皑的尖尖峰顶，高耸得足以刺穿绣花绸般的星幕。他画的岩石形如怪兽，石块快如短匕首，峰顶利如出鞘的刀剑，还有蛮荒的深谷劈开了拱起的山脊。处处是险恶的断崖，随时威胁着要将原始的大瀑布随激流碎石一道掷入万丈深渊。峡谷镌刻在酩酊中，似乎摇摇欲坠。这儿有森森然的迷宫和火山穴，还有来自别样静谧的恫吓。

最后，他停下笔，盯着画纸。他的下巴一片灰白。他挑出一支红蜡笔开始为山顶添上纬度。连阿尔卑斯的顶峰都一定要被这些山脉的丘陵地带嘲弄耻笑了。

八

有头伯利恒的胡狼许是饥寒交迫或者懊悔沮丧，悲号得凄楚悱恻。这样的啜泣即刻得到了狼群的回应，它们来自贝特·萨法法高地、佐尔巴哈尔，还有伊莱亚斯山巅，它们恶狠狠地畸笑着，痛快地发泄着怨恨。风止了步，仿佛也在全神贯注地聆听。

楼梯嘎吱嘎吱又响了。一阵惊悚颤过他的身体。他的手指变得惨白。再一次，陌生人重重往上爬了一级阶梯，再一级，第三级，咳了咳，停住了。死寂重新降临到这间屋子，降临到街道，降临到这座城市。这一回，多夫跑进厨房，关了窗，封了格子架，把灯点亮。

许多年前，他还在一所国立中学教初级班的地理。这些年来，他手下的一届届学生都对他的资历崇敬有加，对他低沉单调的声音言听计从。四起的谣言就这么一代一代流传了下来。都揣测这位年长的老教师曾是地下党的首领，基布兹运动的创立人。他握粉笔的手指看起来是那样地果断有力。手稳健地一挥，一条细线就成了，比尺子量的还笔直。有时，他也会想让他带的班乐一乐：可他的笑话总有那么点儿灰色，那么点儿浅陋无趣。偶尔，他会突然被某种压抑着的悲怆所激励，仿佛有什么东西在他眼里点燃了。但这往往会被学生们解读为愤慨；它匆匆而来，忽忽而去。

过去每年两到三次，他会套上卡其布衣服，带上一捆地图和那个常令学生们嫉妒的军用背包，领着一队学童去徒步旅行。他常会把他的远足工具弄成一个奇怪，不，近乎古怪的样子：有多个口袋和搭扣的破雨衣，高帮步行靴，还有一只他称为"汤姆森冲锋枪"的古董火器。要是带的是中级班的学生，他就会径直攀到拿弗他列之巅。若与高年级学生一起，他常穿越小火山口，跨过蝎子道以外，奔赴梅夏。

在某次这样的行程中，多夫的一队人马耽搁在了别什巴。军方当局的一位代表要他们改变路线，不许他们穿越巴兰沙漠。出于安全考量啊。又十分笼统含糊：他没有详细说明。这位高瘦的鬈发军官赤着脚，少言寡语，制服穿得松松垮垮，甚是失态。多夫已有四年没见过这个年轻人了。四年前，年轻人来耶路撒冷参加会议时，还在多夫的寓所住了两晚。第一晚，他甚至没给他父亲介绍随行的女孩；第二晚，又有俩姑娘跟着他。多夫还记得这些姑娘的美貌，以及清晨睡袋中传出的闷闷的笑声。而现在，他不知道自己能用什么词了，或者是否还有什么合适的词存在？小学生们把他和瘦军官黑压压围成一片。他不知该说什么。

"总之，"埃胡德漠不关心地说着，那副无精打采、昏昏欲睡的样子好像他都张不开嘴，说出一句让人听得明白的话来了，"总之，我看你们最好折回去。一大摊子问题等着我们。这儿不需要学生和老师。不过，既然你们已经走了这么远，那再走远点儿也无妨。径直往埃拉特去吧，在那儿唱完你们'往南去啊！'的歌就返身回去吧。别在路上耽搁任何时间。"

老师垂着肩膀。他比这傲慢的军官高多了，身板也更结实。独立战争期间，他已任内格夫陆军中校级别的参谋官。但在那时，他无法提及这些，不管是向他的小学生们，还是向面前这个慵懒的、嘴里不知嚼着口香糖或自己舌头的年轻人。

"我知道，"他咕哝着，"不用你来告诉我这些，我知道。"别什巴的太阳从他身体的每个毛孔都蒸出汗来，"这一带我比你熟悉多了。我在内格夫战斗的时候，你还开着裤裆呢。"

"好，"鬈发军官说道，"好，别再跟我提当年了。如果你熟悉这地方，就别再浪费我的时间了。滋扰生事的游客我见多了。

96

再——见。"

"等会儿,"多夫厉声道,"请等等。听着,在我那个时候,这个区的恐怖分子在二十四小时内就清理干净了。你们的人到底怎么了?你们竟然还出了漏网之鱼,让他在内格夫招摇过市,你还以为这里是巴格达①的集市哪?你还在这里傲慢啥?除了纠缠姑娘,你就不能干点正事?"

小学生们呆了。连埃胡德都吃了一惊。他转身过去。鬼魅的笑意在他唇边一闪而过。

"什么?"

"只是……我的意思是,也许我们可以谈谈,只我们两个。不是现在。何不顺便来坐一下呢?何不呢,呃?"

"何不?夏天的某个晚上吧,"他说,"我会带这些可怜的呆子进亚杜兰山训练,把家猫驯成老虎。我想我要是在半夜突然出现,来看看你顺便冲个凉,睡上个把小时,你一定会大吃一惊的。"

后来,夏天过去了,多夫的要求得到了兑现,他见到了这个头发蓬乱的瘦军官。那是最后一面。他变了。嘴角边那股满不在乎的骄傲劲不见了。小夜兽已经啃去了他的半边脸。

每次出行,多夫·舍尔金都会提高嗓门——只略微提高——简

---

① 巴格达(Baghdad):伊拉克首都,巴格达省省会,伊斯兰世界历史文化名城。

97

洁而流利地讲授加利利 ① 的梯田耕作，讲矿物出口，讲货物如何经由红海运至非洲和亚洲。他的眼神如圆规针脚一般犀利。有时，他会突然拦下疲倦不堪的大队人马，面朝一处寂静的荒野，说上个故事。或者呢，他会指着一个再平常不过的土丘，告诉徒步小旅行者们：这地下藏着个秘密。在沙漠，他还能找着一只骆驼、鬣狗，或者一副胡狼的尸骨，或者一眼泉水，要是没经验的旅行者，即使离他只二十步远，他也发现不了，继而渴死。

旅行过后，多夫会从希伯来文老师那儿要来学生们记录探险经历的笔记簿——上千个琐碎的细节被描绘成上千个不同的版本。多夫甚至能在最世俗的叙述中发现乐趣。有时，他甚至不厌其烦地把学生们的文章摘抄到自己的日志中，然后才把笔记本返还给希伯来文老师，把日志藏到柏林风格的棕色五斗橱的底层抽屉。

过去，葛优拉会在每年的独立日前夕来探望她的父亲，一年一次。节日过后，又回到基布兹。整一夜和次日早晨，她会独自坐在多夫的小阳台上，颤抖着双唇，凝望着簇簇礼花在耶路撒冷上空以及高山和沙漠上空绽放，聆听着遥远的城市主干道上的高音喇叭传播新闻，看着年轻人唱着节日歌，她一支接一支地吸烟。她叫她父亲多夫。她从不向他谈起自己、母亲和兄弟。她有时讲本-古里

———————————
① 加利利（Galilee）：古代巴勒斯坦最北部地区，相当于今以色列北部，为一地形崎岖的高地，是基督教信仰中十分重要的地方。

安①，讲和缓克制政策，反对报复袭击。在她看来，奥尔特曼②是个"波兰味"十足的诗人，不可救药地嗜上了权力工具，无异于饮鸩止渴，玩火自焚。多夫试图同她交谈，去理解她，影响她，但葛优拉总不让他父亲插上话，只一味听着圣地③广场传来的舞曲，想象远处的狂欢场面。葬礼上，多夫对她说："我说我不知道时，你一定，一定要相信我。我又怎么可能知道？"

她没有回答，只从他身边走开了。她的眼睛涩涩的，牙齿咬得紧紧。嘴巴像把阿拉伯弯刀。

自那以后，她不再来看他，也再没有出现在多夫在耶稣撒冷的寓所。

九

完成了山区的素描，多夫开始画一条汹涌的河流，与地球上任何别的河流都不同。只见他勾勒出大运河的模样，添上一系列

---

① 本-古里安（Ben-Gurion，1886—1973）：以色列第一任总理，也是任职时间最长的总理。他凭借敏锐的直觉和务实的精神，在长达三十年的时间里一直是犹太民族的领袖。

② 奥尔特曼（Altermann）：全名为纳坦·奥尔特曼（Natan Altermann，1910—1970），以色列诗人，剧作家，其写作的年代正值建国时期之前和建国之后的最初几年。政治评论倾向颇为明显，与犹太人社会每一阶段的发展密切相关，具有语言丰富多彩、运用多种诗歌形式、语调和韵律、形象化描述和隐喻的特征。

③ 圣地（Sancta Terra）：指耶稣在世时所居住的地方——巴勒斯坦。英文为 Holy Land。

支流水道，设下梯度、斜坡、大坝、水库、湖泊为一体的无比复杂的布局网，并标出比例大小。他还拟定了一套精密的方案核算斜面角度、道路表面耐受性、水的压强与大坝受压能力的比率、岩石强度、湖水底泥的稳固程度、湍流与风压和蚀沙沉积。约一小时前，楼梯上的脚步声停住了。现在，它又回来了。某人正踩上楼梯，缓缓、沉沉地，倚在了嘎吱作响的老旧扶梯上。学年接近尾声，多夫的心脏病发作了。两次发作的间隙，有整整几个月的极端不适和可怕的噩梦：他或独自游荡在沙漠里，或乘一叶孤独的扁舟漂流在大洋中央，或一个人待在机舱里一片茫然地望着操纵装置，对如何降落，如何避开因后机尾追而逼近的山峰，他一无所知。多夫决定认输。他从教职上退下，把自己关进小屋。没人来打搅他的日常和晚间作息：清淡的便餐，伴有沉思的漫步，读晚报，听音乐，伏案直至拂晓，晨睡，中午一块酸奶酪、一只面包、一碗柠檬茶。

　　他靠养老金过活。除此之外，他不时给一两家周刊寄些原创作品，一些也算得上有艺术感的风景照。但那些照片无一不是刊印在次等报纸第十六版底部的食谱和填字游戏答案之间。它们的美只残存了一些渍痕般的污点和一溜文字说明，譬如，"艾因-凯雷姆乡村 ①

----

　　① 艾因-凯雷姆（Ein kerem）乡村：邻近耶路撒冷西南部，意为"葡萄园的春天"。据史料记载，圣母马利亚曾来到这片山谷，那里有圣母来访教堂和圣约翰教堂。如今"世外桃源"的艾因-凯雷姆乡村，吸引着世界各地的旅游者。

暮色下的寺院。舍尔金摄"。

扎什卡厚大的旧相夹成了所有这些照片的归宿。一周又一周，一张接一张，她把蹭了污渍的图片从杂志上剪下，涂上黏稠的自制糯糊，贴到相簿黑色的内页上。她做这些的时候，眼里焕发着一种奇异的喜悦。冷漠而诡诈的皱纹汇集到她凹陷的眼窝。背地里，我们不客气地叫她的绰号"猫头鹰"。

每天早晨就寝前，完成一夜工作的多夫·舍尔金就会站在窗前，凝视东方，望着太阳从默阿布山后爬上来，把白色光芒投到死海海面，将锋利如矛的光线刺入秃山的侧肋，无情压制着林荫遮掩、钟声回荡的庙宇围墙。新的一天要开始了。

午时醒来，吃过茶点、面包、酸奶酪和橄榄，他会坐在小阳台的仙人掌和枯死的盆栽中间，望着底下的大街。街道的走向弯弯曲曲，两旁是石墙、花园，每扇窗前都拦了锈铁栅栏，垃圾桶沿着小巷摆了一长串。有时，在傍晚时分，他会在散步途中摄下某个意想不到的场景。夜魅、远处孩子隐约的哭音、隔壁收音机的嘈杂声，都营造出了一种静穆恬淡的氛围。他在一家小合作餐馆吃晚饭：茄子沙拉、煎鸡蛋就腌黄瓜、酸奶酪，还有加奶的咖啡。

晚上是素描时间。柜子的所有抽屉都塞满了画作和照片、塑料模型、有关原材料性状的精密的数学演算、研发成本、建筑技巧、机械设备、人力、建设和通信方案的同步日程、集成系统，以数字表格形式呈现的几何建筑原理。那儿还有比现在最快的火车还快的火车时刻表，迂回的铁路冲入从想象的平原岩床切出的巨型隧道。千百喷泉簇拥的大道沐浴在耀眼的光芒中，纵横阡陌的梦中城市，史无前例，无法超越。城市精巧的高楼大厦在山巅崛起，俯视海湾，翻滚而来的蓝色海浪冲激着静谧的海底山脊。

十

凌晨四点，风开始在街道上游走。它掀起一个生了锈的垃圾桶盖，往柏油路和石阶上掷。

轻快的步子往公寓大门迈去。之前的两小时，陌生人一直在底层和多夫的寓所间闲逛着。而现在，他突然仓促起来。他跑了起来，两级一步地奔了上去。他的时间不宽裕。怎么回事？找不到火了。多夫小声抱怨着。

他站起来，耷拉着肩膀跌跌撞撞地朝门走去。

很多年前，多夫在基布兹边缘有间小屋，他常把百叶窗封上，关上窗户，拉上帘子，将寂静关在屋内，把黑夜留在屋外。他会席地坐在地毯上，用砖块为孩子们搭一个塔楼：越堆越高，伴着欢声笑语，砖一块一块往上加着，一直叠到了腰际，挨到了他的肩，孩子们瞪大了眼睛难以置信，边喘气，边咯咯笑着等待看还能搭多高。当然，最后等到的总是轰的一声崩塌在地。沙发那边，扎什卡一针一线默默缝补着。咖啡和孩子的气味一并洗净，无可挑剔。墙外，百叶窗和帘子外，胡狼嗥叫得凄凄切切。葛优拉咧嘴笑了，埃胡德也是，多夫呢，也对自己会心一笑，像是在说：真好。

眼冒绿光、滴着口水的胡狼是软骨头。它们的步子柔软轻盈，尾巴打战。它们竖起耳朵，耷拉着嘴，嗜血的眼中闪着狡诈绝望的凶光，白铮铮的獠牙明晃晃，口水、白沫都顺着下颌滴答下来。

胡狼踮着脚尖绕成圈。它们的鼻子柔软湿润。它们绝不敢靠近灯火阑珊的围篱。它们曳着步子转着圈，一一集结，仿佛在为某项诡秘的仪式做着准备。每一晚，胡狼都在光岛周围的暗影处徘徊。它们用呜咽哀号将黑夜填满直至破晓，它们的饥饿一波波地冲破光岛及其围栏的束缚。有时，某只胡狼会按捺不住，裸着獠牙，疯狂入侵敌人的堡垒，抓鸡、撕牛、咬马，直到守夜人以精确的连发齐射从中程将它击毙。这时，它的兄弟们齐齐陷入哀痛，呼号中透着恐惧、萎靡、愤怒，还有对即将到来的新的一天的期盼。

白天如期而至。黑夜又未尝不是。

仿佛追悼会上一群披黑袍的教士，它们在荒郊野岭踮着脚缓步向年轻人的尸体靠近。那灵敏的脚步几乎是在抚摸而不是践踏着尘土。它们耷拉着口鼻，围成一个大口径的圆圈，轻巧地嗅着。这时，其中一只逼近了那尸体，弯下腰用鼻尖探着。舔一口，用力一嗅。另一只也出动了，剃刀般的利齿撕开军袍。第三只、第四只、第五只都冲上来舔舐它的腥血。第一只胡狼这会儿发出一声闷笑。最年长的那只用闪光的弯牙为自己扯下了一块。接着，吼叫的狼群

103

爆发出恶笑。

　　一记永恒的诅咒阻挡在村中居民与深山峡谷的住客之前。胖墩墩的家犬不时在半夜听到它那邪恶兄弟的哀号。那声音并非从黑暗荒野传来；那狗憎恨的敌人藏在自己心中。"埃胡德。"多夫呼了一声，攥紧了门把手。

　　先起了一记轻咳。接着是一阵战栗。极大的疲惫。禁不住的寒战。拖着步子。坐定。躺下。钻心的痛不肯停歇，仿佛有个拉丁僧侣将晦涩诡异的经文一遍又一遍，念了上千遍。

　　伯利恒山的胡狼群恶笑一声。那笑声越过夜晚空荡的街道：拉马特·雷切尔街、泰普特街、巴喀街、德国殖民地和希腊殖民地街、泰尔比亚街，而且像只猴子，攀上房屋的檐槽，随上千个锯齿状的裂缝往内渗透。在我们基布兹创建伊始，我们相信自己真能翻开新的一页，可总有这样那样的事难以拨乱反正，只得弃它们如开始之初。我信精诚所至，金石为开。但我不懂赤手拦水毫无意义的道理。我是最后的那个，我的孩子，我没有笑。

十一

　　橄榄山头的两塔间，第一道破晓在东方裂开。避光的飞鸟发出一声饱含仇恨的尖叫。一些浅红色的家伙悄然而至，溜进了东边百叶窗的缝隙。成群疯狂的鸟儿将静谧撕扯得支离破碎。

天亮了。煤油贩子哼起歌来。孩子们背着书包去学堂。黄色的气味从蔬菜摊上冒将出来。报贩吆喝着头条。一位部长的轿车出现在街头，轮胎尖声擦过马路上的沥青。商店一家连着一家开了门，折叠的百叶窗像极了眨巴眨巴的眼睛。

一家古董铺前拥满了面容红润的游客。那儿的兴奋满溢开来。小商铺里琳琅满目的小饰品间，摆放着绘有圣图的牛皮纸屏风，件件技艺精湛，真皮制作，古老结实。拉西德先生这样介绍道。

寺庙的远钟多么庄严肃穆。而这些胡狼呢，用它们的畸笑回应鸣钟传载的无瑕信息，多么可鄙，多么野蛮无礼。邪恶驱使着它们，无可救药的邪恶，亵渎神明，万恶至极。

1962 年

特拉普派^①隐修院

一

入秋，挑衅变本加厉。没理由再隐忍克制。我们小分队奉命天黑越境，突袭达尔·安-纳塞夫。

"今晚，一窝匪徒将被彻底清剿，"我们的指挥官用低沉、冷静的声音宣布道，"整片滨海平原从此可以松口气了。"大伙欢呼雀跃。以彻是喊得最大声的那个。

大本营漆白的小屋看上去洁净宜人。忙碌的补给人员已经和军械库的铁门较上了劲。迫击炮和重机枪都从暗处搬了出来，在练兵场边上摆成规整的长方形。

最后一缕阳光在西天隐去。很快，山峰和覆盖在峰顶的层层云

---

① 特拉普派（Trappist）：欧洲天主教中西多（Cistercian）会的一个教派。特拉普派的修道士们过着缄口苦修的集体生活，除了与上帝对话之外，是终生不说话的。修士们没有私人财产，每天凌晨三点左右起床，生活自给自足，死后简单地安葬在墓地里，没有棺材，一袭白布裹身，默默归于尘土。

霭间明暗相隔的分界线也模糊了起来，继而消失。一小群裹着防风外衣的参谋官围着一幅摊在地面、四角压着石块的地图商讨着什么。借着袖珍手电的光亮，他们钻研着地图，声音压得很低沉。一个男人突然离开了那群人，蹦蹦跳跳往作战室去：是罗森塔尔，消瘦，衣着整洁；有传言说，他是某知名糖果商的儿子。而后，黑暗中传出一声叫喊："伊塔马儿，快点儿，已经不早了。"另一个声音答道："见鬼。让我一个人待会儿。"

整个营列队检阅，为突袭整装待发。广场边缘，昏昏欲睡的士兵们蜿蜒而行，归入不规整的三列。对面，却站着一群嘈杂的勤务兵。他们看起来毫无倦意；相反，他们倒兴高采烈，低声耳语，指指点点，或怯笑，或坏坏地嬉笑。他们中间，有个名叫内厄姆·赫什的卫生员似乎永远在挠脸；他匆忙刮了脸，皮肤上小伤口还隐隐作痛。他取下眼镜，怔怔望着作战部队，打趣的玩笑话湮没在他的勤务兵同伴里。内厄姆·赫什又把笑话改述了一遍。他们仍不觉有何可笑之处；也许，这太微妙了，他们压根理解不了。他们叫他闭嘴。就这样，他安静了下来。可这夜却忍不住要乖张躁动；各色声响开始交杂回响。从远处果园那儿，我们听见灌溉水泵有规律地抽动，似是要把时间分割成对称的等块。接下来，发电机开始发出沉闷持久的嗡嗡声，营地的一溜围篱边，探照灯已经开启。一瞬间，万千灯光涌入，检阅场被点得通明透亮，场上的士兵和他们的武器也白惨惨地陡然现形。

　　遥远处，敌军的探照灯光束在东部山脉的山麓丘陵升起。一开始，它紧张地一遍又一遍扫过天空，漫无目的。有一两次，这光束捕捉到几颗流星拖尾划过，它们的光辉被那炫目的强光一并吞没。作战部队围成一团，还在享用他们最后一支香烟。一些士兵已经大口吸进吞下了最后一口，用厚重靴子的橡胶底踩熄了烟蒂上的火星。另一些呢，竭力放慢吸烟的速度。一队卡车借着微弱的亮光驶向广场边缘，停了下来，引擎还发动着。指挥官发话道："今晚我们要除掉达尔·安-纳塞夫，还沿海平原以安宁。我们会分两队出动，各有一方后卫部队护卫接应。我们要尽量减少平民伤亡，但务必将这一干匪徒倾巢剿灭，杀他个片甲不留。人人都必须严格按照指示行事。如果事态有什么不可预测的变故，或者有谁和大伙失去了联络，那么动动上帝赐给你而我帮你们训灵活了的脑子。就这些。多加小心。我不想任何人有危险。我向你们的母亲保证过会照顾好你们。现在，我们出发吧。"

　　整支队伍以肩章上搭扣的吧嗒声响应了他。虽然并没有任何进一步的指示，所有人都开始在原地轻快地跳上跳下，耳边满是食堂传来的水流泼溅声，金属哐当声，那儿似乎从没安置妥当过。接着，一群勤务兵扛着塞满煤灰的锡罐插到了队伍中去。他们经过一个又一个士兵，每个人的手指都蘸了煤灰，抹到他们的脸颊、前额和下巴上：当他们向目标匍匐前进时，要是敌军的探照灯束捕捉到他们的面孔，这些煤灰就能防止汗涔涔的皮肤泄露他们的踪迹。对卫生员内厄姆·赫什来说，这程序看起来就像某种原始的启动仪式，提着煤灰的勤务兵不就像是教士么？

部队步履维艰地往卡车挪去。姑娘们向他们奔去：职员、打字员、护士，所有人都在分发糖果和口香糖。以彻将他狗熊似的手臂猛地按在布鲁瑞腰间，吼道："姑娘们，如果不备好我们的白兰地，你们别想拿到漂亮的纪念品。"

满堂哄笑。继而沉默。

不知因为愤怒还是反感，内厄姆·赫什想要发作，却被湮没在笑声中，他也随其他人一同笑起来，别的士兵已经爬上笼着弱光、久候的卡车，他仍在那儿自己傻笑着。

二

不一会，敌军向空中抛出三枚紧凑的照明弹，红、绿、粉。"达尔·安-纳塞夫"蜷缩在山脚，心虚惶恐地咬着指甲。所有的灯都熄灭了。罪恶、恐惧的阴霾笼罩着屋舍。独有那么一炬探照灯光束自屋顶升起，扫描搜索着夜空，好像危险就潜藏于此。在那关键时刻，我们的侦察分队穿过繁茂的果林，向岔路口挺进，那儿，我军将布下防线，切断敌军增援。

从未参加过任何突袭行动的勤务兵被以彻戏称为"可怜虫"。这会儿，他们开始聚集到卡车周围，尴尬地望着这支即将奔赴战场的部队。他们使出浑身解数，用笑话博他们一乐。内厄姆·赫什用胳膊搂住了小尤尼叙，又拍了两次他的肩，小声说道："披着狼皮的羊，呃?"这话本该挖苦味十足，可他的声音出卖了他，这些言辞听起来满含恶意。

　　尤尼叙并非作战部队的一员，只是一名勤务兵。他是南斯拉夫来的难民，是躲在食堂柜台后为我们部队服务的忧郁的小幸存者。有时，他们管他叫"软饼准将"。他的脸变了形，永远一副鬼脸似的怪相。他的右嘴角总有一抹笑意，似乎事事都能让他乐不停；左嘴角却死寂得可怖。有人说是德国人在某个集中营或筛选过程中彻底毁了他的脸。又或者，是南斯拉夫敌后游击队员一拳揍扁了他的下颌，省得他那张犹太人的苦瓜脸惹得他们心神不宁。

　　那么，他们这一次又为什么在众人中单单将小尤尼叙放入特遣部队，准许他加入突袭达尔·安-纳塞夫的行动呢? 也许在他们眼里，他是个福神。那被皮带绑在破旧甲胄中的小小身子看起来荒唐滑稽，近乎可悲。显然，某位军官早预见到了将他纳入特遣部队会造成何种微妙的幽默效果。他将担任部队指挥官的私人信使，整场战斗中，他必须与其形影不离，一有需要便能随时奔至备援部队的指挥官，保持信息通畅。上级嘱咐他道："你要死命地跑，伙计。

想象饼干在这头，客人在那头，同时那儿有人等着苏打水，还有人想要香烟和火柴。"

内厄姆·赫什说道："尤尼叙，你像萨姆森的弟弟那样要去打仗了，你不知道他们是在戏弄你呢。走运的是阿拉伯人自己是看不到会被谁往死里打的。"

尤尼叙转过身来，内厄姆看到了那张似笑非笑的狰狞的脸，还有从咧开的嘴唇中凸出来的门牙。然后他又转了回去。

这时候，松树丛旁的坦克引擎突然发动，大地震动起来。这些坦克不会直接参与对达尔·安-纳塞夫的突袭，但为了未雨绸缪，它们会被部署在山口。巨型引擎的轰鸣，沉沉击在所有人心上。一声令下，护航队即刻往旱谷口进发。那儿，部队将受命弃离交通车辆，徒步穿越稠密的果园，从西北和西南行军至达尔·安-纳塞夫郊外，奔赴前线。姑娘们挥着手，和他们道别，祝他们好运。

内厄姆离开了练兵场。他坐在一株刷白的桉树下。一小片一小片的石灰碎块剥落下来，有一些粘在了他的额头上。此时他的思维一如既往地转向了男男女女，而罔顾充盈夜晚的其他生灵。夜之声如期而至，搅乱了他的思绪。

三

不是夸口，我们这支队伍有一名出色的指挥和一群骁勇的军官，但以彻却是我们的骄傲。他是君王领袖式的人物。不单有布鲁瑞爱慕着他，默默忍受一切，我们也都是。他喜欢掐遍每个人，士兵们，姑娘们，当然还有布鲁瑞。她会说："你真恶心，住手。"但出自她口的这些嗔骂，暖融融，湿润润，好像她的本意其实在说："别停手，再来点儿！"他还爱招惹她，甚至在全军面前羞辱她，上至长官，下至最次等的勤务人员，尤尼叙、内厄姆·赫什，诸如此类。他常冲布鲁瑞吼，要她别来烦他，别整天跟在他屁股后头，只许晚上来找他，别整天黏着他就好像她是他妈或者他是她爸：他受够了，他讨厌她。

一旦她再也受不了他的恶言恶语，她会冷不丁跑到作战室，从作战参谋罗森塔尔那儿寻求安慰，好传到以彻耳里，让他嫉妒，她不在乎，他罪有应得。罗森塔尔不像以彻那样对她。他不是那种会在司机和补给人员面前猛掀她裙子、把手伸进她衬衫里的人。他献殷勤的能耐像是从电影里学来的，略带美式腔调的英语让她印象尤为深刻。他的身材纤瘦矫健，穿戴一丝不苟，说的奉承话也同他的网球扣射那样灵活自然，恰到好处。与布鲁瑞一道坐在作战室时，他会经常将他的兄弟从欧洲带来的花花杂志中的内容译成希伯来语讲给她听。但他不敢碰她，或者，也许他不想碰她；即使真的碰她，他也是那么文雅，那么彬彬有礼。到最后，她总会又回到以彻身边，诉苦卖乖，卑躬屈膝，几乎是在祈求惩罚，于是乎，一切又变回了原样。全军都等待着以彻的嫉妒心爆发，同说话细声细气的

112

作战参谋摊牌的那天。事实上，以彻着实让我们吃了一惊，他没有表现出一丁点儿的嫉妒。他只笑了笑，说让布鲁瑞见鬼去吧，别来烦他；他对她很厌恶，对他们统统都很厌恶。为什么她一整天都阴魂不散？

　　每次报复行动过后，以彻的名字都会在军界高层流传。他两次出现在纪录片中，照片还上过军事杂志封面。是他在一次夜间行军中发现了从耶路撒冷以南经由朱迪亚沙漠及敌军领土通往死海岸恩盖地的毒蛇小道。是他和阿拉伯阿尔-阿塔塔族的贝都因人算清了旧账。师长曾将他描绘为大卫王在亚杜兰时的勇士①，或者基甸②和耶弗他③的精神兄弟④。一次突袭行动中，他单枪匹马，纵身跃进了众敌盘踞的山洞。那毛骨悚然的凶吼喝得他们全瘫软在他跟前，只见他奔进散兵壕阵往内猛掷手榴弹。敌军惊恐得目瞪口呆，像被施下了催眠术，在他机枪的猛烈扫射之下，纷纷投降。他独自人了洞，又独自出现在洞口，气喘吁吁，头发蓬乱，咆哮着，在头顶挥舞着他的机枪。

---

　　① 大卫王在亚杜兰（King David in Adullam）的勇士：大卫王遭追杀时曾躲到亚杜兰（Adullam）的山洞，有三名勇士冒死从伯利恒打水给大卫王解渴。

　　② 基甸（Gideonites）：是在以色列的女先知底波拉以后的一位士师。曾率领三百人打败十几万米甸敌军，使以色列人太平四十年。

　　③ 耶弗他（Jephthah）：是古代以色列人的一个首领，率领部下抗击亚扪人的进攻。

　　④ 精神兄弟（spiritual brother）：西方文化中有同辈朋友间结拜的习俗，以不涉及血的仪式结谊的多称为精神兄弟或精神姐妹。

以彻任他的胡子疯长。头上的头发厚密纠结，似乎总沾满了灰尘。他的胡子自鬓角几乎触及浓密的眉毛，又迁延至两颊、脖颈，汇合成一张密不透风的熊皮毛，覆满他的胸膛、手臂，兴许是他全身。

隔三岔五，内厄姆·赫什会在锡制淋浴棚被以彻惊到。小卫生员会匆匆擦干身子，顾不上腋窝的肥皂泡儿就离开了。谁都知道，以彻总要将后勤人员、司机、勤务兵——他最狂热的钦慕者，这些他口中的"可怜虫"——羞辱一番。然而有时候，他出奇的慷慨也会让他们吃惊。他会将一把从叙利亚军官死尸上掳来的手枪赠予他们其中一个，又或者拉上某个勤务兵到一边，跟他平起平坐，与他谈政治，聊女人，坦白直率得让小伙子哑口无言。

男女浴室间，用打了补丁的锡板浅浅隔开了一道。这儿那儿已经被勤务兵们砸出了一个个窥视孔，他们常在那儿打发上几小时，周末尤为如此。以彻总爱用他那裸露的巨大躯体压得隔层锡板咯吱作响。另一边，姑娘们会发出惊骇或早料到的尖叫。这时，以彻会大笑起来，墙两边在场的也齐声哄笑。有一次，以彻在营地球场扭了脚踝。他一瘸一拐地到了诊室，吓了内厄姆·赫什一跳，这小子正从外国杂志上剪裸体画像呢。内厄姆检查了受伤的踝骨，很肯定那是扭伤而不是骨折。以彻向来是大大咧咧的性子。即使那小子的手指探高了摸上了大腿，他的整个身子瑟瑟发抖起来，他也一如既往继续打趣逗笑，什么也没注意。后来，内厄姆在踝关节上缠上了弹性绷带，重手重脚地拉伸舒展起来。以彻发出了一声痛苦的低吟，但似乎仍没有起疑心。最后，以彻笑了笑，感谢勤务员为他包扎，并伸出了手掌。内厄姆把手指置入那只巨大的手掌中。以彻使出骇人的大力挤压那些手指。一波波的疼痛、自豪和愉悦在他的尾椎骨周围激涌缭绕。以彻的拳头钳得更紧了。内厄姆沉浸在了漾开且甜蜜蜜的痛意中，脸上却只挂一副礼貌的微笑，仿佛在说：我只是为您包扎了脚踝，因为那是我的职责啊。这会儿，以彻松开握着的拳，让内厄姆的手挣脱出去。他说道："说不定下次突袭我们会把你带上。该让你当当战地医护，嗯？"

口香糖的甜味溢满了内厄姆整张脸，一时间他哑口无言了。

以彻当然把这个无心之诺忘得一干二净，或许，他早已习惯了往勤务人员的圈子抛些类似的承诺。他们从众人中选中了小尤尼叙。此时，在这个非常时刻，在萦绕不去的黑暗中，他可能正绕着双跨排架奔跑，也可能匍匐于地，半张脸咧嘴傻笑，另半张僵如石刻。依旧是这全然的静谧，没有丝毫声响。只有蟋蟀、胡狼和生活区收音机发出的模糊乐声依稀可辨。还来得及。

四

一股疾劲的晚风吹起，惊扰了树梢。石灰粉屑落得纷纷扬扬。绝望过后，内厄姆筋疲力尽。他猛然醒悟到，自己一直在下意识地啃咬手指间的末梢。

敌军的探照灯仍旧一遍遍扫过夜空。连被征服的土地都不断散发出一波波黏人的暖意，沾染着浓浓的芬芳。

轻巧的脚步声逼近了。内厄姆很熟悉这些步子。他立了起来，把身子压在桉树树干上。他倚在黑暗中，等待着，任自己陷于那狂热的幻想。当她从他跟前经过，他从藏身处跃了出来，在小径上堵住了她的去路。她惊恐得低吼一声，可只一瞬她便认出了他。

"嘿。"卫生员轻声说道。

"让开，闭嘴，"她道，"别孩子气了。"

"他会受伤的。"内厄姆悲伤而耐心地说道。

"白痴。"布鲁瑞说。

"他今晚会受伤。会遭受重伤。"

"让我过去。我不想看见你，也不想听。你疯了。"

"他会伤得很重，可他不会死。我向你保证他不会死。"

"走开。滚蛋。"

"你生气了吗？我会救他的；你不该对我生气——今晚我就会救他的命。"

"你真让人笑掉大牙。别再跟着我。别跟我说这种话。我没叫你跟着我。走开。我没允许你踏进这间房。出去，离开这儿，不然我叫军士长了。不想惹上麻烦的话，就给我快滚。"

内厄姆以一种迫切的神情追随着她的这些举动。心烦意乱、紧张不安的她打开灯，开始收拾散落在桌椅上的纸，推开橱柜下的什么东西，在没铺好的行军床上坐了下来，面朝墙，背朝他。

"你还在那儿？到底想干吗？告诉我，我到底做了什么，引得你这号人到这儿来惹是生非？出去。别烦我。你们这些人真让我恶心。"

"不到十分钟，你侮辱了我两次，"内厄姆说道，"但我不会跟你计较的，今晚不会。我要去救他了。"

布鲁瑞说道："杰奎琳随时都会回来。要是让她看到你在这儿你会后悔的。连你是谁我都不知道。你是卫生员内厄姆。好吧，卫生员内厄姆，从这儿离开，现在。"

忽然，内厄姆狂暴了，歇斯底里地一把扯开了他卡其布衬衫的所有扣子，姑娘紧紧靠在墙上，手捂着嘴，瞪圆了眼睛，惊恐万分。她说不出话来。内厄姆指着他消瘦、赤裸的前胸。

"现在瞅清楚了，"他疯了似的小声说，"看，这就是子弹进去的地方。他吞下了整颗子弹，撑破了喉咙。从这儿进去，那儿出来。一进一出，割断了他的喉管。血管也裂了。鲜血喷涌而出，流到这儿，下面，里边，径直流到他的肺里。"

他苍白的手指在胸前勾勒出受伤的过程，狂热的讲解如火如荼地继续。

"从喉管，这儿，所有血液一股脑儿往肺里涌去。像这样的大出血十有八九让人窒息，继而夺命。"

"够了。闭嘴。求求你，别说了。"

"他们之所以会闷死，是因为，假如肺里全是血，那它就根本无法再容纳空气。现在，他们正径直把他从战地送到诊室，送到我这儿来。他脸色发青，噎住了气，又吐血，又咳血，衣服、胡子上沾满了血，眼珠上翻，只露出眼白。但我一点儿也不慌。我拿了一把小刀、一根橡胶管和一个袖珍手电，割开了他的喉管。像屠夫那样，只不过我这么做是为了在最后时刻救他一命。我并非想要什么奖赏。我救他是因为我们都是战友。我一直切到了喉管的下部——看这儿，瞧——这儿的底下。我把橡胶管顺着割开的喉管一直插进了他的肺里。就像这样。"

布鲁瑞正襟危坐，脖子绷得紧紧，像被施了催眠术，下了咒般盯着这些苍白、灵活的手指穿针引线似的在干瘦的胸前比画着，仿佛在寻找某个隐形的开口。她沉默着。内厄姆一停也不停，狂热的声音几乎快要噎住。

"现在，我用嘴咬住管子的另一头，开始从他肺里吸出淤血让他喘得上气，以免窒息而死。瞧，吸进来，吐出去，吸进来，吐出去，一刻不停，打足十二分精神，怜爱满满。再看，现在我正往他肺里呼气，像这样，一进一出，一进一出，救溺水者似的。"

渐渐地，也许她自己还没注意到，布鲁瑞的呼吸也有了变化。她的气息开始循上了卫生员的节奏。又是一阵短暂的沉默。

"他正在康复中，"内厄姆忽然叫出声，"我看到他的眼睛在动，

118

还有他的膝盖。现在他显示出了一些生命的迹象。"

布鲁瑞张开嘴，想要抽泣或哭出声来，然而她没抽泣也没哭，只坐在那儿喘气。

"现在他已经能自己呼吸了——不是用嘴和鼻子，而是用我插到他肺里的那根管子。瞧，咳血。对他来说是好事。噫气，也是好的征兆。现在有我们，他不会死。他会活下去。这儿，把他模糊的眼睛撑开一会儿。看。这只。左边的。又盖上。很苍白。这会儿，你可以跪倒在担架旁，握着他的手，试着和他说说话。他还不能回答你，不过没准他听得到。我现在走了。没错。别拦着我，我不需要任何感谢。我不过是做了自己的分内事。我走了，外边救护车响喇叭了，医生也已经到了。一个不知名的卫生员在战地做了一场难度极高的手术，挽救了一位民族英雄的生命。我和以彻的拥抱将会登上报刊头版。你不欠我什么。根本没欠我。你会嫁人，从此过上幸福的生活。我不过履行了我的职责。我会一如既往地、远远地爱着你们俩，再见，再见了；我去了，我这就走，再见了。"

内厄姆道了别，可他并没有走。他反而倒了下去，筋疲力尽，倒在了布鲁瑞脚边的行军床上。他开始轻声抽泣。她把手搭在他的肩上，以示安慰。无罩灯泡投下苍白、昏弱的黄光，填满了整间房。一沓空白表格躺在房间角落的铁质档案柜顶。一件件女人衣服散落在四处，也许还有内衣。内厄姆不敢抬头看，只把头埋在布鲁瑞的膝间，不断揉搓燥热的脸颊。她抚摸着他的头发，望向别处，一遍又一遍地重复，"够了，够了，够了。"

最初的声响来得很意外，甚至有点儿仓促。布鲁瑞以为会有雷鸣般的炮声，可战斗是在几发踌躇、断续的枪声过后才打响的，小心谨慎、不瘟不火。

"管弦乐队开始调弦试音了。马上就要开始了。"内厄姆说道。

"放松，"布鲁瑞道，"放松，小宝贝。只要你安安静静的，不哭，不絮絮叨叨，就可以趴在我的膝上。你这小乖乖。你什么也不懂，都不懂。你说的全是胡话。他们压根不会把以彻带回这个营地。他们会径直把他送往医院，你不会有机会的。最好的外科医生今晚会在医院待命。不会有橡胶管从肺里吸血这回事。他们有间手术室，有专业的器械，他们的抢救比你好上千倍，快上万倍。你只是个毛头小伙。你甚至连个机会都不会有。别逗我发笑了。你的头，我说，保持安静。你弄痒我了。放松。就这样。好孩子。安静。嘘。别碰我。让我看看你的手。你这初生牛犊。兴许哪天执行任务以彻会把你带上，这样你们就可以爱怎么救就怎么救，因为我受够了，你们所有人都让我受够了，我不在乎发生什么，我只想打发时间。把你的眼镜搁桌上。对。现在我触碰到你了。放松。我会给你唱支摇篮曲。我可以说服以彻下次任务时把你带上。他甚至可以让你成为一名战地医护。以彻的喉伤恢复过来后，我会告诉他你是好孩子，你不想他死，你甚至想救他的命。我会告诉他你什么也没说，你只静静躺着。对。像现在这样。"

天花板上大大的霉斑像一个个幽暗的怪兽。不时有小老鼠窜过房间，躲在墙砖的裂缝中，而后又从另一个出其不意的角落钻出来。布鲁瑞脱下凉鞋去砸那老鼠，却没砸中。那一刻，远处不祥的声响再度响起。机枪长足的爆破火力撕裂了寂静。一枚迫击炮炸开了花，碎成一记愤怒的重咳。听起来就像屋外黑暗中隆隆的雷鸣。

内厄姆说道："我可以往那肺里呼气，呼得又快又重，把他吹胀，让他胀破。我可以拔出橡胶管，这样他又会脸色发青，噎气窒息。但这些事我一件也不会干。只要你不再羞辱我，我就会救他。别唱歌哄我睡觉，我现在不能睡，我必须蓄时待发，直奔诊室做手术，为你而救他。别逼我。我可比你强壮。这将是个难得的机遇，救了他的命，把他活生生地带到你跟前，我已经得到了回报。"

这时，远程火炮的声音炸响了。山坡上的敌军炮台开始炮轰靠近边界的营地，夜空被曳光弹照得通亮。爆破小分队一座座抹去了达尔·安-纳塞夫的房屋，先遣队却还在消磨顽固的零星抵抗。枪鸣把内厄姆的辩解震捣得体无完肤。"你真要气死我。"布鲁瑞说道。她叹了一口气，认输了。年轻人大汗淋漓，眼珠上翻。她像是在等待受刑般往两侧伸展开两臂，说道："那就赶紧吧。"然而，这些话完全没有必要。

狂乱的自动射击声扩向四面八方。模糊、遥远的齐鸣声回响在幕后。一个猛烈的爆炸淹没了机枪突突的开火。渐渐地，战斗声响定格在了某个神秘的节奏；先是一波波迟疑的试探，继之而来的是密集而沉重的回应。丝弦尖刻的呜咽被吞没在打击乐夺人神志的隆隆中。最后，这韵律也打破了。激烈的声响化作熠熠发光的洪流，向黑暗的地平线咆哮而去。接下来，是最后痉挛性的崩裂，直到它们也消融殆尽。静谧又至，以温和仁慈的耐心将碎骸片片拼凑。卫生员一声不吭离开了那房间，匆匆赶往诊室预备好存放在无菌袋以备急用的手术器械。夜，悄无声息地降临在平原上。很快，蟋蟀和胡狼就会聚集成群，回复它们邪恶的本真。

五

我们的指挥官发话道："行动机敏，直捣要害。和训练手册的要求一模一样。没问题。没障碍。就像巴赫赋格曲①一样精巧。现在就走，姑娘们，为'大师'开上一瓶亚力酒。"

干渴、黝黑、健硕、满溢着得意神色的以彻开始向天空鸣枪，迸出喜悦的炮火。

"去拿来！"他吼道，"拿羊肉、土豆、亚力酒，有什么拿什么，再没有该死的达尔·安-纳塞夫了！连只猫都没留下！别说是猫，连狗都没有！没留下一个狗娘养的！婊子布鲁瑞哪去了，她哪去

---

① 赋格曲（fugue）：复调乐曲的一种形式。"赋格"为拉丁文"fuga"的译音，原词为"遁走"之意，赋格曲建立在模仿的对位基础上，赋格曲作为一种独立的曲式，直到18世纪在巴赫的音乐创作中才得到了充分的发展。

了?！还有所有的漂、漂、漂亮姑娘呢，人都哪去了?！"

当卫生员们把尤尼叙的尸体从卡车后挡板上拖下，抬入灯光通明的诊室时，他突然停止了咆哮。那身体被裹在一张脏兮兮的毯子里，可内厄姆把他翻转过来的那一刻看到那眼睛在受伤的惊恐中还瞪得滚圆，仿佛又被他们愚弄了一般。连他诡异的笑意仿佛也和缓了。笑的半边并没有松弛下来，另半边却已顺从于它。内厄姆转向以彻。

"你对尤尼叙做了什么?"

"为什么你要看着我，为什么偏偏看着我?"以彻自以为是地叫道。"第一枚子弹上刻了他的名字。什么都还没开始他就被打死了。几码开外的一发齐射没打中我，可当时他就站在那儿。"以彻边说边褪下他的皮带、武器和装备，扯下皱巴巴的衬衫，平静地问道："她呢，她躲在哪?"

"我怎么知道?"内厄姆说道。

"那就去帮我找，把她带这儿来。给你五分钟，"以彻用嘶哑疲惫的声音命令道，"先给我点水喝。"

内厄姆照做了。

他倒了一杯水，递给以彻，等到它空了，又蓄满，继续等着，在水槽中冲洗了茶杯，才又跑去找布鲁瑞。

几乎毫无迟疑地，他往山脚仓库，阴影最黑沉的地方走去。那儿，他看到布鲁瑞倚在墙边。她衬衫上的扣子是开的，一只乳房从胸罩中突了出来，而罗森塔尔，用两个手指托着乳头嬉笑耳语着。可她没有笑也没有动。她站在那儿像要睡着了似的，或者，像是所有意义都失落了，不再留有任何目的。这景象让内厄姆充满了平静又令人伤心的苦痛。他不知道为什么；他只知道这是个错误，彻头彻尾的错误。他转过身，回到以彻那儿。

"她根本不在这儿，"他撒了谎，"她走了。你回来之前有人看到他们俩坐吉普离开了。她不在这儿。"

"好吧，"以彻慢吞吞地说道，"我知道了。他把她带到耶路撒冷去了。她至少应该等着看看我到底死了没有。"

内厄姆身子一颤，不置一词。

"快，伙计，"以彻继续说道，"快。我们也找辆吉普。你有多余的烟吗？没有？不打紧。我们去追他们。看见他们已经出发多久了？一小时？半小时？我们从哈塔夫包抄就可以赶上他们。今晚上乱子一个接一个。快，上来，走吧。可惜这么晚了。罗森塔尔出发时可以在他的吉普上挂面白色旗子。你说什么？我还以为你说了什么。快点，我们去追他们。没时间喝咖啡了。那个小家伙挺可怜的。他一跑到那儿，就去白白送了死。毫无意义。下次我不会再带没必要的人了。凡和死亡开玩笑的都是混蛋，反之更是大混蛋。说点什么吧。呃？没什么要说？讲。讲点什么。至少告诉我你叫什么名字。我不记得了。知道你在仓库做事，不过刚忘了你的名字。我累了。嘿，看我们跑得多快。至少一百二十，一百三十了。还不是

124

最高速呢。”

　　夜路荒芜阴郁。远处，东边山坡上，夜空映出了敌军废弃村庄垂微的火光。黑水从果园灌溉水渠中无声地流出，被平原上的土壤吞净。

　　　　　　　　　　　六

　　内厄姆后靠在吉普破旧的座位上，掉头去看以彻。他只看到一头长发和浓密的胡子。那一刻，他突然想到了他的圣经课和野蛮、猜忌的先知伊利亚在迦密山坡屠杀了巴力的大批先知。他，在内厄姆的想象中，也是个无名的巨人，有一头厚发和浓密的胡须。以彻凭困倦中的猛劲控制吉普，一手把住方向盘，一手疲倦地搁在膝盖上。他沉沉的身子往前倾着，像是攥住马脖子的骑手。莫非他私底下视力很差劲？吉普碾碎道路，曲折蜿蜒，一时刹车尖锐刺耳，一时嘎吱呜咽。疾风混杂着果园醉人的气息拍打着他们的脸。

　　滨海平原沿岸村庄的路灯一盏接一盏溜走，迅速消失在旅行者们背后。四面八方的平民都已起床，聚集到了大街上困倦满满的营地灯下，交换着揣测狐疑，等待着即将临近的曙光和早间的新闻广播，以探究夜间的喧噪和映满天空的火光的含义。以彻和内厄姆没有停歇片刻去解释什么，也没有减缓半点车速。有那么一次，在一个黑漆漆的交叉路口，以彻看到一个可疑人物，猛地刹了车，那人裹了件大衣或毯子站在路边，就像在静候什么。以彻一把拾起内厄姆脚边的机枪，把枪口对准了那人。"怎么回事？"他盘问道。车前灯辨认出了一个年轻人，是个穿一身黑衣的犹太教祭司学生。只有他的脸和短袜是白的。学生戴一副眼镜，十分无助的样子。他用意第绪语急促咕哝了一番，令内厄姆讶异的是，以彻也用意第绪语耐心、缓慢地答复了他。接着，那人祝福了他们，他们继续赶路。吉普蓦地发动了，驶过弯路向前进发，直至陡坡边界，往耶路撒冷的山峦开去。

那天晚上，他们没有遇到其他人。

以彻没有说话，内厄姆也没有发问。平静的喜悦和私密的渴望充斥着他的心扉。他知道真相，以彻却蒙在鼓里。以彻疯狂地驾驶着他的吉普，而他，却在驾驭以彻。道路开始蜿蜒起来。一厢情愿的吉普怀着强烈的仇恨狂猛地袭击弯道。内厄姆轻声道：

"你到底是个什么样的人，以彻，你究竟是什么做的？"

疾厉的风吞没了他这番言语。以彻一定听走了耳，因为他回答了一个完全不同的问题。

"从罗马尼亚来的。我生在布加勒斯特① 附近的一个地方，也可以说是布加勒斯特的郊区。战时我们逃到了俄罗斯，大家分开了。有的死了，有的失踪了，还有的后来回到了罗马尼亚。我和我

---

① 布加勒斯特（Bucharest）：罗马尼亚首都。

妹妹横跨波兰和奥地利，辗转到了意大利北部，接着，'青年阿利亚'① 来了，我们被带到以色列，来到了一个宗教运动开办的青年训练农场。我们在那儿长大。还有一两个家庭至今仍住在俄罗斯的某个地方，但我不知道是哪儿。现在对我来说都无所谓了。"

"我想你会成为一名职业军人，"内厄姆说道，"不出十年，你至少会当上上校。然后成为一名大将军。"

以彻吃惊地望了卫生员一眼。

"不可能！再过一年左右，我就退伍了。我正攒钱买巴士公司的股份，我已经捞到个好机会可以去佩塔–提克瓦② 打中锋。不过现在不行。以后某个时候吧。我还有很多东西要学呢。也许，到了某一天，这个国家会有职业足球，到那时我就舒坦了。我会嫁掉我的妹妹，最终活得像个人样。"

"你至今还活得不像人样？"

"像条狗。"以彻满带倦意、愤愤说道。

"告诉我，你用意第绪语和那家伙说了什么？"

"我问他是怎么回事。他说他听到了枪声，很害怕。我告诉他阿拉伯人才该害怕，这个年头不该是犹太人来害怕夜里的炮火。我

---

① 青年阿利亚（Youth Aliya）：是一个犹太组织，曾从纳粹手里救出二万二千名犹太儿童。

② 佩塔–提克瓦（Petah-Tikva）：以色列西部城市。位于特拉维夫以东，为特拉维夫—雅法城镇群的一部分，而特拉维夫拥有以色列一些顶级运动队，包括世界级的篮球队。

从他那儿拿了半包烟来交换我的说教。要一支吗？不要？我们会在卡斯特尔这边逮到他们，做了这个罗森塔尔，一了百了。我们会把布鲁瑞一起带到耶路撒冷。你知道耶路撒冷吗？天亮前我们能找家还营业的咖啡馆不？"

"这是座死城，"内厄姆说道，"夜晚的耶路撒冷一切都死悄悄的。白天，也那样。总之，我们不快点的话就不可能在卡斯特尔或其他什么地方赶上他们。需要大大加速。罗森塔尔会把她带去他的房子，直接带上床，那样，我们就会像两个大傻帽似的站在乌漆墨黑的耶路撒冷城中央，不知往哪条路走。我们看起来就会像劳拉与哈代①！所以加大油门，以彻，快点儿吧，尽可能快，加大油门！"

以彻疯狂踩下油门。引擎集聚最后储存的力量。车速狂飙，起先愠怒，酝酿良久，又轰鸣起来，一路咆哮。内厄姆内心堵满了恐惧和向往。他知道布鲁瑞现在在哪儿，混蛋罗森塔尔在哪里，可以彻不知道。是他让强大的以彻徒劳白费，在路上疾驰一晚，而以彻却毫不知情。即便现在他闻她皮肤的气味，浓浓的肥皂味，还有她的手指触及他脖颈的味道，而以彻却全然不知。他把手探进衬衫口袋，拨弄那些器械：无菌柳叶刀、绷带、小瓶吗啡、橡皮管——吉普在山路旁跌入裂缝时所有的紧急手术必需品。这，也是以彻所不知道，也不可能知道的。这儿，他的右手边，坐着一小会儿之后将

---

① 劳拉与哈代（Laurel and Hardy）：是极受观众欢迎的荧幕傻瓜形象。

挽救他生命的人。内厄姆将要把一项残忍又苛刻的任务完成得尽善尽美。不知名的卫生员在手电光下完成了一场夜间手术，把一位民族英雄从死亡线上拉了回来。足智多谋。无私奉献。头脑冷静。同志情谊。技术精湛。还有——小声点，无声地动动嘴皮子就行了——爱。

一只车前灯忽然灭了：它闪了几下，迟疑，投降，继而黑了下去。吉普向东疾驰，炫目的独眼灯在山上晕出一个个阴影。像个幽灵似的吉普策马前行，在以彻的手中跑得更卖力了；他弯腰驼背伏在方向盘上，咬紧嘴唇，油门被猛压到了底。他会受重伤，布鲁瑞，他会生命垂危，但我不会让他死。我会投入地为他手术，包扎，我会无视自己的伤。你会感激我救了他的命，而我只会谦卑地走开。以彻只是个无知、臃肿的熊崽：他什么也不知道，什么也不懂。你听呀：他已经在哼哼唧唧了；自己即刻将有什么遭遇，他一无所知。

也许，以彻记起了他们在路上遇到的那个脸色苍白的学生和他用意第绪语说的恳求。也许，他记起了其他地方，其他时间。他正自言自语吟诵着一首忧伤的曲子：

我们的父，我们的王，赐予我们仁慈，倾听我们倾诉，

否则我们将一事无成。

用和——善与慈悲，

把我们拯——救……

"阿门。"内厄姆·赫什热忱地低喃一声。眼里噙满泪花。

临近沙尔-哈凯交叉路口，行路人遇到一股冷空气：耶路撒冷的空气，冷飕飕，充满松树香。在这儿，耶路撒冷道路在战线凸角拉特伦①与敌军领土交界。引擎开始呻吟，嘶哑地咳了几次，哗剥发响，最后熄了火，沉寂得有如充斥在夜中的死物。

七

笨重而疲惫的以彻从座位上起身，打开引擎罩。内厄姆拿出为手术准备的袖珍手电，瞄着引擎内部。他注视着以彻抓住火花塞，盲目地推拉着，愤怒地用拳头捶击金属嵌面板，用硬硬的指甲拧紧螺丝，狠狠地——兴许漫无目标地——拽着电线。而这一切只让引擎更添傲慢。忽然，另一只前灯也突如其来地灭了，机器也瘫痪了。以彻从内厄姆手中夺过电筒，一把将它砸向路边的岩石。

"一切都搞砸了。"他说道。

内厄姆点了点头，好像在说：当然，那是绝对的。但此时，沉

----

① 拉特伦（Latrun）：是连接圣城耶路撒冷与海滨城市雅法、海法的荒原公路的咽喉地带。

130

沉的夜已经降临在他们身上，以彻不可能看到这个细微的举动。内厄姆燃尽了一根又一根闪烁不定的火柴。最后一根，他们俩都点上了以彻从那学生要来的香烟。

一开始，以彻诅咒了引擎，然后他把内厄姆、布鲁瑞、天下女人，上天下地地统统骂了一遍。多数诅咒用的是俄语，毫不留情啊，也有一些用的是阿拉伯语。他还一个劲地诅咒阿拉伯人，骂得真尖刻啊。最后，他诅咒自己。而后，陷入沉默。突袭前，战斗中，回营地后的那一声声吼叫让他的嗓子嘶哑了。哎，现在他能驾驭的只是这可悲、绝望的嘎嘎叫。他在瘫痪的吉普引擎罩上坐了下来，活像一座茂密的大山。他就这样躺在那儿，没有一丝响动。

接着，当两人的眼睛都开始适应这黏稠的黑暗时，以彻捕捉到一座黑漆漆、森森然的庞然大物横跨在拉特伦附近的边界上：特拉普派隐修院形影模糊，轮廓零散，矗立于停火线那边的敌土之上。

"那是座建筑。"以彻嘶哑的声音很微弱。

"是座隐修院。"内厄姆爽朗地解释道。心中突然涌起一股想要教一教他的强烈冲动。他清醒万分，毫无倦意，兴奋异常。"这是特拉普派隐修院。僧人们曾立过誓言，永远保持沉默。直到他们死的那天。"

"为什么会这样？"以彻小声问道。

"因为言语是祸根。没有语言也就没有了谎言。很简单，不是

131

吗？他们住在那儿形影不离，却从不交谈。试想那会是多么神圣的静默。想加入的人都必须先立誓。像在军队。你宣誓沉默。"

"我不懂。"以彻哑声说。

"你当然不懂。你所做的就是摧毁一个村庄，却对那儿的人们、那儿的历史一无所知，也不想知道。就像那样。像头疯牛。你当然不懂。你懂什么？玩女人和杀戮，那是你懂的。还有足球。还有巴士公司的股份。你是头野兽，不是个活人。一头野蛮、愚蠢的禽兽。他们一直在蒙骗你。罗森塔尔和布鲁瑞上过床，还有那些长官、宪兵队的，甚至像我这样的人。你以为她和罗森塔尔是在去耶路撒冷的吉普上吗？你是那样认为的吗？由于你不是人，而是头野兽，所以你才会觉得他们和你一模一样。他们可不都全像你呢。他们可不会逢活物就蹂躏，就杀戮。恰恰相反。他们都在耻笑你。罗森塔尔正在替你操布鲁瑞呢，他也就在操你。我也干过她呢，所以也就等于我也干了你。告诉我呀，你为什么要疯跑？你为什么逮了辆吉普，拎上机枪拽着我，就开始像头公牛那样横冲直撞呢？我来告诉你为什么吧。那是因为你根本不是人，这就是原因。那是因为你是头愚蠢透顶的禽兽。这就是原因。"

以彻用他仅存的那点声音说道："再和我讲讲那个隐修院。"

内厄姆·赫什，这个身材消瘦、戴副眼镜的卫生员，抬起膝盖，把靴底踩在吉普的轮胎上。他吸着烟，感觉到就像酒精作祟，力量在他的血管内悸动。

"'麻木呆板的言语如尘埃纠缠于你。用沉默净化你的心灵吧。'印度诗人、哲学家罗宾德拉纳特·泰戈尔曾这样写道。现在，当然，我该从头给你解释什么是诗人，什么是哲学家，印度人是怎样的。可谁有这样的时间和耐心来把你教化成人呢？这是浪费口舌啊。总之，这帮不了你。那么，好吧。拉特伦这名字由一个中世纪就屹立于此的要塞得来。十字军在这儿建了个要塞，以控制从滨海平原通往耶路撒冷最便捷的通道——伯和伦道。拉特伦是那个要塞名称的讹误——Le Touron des Chevaliers，即骑士塔。Touron是'塔'的意思。譬如，'tour'，La Tour Eiffel（埃菲尔铁塔）。国际象棋里也有个塔，我们叫它'tora'（車）。你睡着了？一节课的容量是不是太大了？不是？一些学者还提出了关于'拉特伦'名字的另一个更古老的来源：Castellum Boni Latronis，指同拿撒勒的耶稣一起被钉在十字架上的善盗的堡垒。你听说过十字架、耶稣和善盗吗？你活了一辈子有没有读过一本书？回答我。你怎么了？不舒服？回答我呀！"

以彻一声不吭。

远处，营地的灯光在黑暗中闪烁。敌人在拉特伦的前哨每隔一阵就向迪安陡坡的密林投去探照光束。这会儿，达尔·安-纳塞夫被摧毁的消息一定已经传达于此了。一记枪声——近乎荒谬——在山间翻滚，激起一阵悠悠回音。

"嘿，像这样在这儿待上整晚不是有点危险么？"内厄姆问道，他突然害怕起来。

以彻什么也没说。

"告诉我，这是不是太危险了？我们是不是应该出发了？也许这附近有个营地或基布兹呢。"

刹那间，以彻把他满是胡须的脸转了过来，瞥了内厄姆·赫什一眼，又把目光移开。他没说什么。内厄姆在吉普后撒了尿。他突然害怕起来，害怕在一片漆黑中同以彻分开。他咬牙切齿、一字一顿地说道："我简直是坨屎！可悲的可怜虫！"

以彻一言不发。

黎明的第一缕讯号如约而至，凝结成团的暗色柔和起来，轮廓也渐渐清晰。东边有一线光，像一轮灵光，像一个恩泽的梦。如果世上真有仁慈或恩泽这样的东西，内厄姆想，那这就是它们的颜色。布鲁瑞会去冲个澡，洗去汗和泪，然后入睡。他们会安葬尤尼叙——或者，就像他们爱说的那样——他们会让他安息。但愿能给像我这样的人一点安宁。但愿以彻也能得到安宁；他现在已经累得要死了。毕竟，每个人都需要休憩啊。但愿能歇会儿啊。我可不能奢望更多。我需要静寂。

胡狼耀武扬威的噪声突然在四面升起。这声音来自敌土，穿透险峻的旱谷，传遍被围困的土地。敌军探照灯束迟缓而随意地移前退后。灯光时而倾泻在路面，掠过那辆熄火的吉普和两个迷失的士兵，时而又停歇下来，折回步子，搜寻荆棘和灌木。光轴捕捉到了一头小夜兽。它受了惊吓，鬃毛直立，浑身僵固。它恐惧万状，癫皮毛瑟瑟发抖。片刻之后，它飞奔而逃，纵入黑暗深处。

但很快，黑暗背弃了那些以它为庇护的人和物，从东山之巅——敌军阵地——渐渐隐去。

1962 年

怪 火

黑夜将天下民众笼入翼下。自然纺着她的纱,织轮每转一圈,呼吸一起一伏。造物有耳,但她的听觉与所听之物一模一样,并无二致。林中骚动的野兽寻觅猎物,农庄的牲畜立于马槽。男人结束劳作返家。可一离开他的活计,爱和罪恶就开掘他的坟墓。上帝立誓创造一个世界,充实这个世界。于是,众生息息相依……

——别尔季切夫斯基[①]《藏匿于雷鸣中》

一

起初,两位老人走着,并没有交谈。

---

① 别尔季切夫斯基(Micah Joseph Berdichevsky,1865—1921):出生在俄国的希伯来语、德语和意第绪语作家,他充满激情的作品深刻地阐明了19世纪动摇于传统与同化之间的犹太人"内心的裂痕"。

离开那间灯火通明、热烘烘的俱乐部聚会室时，他们帮彼此披上了大衣。约瑟夫·亚登还是一味的沉默，克莱因伯格博士在发出了一长串低咳后终于打了个喷嚏。发言者的一席话让他俩都陷入沮丧：统统都行不通。这样的讨论从来就是无果而终。毫不现实。

朋友两个加入温和派中央党已有好些年头了，参加者寥寥无几的党会会议笼罩着一层困倦、徒劳的气氛。这些会议从来都是无果而终。突如其来的运动把整个国家拖入一场纵情自大、富足傲物的狂欢。理性的声音、温和派的声音、明晓事理的声音，在这片欢腾中是听不见的，也不可能听见。少数保持理智之人，他们不再年轻，倡导温和冷静地施政，一辈子亲睹过政治安乐感所带来的披上了各种外衣的"果实"，他们能做什么呢？明达的饱学之士屈指可数，不能奢望制止陶醉的民众及其欢呼雀跃、冲昏头脑的领导者，他们统统大呼着胜利欢欣，跃向深崖。

走了约三十步，在小道与一条通往雷哈维亚市郊的庄严静谧的大马路的交界处，约瑟夫·亚登停了下来，克莱因伯格博士也不解地驻了足。约瑟夫·亚登去摸烟，翻腾了一阵，找到一支。克莱因伯格博士急忙给他的朋友递上火。他们依旧没说一句话，用修长的手指护着风中那粒火星。耶路撒冷的秋风刮得凶猛。约瑟夫点头谢过他的同伴，吸起了烟。可没走三步，烟由于刚才没点好，就熄了。他气恼地把它甩到人行道上，用鞋后跟踩得粉碎。而后他改变了主意，捡起皱巴巴的香烟，投掷进了耶路撒冷市政府安置在公交站铁柱边的垃圾桶中。

"堕落腐化。"他说道。

"嗯，其实，让我来问你，"克莱因伯格博士答道，"对于一个本身而言就无比复杂的现实来说，那样一个近乎粗俗的定义不是过于简单化了吗？"

"堕落且自大。"约瑟夫·亚登坚持道。

"任何人都了解，你也一样，我亲爱的约瑟夫，一个简单化的定位相当于某种形式的屈服妥协。"

"我受够了，"约瑟夫·亚登迎着刀割般的料峭寒风，整着他的围巾和衣领。"所有的这一切我都受够了。从现在起，我再不会装腔作势，闪烁其词。弊病就是弊病，堕落就是堕落。"

克莱因伯格博士伸出舌头覆在一到冬天就裂开的嘴唇上；发表意见时，合着的两眼就像坦克的炮眼：

"堕落是个复杂的现象，约瑟夫。没有堕落，'纯洁'这个词也就没有了意义。其中运作着一个循环，一种永恒的轮回，这一点，我们的圣人在论及人性的邪恶时有精深的理解，在另一方面呢，基督教神父也颇为认同：堕落与纯洁表面上是绝对对立的，可事实上，一方引发另一方，一方使另一方成为可能，并助其繁茂鼎盛，这就是在这个腐化的时代我们须期望和信赖的。"

雷哈维亚的街头刮起一阵骄横的风，寒冽如利刃。街灯断断续续地投下昏黄的灯光。有一些被破坏者砸得粉碎，黑漆漆地悬在灯柱上。夜鸟已经在这些废弃的路灯中筑起了巢。

雷哈维亚区的创立者们植了树，规划出花园、街道，因为他们立志在耶路撒冷饱经日光曝晒、蚀化褪白的岩间创建一个舒适宜人、林荫掩映的家园，日有钢琴乐声朗朗，暮闻大小提琴余音袅袅。簇簇树梢遮掩的街区享受着日光。阴影漫成湖湾如床如榻，小巧的房屋立于其中终日睡眼惺忪。但夜里，形影模糊的生物会栖息在枝头，于黑暗中拍打翅膀，发出绝望的哭号。它们不像街灯那样容易击中；石子偏离了靶心消失在幽暗中，树梢也飒飒作响，暗暗嘲笑。

的确，甚至连这些对立也颇为复杂，并不简单；事实上，一方引发另一方，没有这一方，另一方压根无法存在，等等，等等。克莱因伯格博士，至今还是单身汉，是一位声名谦逊的埃及学家，在他于三十年前侥幸逃脱的那个欧洲国家尤为如此。他的一生和他的观念带有鲜明的恬淡寡欲的烙印。约瑟夫·亚登，古希伯来手稿的破译家，是位鳏夫，他的长子雅尔即将同一位老朋友的女儿，一位名叫黛娜·丹南伯格的姑娘，喜结良缘。至于那些夜鸟，它们栖于街区中心，可清晨第一缕阳光的触碰总会把它们驱逐回城外岩间树林的隐匿处。

对先前听到、说过的厉言没有更多补充的两位老人继续他们的漫步。他们经过了伊本·加比罗耳大街和克伦·凯耶梅特大街拐角处的总理府，穿过中学大楼，在乌什色金街角停了下来。这个十字路口通向西边，曝露在乱石山野吹来的寒冷的疾风口。约瑟夫·亚登掏出另一支烟，克莱因伯格博士再次为他点上，双手像水手那样护着：这回它熄不了了。

"嗯，下个月我们就会在婚礼上跳舞啦。"博士打趣道。

"我现在正要去见莉莉·丹南伯格。我们要坐下来起草一份宾客名单，"约瑟夫·亚登说，"这将是份短名单。他的母亲——愿她能安息——向来希望我们的儿子能静静地成婚，不要大摆排场，所以那也会是这样子。只是个低调的家庭庆典罢了。当然，你一定要光临。我们可把你当成一家人的哦。这是毫无疑问的。"

克莱因伯格博士取下眼镜，哈了口气，用一块手帕擦拭着，又缓缓戴好。

"没错，那当然啰。不过丹南伯格家的女人才不会同意呢。你最好别自欺欺人啦。她是铁定想让她女儿的婚礼办得像场盛会，最好整个耶路撒冷都被请来行礼惊叹。你最终还是得妥协，照她的意愿行事。"

"要让我改变主意可没那么容易，"约瑟夫·亚登答道，"尤其当这涉及我过世妻子的心愿时。丹南伯格夫人是位善解人意的女士，她无疑会考虑到个人的意见。"

当约瑟夫·亚登表示他的主意不会轻易改变时，他开始漫不经心地挤压指间的香烟。折弯挤碎了的烟仍没有灭，还忽闪着火星子。克莱因伯格博士断然说道：

"你错了，我的朋友。没有盛大的喜宴，丹南伯格家的女人是不会答应的。当然，她是个善解人意的女士，你表述得很精准，可她同时也是个倔脾气的女人。这两种品质并不矛盾。你最好为这场激辩做好准备。这会是一场俗不可耐的争辩。"

有一个两人都认识的熟人，或者其侧影也许让两个朋友记起了某个熟人的人，此时掠过街角。两人都把手伸向了帽子，那陌生人做了同样的动作，可他没有驻足，而是低着头，逆着风，匆匆赶路，消失在了黑暗中。不一会儿，一个小流氓蹬着摩托轰鸣而过，撕裂了雷哈维亚的寂静。

"可恶至极！"约瑟夫·亚登怒气冲冲地说，"那个下流的流氓故意加大油门扰乱上万居民的安宁。为什么呢？就因为他不能确定自己是一个活生生的存在嘛，这样的哗众取宠使他头脑膨胀，觉得自己很重要：每个人都可以听到他。教授、总统首相、艺术家，还有姑娘。这种疯狂的行为必须加以制止，免得为时过晚。得强行制止。"

克莱因伯格博士并不急着回答。他沉默良久，把这些话翻来覆去，细细思索。最终，他评论道：

"其一，已经为时已晚。"

"这样的无端放弃，我无法认同。那么其二呢？"

"其二——对，还有第二点，恕我直言——其二，你在夸大其词。你老是这样的。"

"我并没有夸大其词，"约瑟夫·亚登叫道，咬紧牙齿压制着愤恨，"我压根没有夸大其词。我不过是就事论事。仅此而已。我有烟你有火，所以我们是互相牵连的。请给点火。谢谢。孩子家不就该及时调教吗？"

"可事实是，约瑟夫，我非常亲爱的朋友，可事实是，"克莱因伯格博士秉着被迫说教的耐心慢条斯理道，"你我都知道调教小孩儿的方式不止一种。现在我们该分手了。你得去你儿子未来的岳母那儿，可别迟到了，不然她又该大呼小叫了。她是个善解人意的女士，毫无疑问，可她也同样苛刻。明晚打电话给我吧。我们可以下完那盘中途停了的棋局。晚安。带上火柴。对。别客气。"

两位老人分道扬镳时，孩子们的叫闹声在十字谷升起。显然是青年运动的男孩子们聚集到那儿在夜色中玩捉迷藏。老橄榄树成了躲藏的好去处。山谷漫出的声响和气味沁入富人区的脏腑。一袭隐秘的急流从橄榄树传递到了景观园丁栽下的光秃秃的树苗。夜鸟是这袭急流的始作俑者。这一责任之重为它们注入了极度的严肃感，它们要为危急时刻或者真诚时刻保留它们的声声尖叫。相比之下，橄榄树却注定要生长在永久的沉默里。

二

　　莉莉·丹南伯格夫人的寓所坐落在雷哈维亚区和她高个子妹妹
所在的基里亚特·示母利区 ① 之间的一条安静的小街上。那个蹬摩
托破坏整个城区安静的小流氓，并没有扰乱丹南伯格夫人的安宁，
因为她压根就不得安宁。她绕着房子踱步，安排筹措着，盘算调度
着，然后又改变主意，于是一切重归原位。仿佛她确是打算坐在家
中，静待她的来客。九点半，约瑟夫会过来和她讨论婚礼宾客名
单。整件事可以拖一拖，没有匆忙的必要。这次拜访、婚礼，还有
宾客名单，急什么呢？无论如何，九点半他会准时到达——你完全
不必指望他会晚到一秒——可门紧闭着，房子空荡荡黑漆漆。人生
充满意外。想象一下他脸上的表情——惊愕、生气、恼怒——还真
有意思。有趣的是，猜猜他定会在我门前留的字条上写些什么。有
些人，约瑟夫就是其中之一，当他们惊愕、生气、恼怒的时候，才
变得可爱。这是种精神上的魔力。他是个大方正派的男人，总期待
着好事，忧虑糟糕的事。

　　这些想法是用德语小声说的。莉莉·丹南伯格扭亮台灯，面容
冷静平和。她坐在一把扶手椅上锉起指甲来。九点差二分她的指甲

---

　　① 雷哈维亚（Rehavia）、基里亚特·示母利（Kiryat Shemuel）：均为耶路撒冷古
老的高档住宅区。

修完了。她依旧陷在椅中，打开了收音机。日间的《圣经》阅读已告结束，新闻广播还没开始。某则感伤、老掉牙到令人作呕的曲子一直循了四五遍。莉莉旋动调台钮，匆匆忽略"近东"重浊的喉音，掠过"雅典"一刻也没迟疑，转到"维也纳之声"，恰巧赶上德语版的晚间新闻摘要。接着，还播了贝多芬的《英雄交响曲》。她关了收音机，去厨房准备咖啡。

我为什么要在乎他是生气了还是惊愕了？为什么我要在乎这个男人和他儿子发生了什么？希伯来语还没有发展到足以表达任何情感的程度。要是我向约瑟夫和他的朋友克莱因伯格说了这话，他俩定会攻击我，等着瞧一场关于希伯来语价值、掺和着各种令人不悦的题外话的可怕争辩吧。甚至"题外话"这个词都不在希伯来语中存在。喝这杯咖啡，我不要加哪怕一粒糖。苦吗，当然苦，可这让我清醒。我可以吃块饼干吗？不，我不可以吃饼干，没有妥协的余地。已经九点过一刻了。走吧，在他出现前。火炉、灯光、钥匙。我们走吧。

莉莉·丹南伯格是个四十二岁的离婚女人。她要是说自己才三十五六岁光景，那是很容易的事情，可那违背了她的道德准则，所以她从不掩饰自己的真实年龄。她的身材高瘦，头发是自然的金色，比那种油腻腻的浅金更深。鼻梁笔直强健，眸子浅蓝。唇边永远有那么一抹令人着迷的不安。那枚低调的戒指更衬出了她那长手指的孤寂和忧思。

十二点前黛娜是不会从特拉维夫回来的。我已经在罐里给她明天早晨留了点咖啡。冰箱里有沙拉，篮里有新鲜面包。如果那姑娘半夜要洗个澡，水还热着。所以一切都是井井有条的。倘若一切都井然有序，我还不安什么，好像还有什么烧着或我还留着什么没关似的？可没有什么还在烧着，也没有什么还开着，况且我已经往西走了两条街，所以那个男人约瑟夫不可能在来路上碰巧遇到我。多数年轻的黎凡特人第一眼看去很吸引人。可只有一小部分经得起第二眼打量。伟大的心灵总要饱经挣扎和折磨，由内而外扭曲形体，腐蚀脸庞，就像暴风雨吞噬石灰石。这就是他们的脸上写满内容的原因，有时那些"文字"形如刀疤，身材通常也枯槁伛偻。相反，俊俏的黎凡特人却不知苦难的滋味，难怪他们拥有端正的脸庞，健壮匀称的躯体。九点过二十二分。一只猫头鹰刚发出几声错综艰涩的刺叫。那鸟在德语中叫"Eule"，希伯来语呢，我想想，是"yanshuf"。总之，那又有什么区别呢？整七分钟后，约瑟夫就会按响我家的门铃。他的准时毋庸置疑。那时候，我会一分不差地按响他在阿尔法西街上寓所的门铃。闭嘴，"Eule"。你说的每个字眼我都听了不止一遍。那时，雅尔就会为我开门。

三

来自破碎家庭的人更容易搅得他人的家庭不得安宁。关于此，没有偶然，也无法设定出任何规则。约瑟夫·亚登是鳏夫。莉莉·丹南伯格是个离了婚的女人，离婚后不到三个月，她的前夫就心碎而死，或者说死于黄疸。连古埃及专家，信奉禁欲的克莱因伯格博士也是个老单身汉，边缘人物，更不消说他无子无女。只剩雅尔·亚登和黛娜·丹南伯格了。黛娜去了特拉维夫把好消息捎给亲戚，顺带做些采购、安置，她在午夜之前是不会回来的。至于雅尔，他正和读初中的弟弟坐在亚登家阿尔法西街上宜人的起居室里。他打算用整晚来对付积压成堆的大学工作：三道练习题、一个乏味的项目、堆积如山的撰写书目题要的琐事。学习政治经济学固然重要，固然有益，可同时也令人疲乏不堪，百般沮丧。如果他能选择，他可能就会选择去研究远东、中国、中国内陆神秘的西藏抑或是拉丁美洲，或者里约热内卢、印加，还有黑非。可一个年轻人研习这些又能去干什么呢？给自己造个雪屋，娶个艺伎？可麻烦的是，政治经济学充斥着功能、计算、术语和图表，当你盯视它们时，它们似乎快瓦解崩塌开来。黛娜在特拉维夫。也许她回来时已经忘记我们昨天那场无谓的争吵。我当她的面说了那些话。可是她先挑起的呀。爸去见她母亲了，十一点前是不会回来的。但愿能想出点主意要乌利别坐在这儿挖鼻子了。多恶心。九点一刻电台会有一档名为《寻宝》的探秘节目，是直播。一个不自在的夜晚只能像这样打发。和乌利先听了这节目再去完成第三道题。那就差不多了。

兄弟俩扭开了收音机。

古怪的夜鸟折腾到九点一刻才停歇。暮色还未褪去，猫头鹰和别的夜鸟已开始从郊区往市中心转移。它们呆滞的眼睛盯着白日的鸟儿，在白昼焕发出最后的缕缕光辉时，它们一起高唱起无忧之歌。在夜鸟的耳里，这听起来简直是疯狂无比，像场愚人的狂欢。远在郊区尽头，最边缘的房屋攥着西坡的岩石生长，那儿，上飞的鸟儿与下坠的鸟儿颔首相遇。在非夜非昼的光线里，这两大阵营逆对方而去。在耶路撒冷，折中妥协从不持久，因此傍晚的暮色也只一曳而过，迅速消隐。黑暗来临。太阳逃跑，连后卫力量也已全线溃退。

九点半，莉莉意欲摁响亚登家的门铃。可她见到瑞达克大街上有只猫立在石墙头。它嗖嗖甩着尾巴，发了情而呜呜叫着。莉莉决定浪费一会儿观察下这只狂躁的猫。这时候，兄弟俩正听着探秘节目的开头。一个快活的家伙已经给出了电台小组和听众第一条提示，线索的突破口就藏在比亚利克 ① 的这首诗里：

　　不是在白天也不是在夜晚

　　我静静漫步出发；

---

① 比亚利克（Bialik）：全名为海伊姆·纳曼·比亚利克（Hayyim Nahman Bialik，1873—1934），希伯来诗坛巨擘，著名翻译家。

不在山坡也不在溪谷，

那儿长着一棵老洋槐树……

雅尔和乌利立刻被侦破的热情鼓动了。老洋槐，那是个关键点。不在山上也不在溪谷，这才是把整个局搅得扑朔复杂的地方。雅尔有了个妙主意：或许我们该去查阅比亚利克的诗集，找找语境，然后自然会知道往哪条路走了。他朝书架扑去，搜寻着，找到了那本书，又用三分钟锁定了那首诗。然而接下来的诗行看来并非能解开谜团，只吊足了猎手的胃口：

洋槐揭开神秘

泄露潜藏的天机……

对呀。我明白呀。可洋槐本身就是个谜，又怎该期望它能解密甚至泄露天机呢？是怎么一回事？第二诗节压根是不相干的。整首诗都不得要领。比亚利克的诗集不顶用。我们试试别的办法。现在让我想想。有了：希伯来词 shita 不只有树木的意思，它还指"途径"。Shita 是个系统。这些问题倒是能给那个小丑克莱因伯格添彩。好吧，那么，我们再来想想。闭嘴，乌利，我正想呢。嗯，我亲爱的华生，你怎么想头一句的？就那句"不是在白天也不是在夜晚"。你啥主意也没？你这样当然不会有啰。动动脑子。顺便说一句，我也还没有什么想法。可再给我一会儿，等着瞧。

门铃响了。

不速之客站在了门口。她的面容洗练凝固，嘴唇紧张不安。她是个古怪的美丽女人。

野猫是种幻化无常的动物。一只人手的爱抚可以令它放弃任何东西。即便处于发情中的极端亢奋，它也不会将一只人手的爱抚拒之门外。当莉莉抚摸它时，它开始战栗起来。她的左手坚实地捋过它的背，右手手指轻柔地挠着它颈上的皮毛。力与柔的融合让这动物充满愉悦。猫翻了过来，仰面朝天，露出肚子迎合那些温和的手指，满足而大声地呜呜叫着。莉莉边挠边说话。

"瞧你多快活。现在你多快活。别抵赖，你很快活。"她用德语说着。猫眯起了眼睛，只剩两条细缝，又继续喵喵叫唤着。

"放松，"她说道，"你什么也不用做。只管享受吧。"

皮毛又软又暖。微微的颤动滑过又瞬息停止。莉莉用戒指摩擦起猫耳。

"况且，你也一样是个蠢货。"

突然猫战栗了起来，不安地搅起身子。也许它也猜到了，抑或半知半觉到了即将要发生的。它的脸绽开一条黄色缝隙——它一只眼眨了一下，掠过一丝微光。接着，她抡起拳头，在空中猛地一挥，一记重拳就落在了猫的腹腔上。这厮大受惊吓，窜进黑暗中，噌噌地攀上松树树干，立稳肉掌，从那个阴郁的高度像条蛇似的向

149

她发出了咝咝声。它所有的皮毛都立了起来。莉莉转过身，向亚登家走去。

"晚上好，雅尔。看样子你有空。而且就你在。"

"乌利在这儿，我们……可爸不正要去见您吗？"

"乌利也在。差点把乌利忘了。晚上好，乌利。你都长这么大了！一定很招女孩子们喜欢吧。不，不用招呼我进去了。我就只来和你直说些事，雅尔。没打算打扰。"

"可夫人……可莉莉，怎么能这样说呢。您在这儿向来是受欢迎的。请进。我刚才只是以为您正和爸一起喝着咖啡呢，可怎么突然……"

"你爸会突然发现门锁着，窗是黑的，他不会知道我怎么了。他会失望紧张——那让他看起来几乎挺讨人喜欢。可惜我没在花园的树丛那儿偷看他，看他脸上的表情偷乐。没关系。我来把一切都解释清楚吧。来，雅尔，我们出去，去外面散一会步，有些事我要和你直说。对。就今晚。有点耐心。"

"什么……发生了什么？黛娜没去特拉维夫，还是……"

"她像个小姑娘似的兴冲冲地去了，还会蹦蹦跳跳地回来。不过要晚点。来，雅尔。不用穿外套。外面不冷。外边很宜人。抱歉，乌利。瞧你都这么高了！晚安，再会。"

靠近漆椒树的后院，她又向雅尔说道："别一副困惑的样子。

没发生什么急事。"

可雅尔已经意识到他犯了个错误。他该带上外套的，尽管莉莉说了。外面很冷。过一会儿就会更冷。他仍然可以辩解一番，跑回去取来外套。莉莉自己穿了件时髦甚至有点大胆的衣服。可跑去屋里去取件衣服对他来说好像又有点儿不得体，甚至会显得怯懦。他把那想法搁在了一边，说道：

"对哦。外边真挺惬意。"

她没有急着回答，于是雅尔有了点时间考虑耶路撒冷是不是真的有洋槐，如果有，那会在哪儿；如果没有，也许"shita"是个线索，暗指动词"leshatot"———"嘲笑"。谁知道呢，可能财宝藏在哈雷维亚西部或南部的某个山谷。可惜了这节目。这会儿我再不可能知道解密的方法了。

四

一番简短的惊愕、困惑和些许犹豫不决的思索后，约瑟夫·亚登决定去克莱因伯格博士的寓所。如果发现他在家，他会进去，为晚到而来和意外的造访致歉，然后告诉他的朋友这件古怪的事。谁想得到呢？只要想一下我要是迟到几分钟她会摆什么脸给我。我站在那儿等，这时已经十点了，已过了两分半钟。如果发生了什么意外，她应该会打电话给我。怎么想怎么解释都没道理呀。

"那你暂且避免掉了一场庸俗还可能恼人的争辩哟，"埃尔赫南·克莱因伯格笑着说，"在宾客单这事上她是不会向你让步的。她会把请帖散遍全城和大学。送到国家总理和耶路撒冷市长手里。真的，约瑟夫，你凭什么期盼她放弃自己的想法来迎合你的意愿呢？为什么她不能把教皇和夫人请到她独生女的婚礼上来呢？究竟哪里不妥了，约瑟夫？"

他的客人开始耐心地解释起来：

"事态不宁。我指的是在大局势上。别忘了，这些年来我们一直在宣扬，不论在讲演还是在著述中，'谦卑处世'，雅尔母亲想要个私人婚礼，亲戚间的小圈子，那是种诫命，至少从伦常的角度来说是的。还有就是……费用的问题。我的意思是，谁会想因为个社交婚礼欠上债呢？"

克莱因伯格博士觉得自己完全循不着门道了。他煮了咖啡，加了奶和糖。这会儿，他又有机会为他之前关于两个极端互动的评论做点补充。谈话很快就扯远了。他们讨论了埃及古物学，讨论了希伯来文学，他们进行了一场对耶路撒冷市政府运转效能的苛刻质询。埃尔赫南·克莱因伯格有种异乎寻常的禀赋，能将埃及古物学同希伯来文学巧妙结合，一个是他的专业领域，一个被他宣称为"心腹之爱"，并自称为狂热的爱慕者。多数情况下，约瑟夫已经习惯自己的观点被他朋友的观点所否决，尽管多数情况下他会反驳埃尔赫南·克莱因伯格所持的某些特定措辞。所以，他们的争辩总会以约瑟夫·亚登而非他的老友夺得定论权而告终。

若非天寒，朋友两个会一道出门，站在阳台上，凝视坡顶的星光，就像他们在夏夜习惯做的那样。十字谷就躺在对面。那里，老橄榄树长在苦涩的宁谧中。

因这激昂、近乎野性的渴切，橄榄树将卷须触进稠重、黝黑的土壤中。在那里，根须刺破坚韧如岩的底土，胀裂隐石，吮尽暗露，好似利爪。可它们上边，和风煦语轻抚树梢，碧绿绿，银灿灿：它们呢，享用着安逸、荣耀。

你也无法将橄榄置于死地。将其焚烧，它转而又发芽、繁茂。粗俗的生存，无比厚颜，埃尔赫南·克莱因伯格会这样说。甚至被雷劈中，橄榄又会涅槃重生，及时换上簇叶新装。它们长在耶路撒冷的丘陵上，长在滨海平原的缓坡边缘，隐于石墙围隔的寺院回廊。那儿长满结节的橄榄树干一代粗比一代，与壮硕的枝丫轻佻纠缠。它们和猎鹰一样有种原始的生气。

哈雷维亚北郊是一大片平民区，却有着十分迷人的街道。在其中一条蜿蜒的小巷立着一棵老橄榄树。一百零七年前，这儿有扇铁门，过梁就撑在老树上。年复一年，老树斜靠上了铁杆，铁杆深深吃进了树干中，像根烤肉叉。

一步一步，橄榄开始裹住铁楔。最后它被严严实实封在了里面。铁杆断在了老树的拥抱中。树的伤痕转而愈合，枝丫蓬勃，枝叶毫发无损。

153

雅尔·亚登是个帅小伙。他不高，可是两肩有力，身材匀称，比例协调，健硕而具有运动感。下巴结实，棱角分明，还有个深深的酒窝。姑娘们常会想偷偷去用指尖触碰那酒窝，一些有了这个念头的甚至还会羞红脸，花容失色。她们说："还有呢，他自觉什么事都略知一二。有模特的身材，又有好使的脑瓜。是个有头脑的衣服架子。"

他的臂膀很强壮，覆盖着黑黑的汗毛。雅尔·亚登不能说是笨拙，可从他所有的行动中确能察觉到某种迟缓、迟钝。莉莉·丹南伯格会称之为"魁梧"，继而又回到她的争论主题：希伯来语在表达细微差异上的不完善性。当然，埃尔赫南·克莱因伯格总能驳倒这般尖刻的论断，并在眨眼间举出一个合适的希伯来语形容词，甚至两个呢。同时，他还会立马想出个希伯来语表述"细微差异"这个词。

也许雅尔·亚登天生的让人着迷的"魁梧"一些年后会演变成家族式的肥胖，而他父亲就是一个出了名的肥佬。一只犀利的眼睛兴许能觉察到最初的迹象。可目前——莉莉不打算掩盖这样的事实——目前，雅尔是个英俊迷人的青年。垂垂的浅色小胡子有时还点缀着片烟叶，为他的外形添了独特的魅力。雅尔在大学学习经济和工商管理，他的整个未来就摆在眼前。浪漫歌舞剧、基布兹主义、远郊住宅区的生活对他来说没有多少吸引力。他的政治观点十分温和，从他父亲那儿继承而来。确切地说，在当前的政治局势中，约瑟夫·亚登只看到一片充斥着堕落与自负情绪的荒原，而雅尔·亚登呢，翘首以待的是一幕广阔的图景。

"可以给我支烟么？"莉莉说道。

"当然。来，拿一支吧，莉莉。"

"噢，谢谢。我把我的落在家里了，瞧我这匆匆忙忙的。"

"要火吗，莉莉？"

"谢谢。黛娜·亚登——同黛娜·丹南伯格一样悦耳动听的名字。也许还更简洁些呢。你们有孩子了，可以叫他丹。丹·亚登：像是出自骆驼与驼铃的歌谣。你准备要我等多少时间，要多久才让我做外婆？一年？再短点？这是反问句。你不必回答。雅尔，用希伯来语怎么说'反问句'？"

"我不知道。"雅尔说道。

"我没问你。这只是个反问句。"

雅尔开始不安地挠起耳垂。她这是怎么了？她想要干吗？她的某些地方我压根不喜欢。她不是真心、诚恳的。实在难判断。

"这会儿你搜肠刮肚想说点什么却没找到。没关系。你的举止很得体，我的天，你面前的又不是典试委员会。"

"我没把你想成典试委员会，莉莉。绝没有。我只是想说，

155

我……"

"你是个十分诚挚的孩子。我不在乎什么机敏的回答。我更感兴趣的是，你的……该怎么说呢，你的精神。"她在黑暗中笑了。

他们恰巧来到了市郊上部。他们到了哈雷维亚的中心又转向北走。一个消瘦、戴眼镜的路人手里提着台晶体管收音机从他们跟前经过，一看就是个想法极端、情场失意的学生。雅尔停了一停，扭过头，竭力捕捉被莉莉打断了的那档诱人节目的残碎片段。不在山坡也不在溪谷，那儿长着一棵老洋槐树。拜她所赐，他出门都没带件衣服，现在他很冷了。他也感到很不爽。他还错过了节目的高潮。直奔主题的时候到了，干脆完事得了吧。

"好吧，"雅尔说道，"对了，莉莉。你不是要告诉我出了什么问题吗？"

"问题？"她一副吃惊的样子，"没有什么问题呀。我和你在这样宜人的夜晚去散个步，因为黛娜出门了而你父亲也不在家。我们聊一聊，交换看法，互相了解。不知有多少事可聊呢。你的那么多情况我还无从得知，我的一些事你也可能有兴趣了解。"

"你之前说"——雅尔挠着他的耳朵——"你说你有些事要——"

"是这样。可那只是礼节程序上的事，真的不重要。我希望你尽快搞定。定在明天或者后天，最迟下周初吧。"

她掐灭她的烟，没要第二支。

许多年前，一位著名的建筑师规划了哈雷维亚的构想。他设想着赋予它一个宁静的花园社区的气质。像艾尔哈里齐那样窄窄的阴凉小街，规划良好的本-迈蒙林荫大道，玛格涅斯般的广场，即便在盛夏，亦有柏树忧沉的戚语厮磨在耳鬓。对辗转一生的流浪者来说，那是一辟安宁的领地，一处修身养性的家园。街道名借自中世纪声名赫赫的犹太学者，为的是添一份古意、智慧、向学的氛围。

但这几年来，新耶路撒冷病态的发展已蔓延至哈雷维亚，像是套上了一条绞索，将其围堵在内。窄街堵满汽车。西部公路开通，谢赫-巴达和诺沃-鲨阿南高地变为了城市中心，哈雷维亚也不再是座花园市郊。高楼疯狂地从每块岩石上钻出。拆除了小别墅，取而代之的是公寓楼。一个个初衷被新时代的物质繁荣和技术翻新扫地出门。

夜幕归还了哈雷维亚沉沦梦想的点滴。夜，赋予了尚存的树木焕然一新的尊严。那树，俨然森林一片。倦意浓浓的居民缓缓离家，在黄昏中溜达漫步。一股异乎寻常的气息自十字谷升起，还能依稀嗅到沾染其中的丝柏和夜鸟的苦涩气息。就好像橄榄丛破土而出，侵入小巷和庭院。日光灯下，透过窗能看到载满书的书架。还有弹钢琴的女人。也许她们的心中正摞满了沉甸甸的渴切与热望。

"对街的那个男人，用拐杖摸人行道的那个，"莉莉说道，"是沙茨基教授。他现在老了。我想你应该不知道沙茨基教授还活着。我敢说你一定以为他是上个世纪的人物。也许你是对的。他是个信仰仁慈、优雅又狠毒的人。在他的著作中，他竟无情地要求人们互表慈悲。受害者都还要对杀戮者开恩留情。现在他已经瞎了。"

"我从没听说过他，"雅尔说道，"他并不在我的领域之内，就像人家常说的。"

"好吧，我还能再要支烟么？我们来谈谈你的领域吧，就像人家常说的。"

"当然了，拿一支吧。对于你之前谈到的礼节程序，我很好奇。"

她眯了眯眼，试图集中精力。想起远在这个愚笨的护花使者出世前自己就经历的这许多痛楚的时刻。那一瞬她突然一阵恶心，几乎就要改变主意。可一会儿之后，她说：

"是一个体检。我希望你尽快去做个身体检查，当然得在我们正式宣布婚礼之前。"

"我不明白，"雅尔道，伸向耳朵的手停在了半空，"我是百分百的健康。为什么我要体检？"

"只是个过筛检查。你母亲因为遗传病去世。要是她及时检查了，说不定还能多活上几年。"

"两年前进大学时我做过体检。他们说我健壮得像头牛。妈妈的事我知道得很少。那时我还小。"

"雅尔，现在别为一个小小的体检大惊小怪，可以吗？乖孩子。就当是让我心安，像人家说的。要是你懂德语，我就可以把所有埃里克·丹南伯格留给我的经济学书送给你。我猜你也不知道他。并不在你的领域，像人家说的。我该想想送你别的什么。"

雅尔没说话。

他们沿伊本·以斯拉街走，迎面碰到一个衣着高贵的老妇。

"世间万物本有私密渊源。上帝愤怒了，人们视而不见。一切行为导向唯一的终极意义，无论高尚丑陋。行走在黑暗中的人才看得到曙光。不是明天——而是昨天。喉管热热的，匕首尖尖的。世间万物唯有一种意义。"

雅尔从那疯女人旁走开了，并加快了步子。莉莉默默停了一会儿，接着赶上了他，一种极不愉快、扭曲的神色像瘟疫一样遍布了她的脸，又一闪而过。在耶路撒冷，他们称这个高雅女人为"唯一的意义"。她的声音低沉得惊人，带着德国口音。远处，哈雷维亚的疯女人为路经的两人祈福：

"上天的祝愿，下水的恩泽，从杜塞尔多夫 ① 到耶路撒冷，一切行为，同一种意义，建树者、破坏者统统如此。安宁、成就、极尽的救赎，给避难者，给你，给流亡者，给苦痛者。安宁，安宁，一路安宁。"

"安宁。"莉莉小声回复了一声。从那儿一直到罗斯柴尔德学校，他们一言不发。雅尔不知是在哼哼还是自言自语："不是在白

---

① 杜塞尔多夫（Düsseldorf）：德国莱茵河沿岸重要城市，19世纪德国诗人海因里希·海涅的出生地。

天也不是在夜晚……"接着就停下了念叨。

莉莉说道："我们别为体检争论了，尽管这在你来说，听起来是个怪念头。你的母亲因为一时的疏忽离世了。你父亲再次被抛下，你也成了孤儿。"

雅尔说道："行了，行了，为什么老在这件事上做文章？"接着，他终于慢慢开始意识到了她刚才所说的某些东西的重要性。他的舌头舔到小胡子边缘，触到了烟叶的残片，又说道：

"再次？你是说我父亲再次被抛下？"

这时，莉莉用冷冰冰的、权威式的声音回答了他，像极了咨询台的办事员。

"对。你六岁时你父亲的第二任妻子死于癌症。你父亲的发妻并未因癌症去世。她离开了他。她离了婚。不久，你自己也要结婚了，你父亲早就不该对你隐瞒基本真相了，好像你还是个孩子似的。"

"我不明白，"雅尔说道，明显受了打击，"我不明白——你是说我父亲之前结过婚？"

困惑的他提高了嗓音，在这样的时间，这样的场所，这实在是不合时宜的。莉莉竭力让事态回复到适宜的状态。

"你父亲的婚姻只维持了四个月。那女人后来嫁给了埃里克·丹南伯格。"

"那不可能。"雅尔说道。

他停了下来。掏出一支烟，搁在嘴唇间，却忘了点。有那么一会儿，他忘记了他身边的同伴，忘记也给她递一支。他向黑暗中凝视着，陷入了思索。最终，他缓了过来，说道：

"那又怎样？那与我们有关系吗？"

"拜托，"莉莉笑道，"给我烟。我的忘在家了。你说得对，连我自己都很难相信曾经如此，或者说，事已至此，那样的婚姻。我自己也不敢相信是我亲口告诉了你。但你应该明白，你必须明白能从那段插曲中学到什么。现在点上吧，我的和你的。要不把火柴给我，我来点。别为这个心烦了。那都过去了，是很久以前的事了。而且只维持了荒唐的不到四个月的时间。只是段插曲。来，我们走远点儿。夜晚这样的时候，耶路撒冷真的很美妙啊。来吧。"

雅尔开始跟她往北走，陷入沉思。她心里满是原始狂放的欢欣。她无视了鸣喇叭的汽车，忽略了向她鸣叫的夜鸟。她望着人行道上自己的脚尖，还有他的。从他游离不定、心烦意乱的指尖夺过火，点燃了两人的烟。

"从没人告诉过我这些。"雅尔说。

"嗯，现在有人告诉你了。那就够了。放松点儿。别让自己太不安了。"莉莉热心应着，像是要安慰他。

"可这……这太奇怪了。而且不太好，不知怎的。"

她触到了他的后脖颈。轻抚他的发根。温暖的手抚慰着男孩。他们继续走，走出哈雷维亚，进入邻区。蜿蜒的街道变成了陡巷。

在那儿，他们的眼前，有棵橄榄树，拥抱、碾压着门柱。

六

埃尔赫南·克莱因伯格和约瑟夫·亚登正专注在他们的棋局中。状如巴伐利亚街灯风格的台灯往桌面投下了暗淡的光线。大捆的学术书籍上跃动的金色字母从灯光中反射出了一抹更为微弱的光晕。四处立着克莱因伯格博士的书架，从地板到天花板，覆满了房间的墙面。有一个书架专门摆放这位古埃及学家的集邮册。还有一个是为希伯来文学——埃尔赫南·克莱因伯格的秘爱——预留的。成排书的间隙摆有非洲缩图、花瓶和原始情色风格的远古雕像。但这些雕塑也做花瓶用，盛着永远不会枯萎的五彩纸花。

"不，约瑟夫，你不可以那样，"克莱因伯格博士说道，"不管怎样，你别无选择了，除非用你的车换我的马。"

"等等，埃尔赫南，让我想想。这一局我还是有小小优势的。"

"短暂的优势，我的朋友，一时的优势而已啊，"克莱因伯格博士玩笑地答道，"可再想想吧，务必想呵。你越想，就越明白你的优势是多么短暂。短暂而无关紧要。"他舒舒服服地躺回了扶手椅。

约瑟夫·亚登绞尽脑汁思考起来：现在我必须集中精神。他强调我的弱势不过是心理战的策略。我要全神贯注。下一步就定全局了。

162

"下一步就定胜负了，"克莱因伯格博士道，"要不要休息十分钟来杯茶？"

"真是个狡猾的建议，埃尔赫南，我只会直截了当地教训那孩子。这个魔鬼建议旨在打乱我的注意力，可你早已经大功告成啦。好吧，答案是：不用了，谢谢。"

"我们之前没说过调教孩子有多种方式吗，约瑟夫？我们两三小时前才谈过那个。好像你已经忘了我们的谈话似的。可惜。"

"我已经忘了我本来想要对你干什么的。对你的车，我的意思是。你倒是让我分心了，埃尔赫南。请让我集中下精神吧。看，所以呢。对。我在这儿，你在那儿。你有何高见呢，我亲爱的博士？"

"眼下我没啥说的啦。我要说的是：我们消停会吧，听听新闻。不过新闻结束后我会说'将'的，约瑟夫，待会儿我会说'将'。"

两人分开时，已几近深夜了。尊严让约瑟夫容忍了败局。他用主人递给他的一杯白兰地安慰着自己，说道：

"周末我们会在我家见面。在我的领地上你就必定是输家啦。我保证。"

"瞧瞧，"克莱因伯格博士笑道，"这就是《社会民主》上那篇檄文《论反对政治报复》的作者。睡个好觉，约瑟夫。"

屋外，是夜和风。一只粗鲁的猫头鹰催促着约瑟夫赶快离开。我竟忘了给她打个电话问问发生了什么。最好等到明天吧。她会打来道歉的，我不会接受她的借口。至少，不会立马接受。

七

　　洋槐揭开神秘／泄露潜藏的天机，／我要问问洋槐／噢，谁才会是我的新娘？

　　那折腾人的调子不分场合地出现，挥之不去，也不让雅尔闲停半会儿。他吹了口哨，嗡嗡哼着，唱着，可那曲子仍对他纠缠不放。

　　莉莉已经向雅尔问起过他的教授，问起他的学业，还问了那些女同学，她们一想到他即将结婚肯定伤心得发狂。

　　雅尔却在想：够了。回家吧。她告诉我的不一定是真的。就算是真的，又怎么样呢？她想怎样？她怎么了？这一切该刹车了，该回家了。再说，我好冷啊。

　　"也许，"他小心翼翼地试探道，"也许我们该走回去了。很晚了，潮气很重。天也冷。我可不想你着凉啦。"

　　他握紧了她的手臂，只在手肘上端，轻轻把她朝亮着路灯的街角拉去。

　　"你知道吗，我亲爱的孩子，"她问道，"让男人和女人避免婚后几个月就陷入悲剧需要多少耐心？"

　　"可我想……我们还是边走边谈吧。或者找个其他时间。"

"头几个月还有性，性就是一切啊。早上做爱，中午，晚上，餐前餐后，都做爱，连饭都可以不吃啊。可过了几个月，你突然开始有了很多时间坐下来遐想——海阔天空地想啊。两人那些令人动怒的习惯也浮出水面。这时候，就需要微妙和默契。"

"一切会好的。别担心。我和黛娜……"

"谁说你和黛娜的什么了？我是在泛泛而论。现在我也可以和你说说我的个人经验。把手臂搭到我的肩膀上来，我冷。对。别害羞。乖。就像这样。我来跟你讲讲黛娜以及你的事。"

"可我已经知道了呀。"

"不，我的孩子，你什么都不知道。我想你应该知道，比如，黛娜只是爱上了你的外表，而不是你这个人。她没有好好考虑过你。她还是个孩子。你也是。我想你不会因此而沮丧。别先回答我。不，我并不是说你是个没心没肺的孩子。远非如此，我只是想说你很强壮。你直率又强壮，年轻人就该如此。来，把手给我。对。别问那么多问题。我要你的手。对。像这样。现在，请挤压我的手。因为我在请求你这么做，这个理由还不够吗？挤压吧。不要这么轻柔。重一点。重一点。更重一点。别害怕。你怕我嘛。那儿，很好。你力气很大嘛。注意到你的手很冷我的很温暖了吗？很快你就会明白为什么了。但别再老是哼哼唧唧的，别再想说服我回家了，不然我会想，跟我出来散步的是个被娇惯坏的、只想回家睡觉的小屁孩。瞧，孩子，月亮慢慢从云层后面探出头来了。看到了吗？对。完完全全地放松会儿吧。什么都别说。嘘。"

胡狼隐约的哀号从远处传来。他的脑子一下子寻不到要说的话。此刻，某种非言语性的东西想要发力发威，却苦于找不到宣泄的出口。一阵淘气的疾风从凄凉的城镇边围骤然刮起，来到铺着石板的小巷嬉戏玩耍。窗户紧闭着。百叶窗紧闭着。带铁栅子的排水沟。一长溜垃圾桶僵冻在人行道上。猫儿在耶路撒冷石头堆起的土墩间潜行。莉莉·丹南伯格坚信她对雅尔·亚登说的这一切都是有"教育意义"的。她竭力遵循事态发展的节拍，以免前功尽弃。但血液一直涌向太阳穴，内心有种亢奋驱动她一息不喘地策马向前。这儿的屋间没有洋槐来解决谜题。两个行人出现在小街，经过了玛哈念·尤华达通往胡达迦法大道的市场。这儿，莉莉正把这年轻人引向一家招待通宵工作的的士司机的廉价咖啡馆。

电灯光线下，飞蛾烤焦双翼，以示对黄灯泡的爱。丹南伯格夫人点了不加糖和糖精的黑咖啡。雅尔要了奶酪三明治。他迟疑了一会儿，又叫了一小杯白兰地。她把自己的手平放在他宽大的褐色手上，细细数着他的手指。在一阵温和的眩晕下，他报以微笑。她握住他的手，把那些手指贴近自己的嘴唇。

八

位于玛哈念·尤华达区的这间的哥咖啡馆中，有一个特别的司机，叫阿布，是个巨人。白天他用来睡觉，一到半夜，他就会起来，像头熊似的流窜在胡达迦法大道，他的领地。所有的司机都乐意听从于他，因为他很强壮，有副好心肠，却也嘴刁难缠。现在他正同这伙人中较年轻的几个坐在一张桌子旁，教他们在西洋双陆棋游戏中如何用灌铅骰子使诈。雅尔和莉莉进来的时候，阿布和他的亲信们说道：

"瞧见没有，示巴女王和所罗门王 ① 来了。"

见雅尔一言不发，莉莉笑了，他又来一句：

"不打紧。健康第一。嘿，女士，你怎么让那孩子喝白兰地？"

他的司机伙伴们转过头来看。咖啡店老板，那个一副苦瓜脸的痨病鬼，也转过头来看即将上演的一幕。

"而你呢，小鬼，鬼晓得你在玩哪一出。怎么着，难不成今儿个是祖母节？要好好慰劳你祖母？三更半夜和那样一个复古模特到处晃悠干什么？"

雅尔一跃而起，耳根子通红，意欲捍卫他的荣誉。可莉莉却示意他坐回去，终于发了话，声音又暖又乐。

有些老女人可有本事让高雅老到的男人出卖灵魂——当然不仅仅是他的灵魂，还有今天任何一款新奇的玩具，所有的瓶瓶罐罐。

---

① 示巴女王和所罗门王（the Queen of Sheba and King Solomon）：示巴女王倾慕所罗门王的智慧，就带着臣仆、香料、宝石和黄金经过沙漠之路长途跋涉来到耶路撒冷觐见。示巴女王美丽而聪颖，所罗门王威武而机智。两人一见面，都被对方的容貌和才智所倾倒，油然而生爱恋之情。

"说得好！"阿布笑着说，"那么干吗不过来我这儿为你机灵的辩驳赢得热烈的掌声呢？这可是双老到又精明的手，怎么样？老围着个瘦小子转干什么？"

雅尔跳了起来，气得吹胡子瞪眼。可又一次，她先行搅了进来，把争吵扼杀在了萌芽中。她的眼中跃动着一抹新的光亮。

"你怎么了，雅尔？这个先生不过是想让我高兴，没有要羞辱我的意思。他和我的想法完全相同。所以别动怒，坐下来学学怎么让我高兴。现在我就很高兴。"这个开心的离婚女人把雅尔拉向自己，亲吻了他下巴正心的酒窝。阿布慢条斯理地说道，仿佛见到这样甜蜜的景象他马上要昏厥了过去。

"万军之主耶和华，你在哪儿？噢，你都在哪儿呢？夫人，我是在哪里？"

莉莉说道：

"今天是外孙节。可也许明天或后天，祖母需要辆的士，祖父也许会来，或者呢，他会发现示巴女王在哪儿登基加冕，会带来猴子和鹦鹉进贡。来，雅尔，我们走。晚安，先生。见到你我很荣幸。"

两人出门经过司机们那一桌时，阿布用一种畏怯怯的恭敬语调小声说道：

"回家吧，年轻人，回家睡觉吧。对天发誓，你连摸她的小指尖都不配。"

莉莉笑了。

外面，雅尔气愤地说道：

"简直是一伙恶棍。是野蛮人。"

九

她的小指尖压在他胳膊的肉上。

"现在我也冷，"她说，"我要你抱着我。如果现在你已经知道该怎么抱我的话。"

雅尔环抱住了她的肩膀，气愤与羞怯纠结的情绪让他的举动有些粗鲁。

莉莉说道："对。就像那样。"

"可……我觉得，无论如何，该打道回府了。很晚了。"他边说边不由自主地用拇指和食指的中间扭着耳根。她想要我干吗？她到底怎么了？

"现在回去已经太晚了，"她耳语道，"屋子是空空的。家里有什么？家里什么也没有。扶手椅。让人厌恶的扶手椅。埃里克·丹南伯格的椅子。克莱因伯格博士的椅子。你父亲的椅子。所有这些可悲的人。家里没有什么在等着我们。在这儿，在外边，你可以碰到，可以感受任何事。猫头鹰正在蛊惑月亮。现在你不能离我而去，不能深更半夜地让我与这些野蛮无赖的司机和这些猫头鹰为伍。你必须留下来保护我。不，我没有胡言乱语。我很理智，我快冻死了。别把我留下，别说话，希伯来语这样的修辞性语言，除了《圣经》和评注之外，一无是处。别用希伯来语和我说一个字眼，什么也别说。就只要抱着我。靠近你。就像这样。紧紧地。可以吗？不是出于礼貌性的，可以吗？也别这样轻柔，抱紧我啊，就好像我咬啊抓啊，想要使劲挣脱你，可你就是不肯放我走。嘘。那只可恶的猫头鹰也可以闭上臭嘴了，因为我啥也不想看啥也不想见了因为你盖住了我的头我的耳朵捂住了我的嘴把我的手也缠在背后因为你强壮多了因为我是女人你是男人。"

十

她说这些的时候，他们穿过通往斯科奈勒营房的梅克·巴鲁广场，向着城市和敌区交界的边境上最后一条泥路和北耶路撒冷的动物园靠近。寻宝队一无所获。没人准确地破译了老洋槐的线索，秘藏没有找到。约瑟夫·亚登从克莱因伯格博士那儿回来的时候，乌利已经蜷缩在扶手椅里睡着了。家里一片狼藉。桌子中央摊着比亚利克的诗集。所有的灯都亮着。雅尔不在家。约瑟夫·亚登叫醒了小儿子，骂骂咧咧地把他遣回床上睡觉。雅尔一定去车站接他未婚妻了。明天我要让今晚不在家的莉莉道歉。她非得再三表示歉意，我才会同意接受她的借口并原谅她。最令人不快的就是同克莱因伯

170

格的争论。当然，我虽强辩到底，可不得不承认，我输了，就好比我输了那局棋。我必须坦诚啊。我不相信我们可悲的党能摆脱漠然与沮丧。心灵的软弱、意志的薄弱，将腐蚀所有美好的愿景。一场空啊。该去睡了，要不然明天又要像多数人一样梦游了。可要是我现在去睡了，又会被晚回的雅尔吵醒。那样我就到了天明才能入睡，那可意味着又一个糟糕的夜晚。外面谁在叫？没人。是只鸟，也许。

克莱因伯格博士也已熄灭了他房里的灯。他站在房间一头，脸对墙，背对门。收音机播着午夜的曲子。这位学者的嘴唇默默蠕动着。他正试图低声地，为一首抒情诗找一个合适的字眼。不为人知的是，他在创作诗歌。用德语。他这样一个希伯来文学迷，语言荣誉的捍卫者，用德语默念诗句。也许正因如此，他甚至隐瞒了最亲密的朋友。如此伪善，他自感罪恶。

借助两瓣唇，他努力将灵思化作词句。迷离的光线轻拂在暗架间。不一会儿，这股光又跃动在他厚厚的眼镜片上，映出一线癫狂一线至极的绝望。屋外，恶毒的鸟儿尖着嗓子欢欣地叫着。缓缓地，万分痛苦地，一切渐趋明朗。可终究有些东西是无法用文字表达的。他单薄的肩膀因让人哽咽的渴求而耸动起来。那合适的词迟迟不来；它们只是一现而过，像透明面罩，像芳香，像指尖无法触及的热望般避他而去。他只觉得一切渺茫无望。

他又扭亮了灯。突然，那些非洲装饰品，那些蕴含情色意味的花瓶，还有那些词句，让他萌生一阵恶狠狠的恨意。

他伸出手，随意从其中一个书架取了一册科学书籍。皮革装帧上的金色字母映衬出书名：《古迦勒底宗教仪式中的魔鬼和幽灵》。所有的文字都是娼妇，永远在背叛你，在你的心灵呼唤它们的时候，悄然溜进黑暗。

十一

最后一片林子。耶路撒冷圣经动物园①坐落在它中央，北侧是耶路撒冷和穿越了停火线的敌区村庄之间的边境。莉莉嫁给约瑟夫·亚登不过四个月，那时，他还是个讨人喜欢的年轻人，满脑子美梦和理想。所有的纠葛发生在许多年前，但依旧不得安宁。凡俗人性本就难消怨恨，就像冷月本就该平静而孤傲地高悬夜空。

动物园内一片躁动后的静寂。

所有的掠食动物都已入睡，可它们却蛰伏得不深。微风中沉孕的味觉、听觉都没有完全离它们而去。夜魅也从未停止渗入它们的梦境，不时从它们肺里抽出一记低闷的嗥叫。它们在刺骨的风中

---

① 圣经动物园（Jerusalem Biblical Zoo）：耶路撒冷有一个圣经动物园，里边饲养有《圣经》中所记载的各种动物。位于耶路撒冷南部，1993年开馆，占地65公顷，由于《圣经·旧约·创世纪》中指上帝曾降洪水灭世，并命诺亚打造可纳各类动物的方舟，所以依《圣经》为名。

掩起刚毛。一阵紧张的战栗，一丝恐惧，噩梦的涟漪来来去去。有个湿漉漉的、疑心重重的鼻子在夜晚的空气中探着，嗅进陌生的气味。到处有露水。松柏瑟瑟，叹出寂静的哀伤。松针低语着在黑暗中搜寻着，渴望黑黑的露珠。

狼笼里传出了声响。一对燥热的狼在暗夜中相互觊觎着。母狼咬了它的配偶，而它的愤怒更甚。在极度亢奋中，它们听到鸟群的鸣叫，还有野猫的恶噪。

溪谷升起了一道浅蓝的烟雾。陌生的灯光闪耀着穿过边境。白惨惨的岩石阵间，月色照亮万物，又被施了法术似的萎靡退缩：一束束病弱、原始的光线下，闪耀着毒汁的痼疾。

月，搅得胡狼在溪谷徘徊徜徉。阴郁的小树林中，它们呼唤着笼中的弟兄伙伴。这儿是噩梦之地，也许更远处吧，有着这样的密园，肉眼无法穿透，只有心灵渴望企及，仿佛哀号着：归家吧。

从你内心深处的恐惧中，抬起你的双眼吧。望及松柏树尖吧。一轮灰白的光晕簇拥着树梢，像是一份天恩的礼物。只有岩石干如死寂。许它们一个神谕吧。

1964 年

空心石

一

次日，我们出门估算损失。暴风雨毁了庄稼。像用了把巨大的掸子将秋播作物的嫩芽从地里抹得干干净净。小树苗被连根拔起。可怖的东风落下狂乱的吻，搅得老树伏地扭枝翻腾。纤弱的柏树折了腰，松垮垮地悬着。三十年前，创建者们在这片贫瘠的山头栽下的这条延伸至基布兹北部的棕榈树大道也向暴风雨俯首称臣：即使无声屈从也没能让它们逃过它的暴怒。木屋和谷仓起了皱的铁皮屋顶被掀得老远。一些老旧的木屋从原本的地基上被扳倒。那百叶窗整夜都砰砰敲出绝望的求救乞求，却已经被风折断了。暗夜中充斥着吠声、尖叫和呻吟；一到拂晓，一切归于寂静。出门估算损失的我们，在断壁残垣间跌跌绊绊。

"不合常理，"菲利克斯说道，"毕竟，这是春天啊。"

"是场台风。这儿。来了场真正的台风。"蔡格补充道，略带几

174

分敬畏和骄傲。

韦斯曼断言：

"损失会达六位数。"

我们当即决定向政府和机构求援。我们同意招募志愿者和专家与我们共事数日。我们决心不灰心丧气，即刻着手重建工作。我们会像过去那样直面这一挑战，我们绝不气馁沮丧——这是菲利克斯周末在基布兹时事通讯中意欲表达的旨意——尤其，必须保持清醒的头脑。

说到心境清明，我们只需凝视那个早晨明晃晃、光亮亮的天空。我们出门估算损失，在断壁残垣间跌跌绊绊，那个早晨眼见的明净天空，如此久违。

二

水晶般清澈的静谧伏在山丘。东边山头暖春的阳光，温和而无邪，鸟儿都为之欢腾和鸣。无风，无尘。我们有条不紊地检查着农庄的各个部分，商讨着，记录着，决策着，发布着实时指令。不多一句口舌。安静地、近乎肃穆地交谈着。

伤亡：据当地医院医生所述，纳夫多姆斯基守夜老人，因横梁坠落受轻伤。肩膀脱臼，但未骨折。电力：众多网点电力供应中断。当务之急，要在允许儿童外出玩耍前切断电流，同时检查受灾情况。水源：农场被淹，托儿所断水。供粮：今日供应冷餐和柠檬水。运输：一辆吉普压毁，多部拖拉机被掩埋在废墟中，其情况目前无法探知。通信：两台电话均已瘫痪。派一辆货车去镇上了解其他地方的情况，看看外头对我们的困境知晓多少。

菲利克斯负责完货车的派遣，赶往托儿所。自那儿，他去了牛棚和鸡舍。接着又来到学校，他下达指示，要求十点前重新开课，"不得延误"。

激昂的干劲让菲利克斯活力十足，那矮小、结实的身架也悸动起来。他把眼镜收拢起来，放入衬衫口袋。他的面孔呈现出一副新貌：一位将军，而非一名哲人。

农场尽是母鸡，像是老派村庄里养的过了时的雏鸡，肆无忌惮地到处扒爪，好像忘了自己打出世就生养在鸡笼中。

家畜略微受了些惊吓：奶牛们不停地抬起它们愚蠢的头寻找屋顶，哪知道它早被风刮走了。它们不时发出一声长长的、不悦的呻吟，像在提醒未来还有更糟的事等着。巨大的电线杆倒在了巴蒂雅·宾斯奇的屋子上，打破了几张屋顶瓦。八点过五分，电工已经踩遍了她家的花床，架设起一条临时线路。当务之急是恢复托儿所、孵卵器和确保热餐供应的蒸汽锅炉的电力供给。菲利克斯要求配备一个晶体管收音机，以便随时随地获知事态进展。也许有人得去探访巴蒂雅·宾斯奇和一两位病人或老人，送上抚慰，看看他们是如何挨过这可怖的一夜的。而在更为重要的紧急部署完成之前，社会义务性的工作是可以稍稍等一等的。比如，厨房上报的不明原因的瓦斯泄漏。总之，巴蒂雅·宾斯奇这样的人，你不可能只与之随便聊上一聊：一旦聊上了，他们一定少不了牢骚、非难、怀旧，而这个早晨，偏偏是那个最不适合恣纵此类内心沉溺的时刻。

我们从广播新闻中得知，并没有什么台风龙卷风，仅是局部现象罢了。甚至未触及附近的村落。两股交逆的风在我们的山头相遇僵持，漩起的湍流对当地造成了一些灾害。其间，首批志愿者开始抵达，一大群旁观者、记者、播音员接踵而至。菲利克斯委派了三个小伙子和一位能说会道的老教师在基布兹大门口堵住这伙入侵者，绝不能让他们扰乱我们的计划。只有身负公务的人才被允许进入。倒了的电线杆已由铁索暂时加固。核心机要建筑的电力供应很快便会恢复。菲利克斯显示了理论家和实干家的双重品质。当然，他并不亲自上阵。

每一个人都各司其职，各尽所能。而且我们将不断努力，直至一切井然有序。

三

窗上凝着水汽，煤油炉咝咝作响。

巴蒂雅·宾斯奇正在捉苍蝇。敏捷的身手掩盖了她的年龄。如果亚伯拉沙还在世，能和她白头到老，想必这不会再是她的笑柄，他会对此报以惊愕与和善：这些年的岁月足以让他学会理解她、欣赏她。可亚伯拉沙许多年前就已在西班牙内战中撒手人寰，他当时自愿加入了少数人的队伍，为正义而战。我们依然记得菲利克斯为悼念他儿时的朋友和同志所写的颂词，那是一份肃穆而感人的文稿，毫无矫饰夸张的痕迹，交织着炽烈的苦痛和信念，饱含着爱与洞见。他的寡妇把苍蝇挤压在拇指和食指间。可她的心思全然不在这件事上，有几只苍蝇被丢到搪瓷大杯中还继续挣扎着。屋内俱寂。你可以听到苍蝇正被她的二指碾碎。

亚伯沙拉·宾斯奇的旧作是时下的发行热点。由于菲利克斯不遗余力的努力，基布兹运动出版社终于认识到有必要推出一卷他于三十年代撰写的文集。这些著述仍未丧失其新颖性。恰恰相反，我们越是远离这些在那个年代曾激励过我们的价值观，我们就愈加迫切地需要战胜"遗忘"。此时也正弥漫着一股对三十年代大氛围的怀旧眷恋之情，这就保证了此书的良好市场前景。更不必说西班牙内战回忆录正大行其道呢。这卷文集还收录了亚伯拉沙于马德里围困时写给远在巴勒斯坦的忠诚的社会主义团体的九封信函。

巴蒂雅·宾斯奇用小刀切着沉在杯底的一只只死苍蝇。刀身刮擦着搪瓷壁，发出咯吱咯吱的刺耳的声音。

最后，这个老妇移开玻璃罩，把这堆碾碎的苍蝇尸体倒入鱼池中。五彩的鱼儿曳着尾巴迅速簇拥到池前，嘴贪婪地一张一合。看着它们敏捷的动作和奇幻的色彩，寡妇的脸庞神色炯炯，她的想象力肆意张扬。

鱼，多么迷人的生物：它们冷冷冰冰，又生气勃勃。骇人的悖论。这，想必是久盼的福祉：冷冷冰冰，又生气勃勃。

这些年来，巴蒂雅·宾斯奇练出了惊人的技艺。即便它们永远处于游离不定的状态，且多达四五十条，她也能数出池中鱼的条数。有时她甚至能预先猜到某一条或某一群即将游出的轨迹。池水中漾出圈、漩、"之"字，捉摸不透的突然转弯、俯冲、扎猛子，使行动轨迹呈现出优雅的流线型和复杂的藤蔓花纹。

池水澄清。而鱼的身体甚至更加清莹。剔透中的剔透。鳍的活动该是动幅最微小的，几乎算不上是个动作。鳃的颤动精巧得不可思议。有黑鱼，斑纹鱼，有猩红的，紫得像瘟疫似的，还有看似滞在活水中的腐水般苍绿色的鱼。所有的鱼都自由自在。没有一条受制于万有引力定律。它们遵循的是不同的定律，某种巴蒂雅并不知晓的规律。要是亚伯拉沙，这么些年来一定能察觉出些什么，可他已选择了把自己的性命留在了遥远的战场。

四

水生植物和散落的石头制造了水深的错觉。那儿有水底丛林的绿色的静谧、池底的碎岩。植物盘绕上了一柱柱珊瑚。池后部的沙山上堆着一块中心雕了个窟窿的石头。

与鱼不同的是，池中的植物和石头无不屈服于万有引力定律。鱼儿不断向石堆和灌木俯冲，偶尔用身体擦过或轻啄它们。在巴蒂雅·宾斯奇看来，这是种不怀好意的幸灾乐祸。

有一长溜猩红色的鱼靠近那块空心石，巴蒂雅·宾斯奇把她滚烫的额头贴在凉冰冰的玻璃上。活鱼游穿死石，她内心深处一处模糊的力量陡然苏醒，她颤抖了。她不得不强忍泪水。她摸了摸旧便袍口袋中的信。那信已经皱巴巴，几乎褪了色，但上面的文字饱含怜悯，亲切依旧。

"我觉得，"亚伯拉米克·巴特，基布兹运动出版社的一位社长，写道，"倘若说，对备受爱戴的亚伯拉沙的回忆我们已经有所亏欠，那么对于我们孩子们的思想更是不公。下一代需要而且理应去发现我们亲爱的亚伯沙拉的文集和信函中所隐藏的智慧之精华。近日，我会来亲自和你们见上一面，搜查翻寻——这当然是打趣话——梳理你们的旧文稿。本人确信，在整理他的遗著，在准备出版发行方面，你定能给予我们莫大的协助。最友好的祝愿，你的——"某个叫露丝·巴多的为亚伯拉米克·巴特署了名。

老妇将信封凑在笔尖。闭上眼嗅了一阵。她的嘴张着，露出牙齿的缝隙。一小滴鼻水悬在鼻子和上唇间，在这糟糕的年岁，那儿开始长出一小簇唇髭。接着，她把信放回信封，又把信封塞回口袋。现在，她筋疲力尽了，必须在扶手椅里歇会儿。她不需要休息很久。在她，打一两分钟的盹就足够了。一只幸存的迷途苍蝇开始嗡嗡直叫，她已立起身准备追捕了。

许多年前，亚伯拉沙定会跑过来咬她。有爱，也有恨。他会突然发作，压在她身上，又立刻，因什么分了心，那东西不在这儿，也不在她身上。

他离开前的许多个月，有个调子总是在他嘴边，用的是俄语男低音，跑调走音毫不顾忌。她回忆起那个调子，是西班牙自由斗士的圣歌，满怀热望、狂野、反叛。它从他们简陋的房子席卷而出，融入披靡大军的漩涡大流中。那时的他，默数着业已沦陷喋血的西班牙城镇，它们，一个一个在他指尖点过。它们稀奇古怪的名字传达给了巴蒂雅某种放纵欲念的共鸣。内心深处，她讨厌西班牙，不想它有什么好下场；毕竟，我们的祖先在那儿被绑柱焚烧，驱逐流放。但她还是心平气和了下来。亚伯拉沙详述了这场斗争的含义，阐释了它的辩证意义以及它在最后那场波及欧洲的战役中所居的地位。他认为一切战争都是陷阱和欺瞒；只有内战才值得为其赴死就义。她喜欢听这些，所有的都喜欢，即使她听不明白，也不想去明白。只有当他到达演说的高潮——描述不可抗拒的历史规律，断言反动派会像晴天霹雳那样土崩瓦解时——她才突然领悟他在讲些什么，因为她能在他的眼中看到真真切切的霹雳。

可突然，他厌烦她了。也许他看到了她脸上受折磨的表情，也许他在一刹那间瞥见了她内心的渴求。那样，他会坐到桌边，用重重的手肘撑起他大而方的头，埋头读起报纸，心不在焉地吃着橄榄，一颗又一颗，把核积成齐整的一堆。

五

过了沸点的茶壶啸叫着。巴蒂雅·宾斯奇起身给自己沏了杯茶。自凌晨四点暴风雨平息之后，她一直在一杯接一杯地喝茶。她还未出门查看过灾情呢。她甚至没打算打开百叶窗。她坐在拉拢的窗帘后想象着受灾后的种种细节。那儿会有一副怎么样的景象？一切尽在她的眼底：打碎的屋顶、遭踩踏了的花床、被撕裂的树木、死牛、菲利克斯、水管工、电工、专家和围观议论的人们。多无趣啊。今天我要陪着这些鱼儿直到预感被证实，我要等着亚伯拉米克·巴特到来。她总是毫不迟疑地信任自己的预感。倘若你真心实意地尝试，而且不畏惧后果，那你总能预先感知某些东西。亚伯拉米克今天一定会过来查看灾情。他一定会来，那是因为他按捺不住好奇啊。可他不想就那么来哇，就像那些窝囊废，无论哪儿受灾都要去凑凑热闹。他要找些借口才成。随后他会突然记起自己对巴蒂雅的许诺，到她家来"翻箱倒柜"，整理亚伯拉沙的文件资料。现在八点过半。他会在下午两三点的时候到。还有时间。还有大把时间来穿衣、梳头、整理房间。顺带给他做点可口的。这会儿还有大把时间在扶手椅里坐下来静静喝我的茶。

她在扶手椅上坐了下来，对面的餐具柜上悬着一盏枝形吊灯。地上铺着一条厚厚的波斯地毯，她身旁是一个乌木扑克桌。如果亚伯拉沙那时回得来，所有这些漂亮的物品会让他大吃一惊。另一方面，要是他二十年前就回来了，就已经在党内和运动中爬到很高的位置了；他会把那些菲利克斯呀，亚伯拉米克呀，统统甩在后头，现在，他该会是个大使或部长什么的，她也会被更精美的家具簇拥着。可他打定主意要走，为西班牙人赴死，那些家具是她的女婿，马丁·兹洛特金买给她的。他娶了迪查后，买了所有这些礼物，然后带着他年轻的新娘远赴苏黎世，目前他们在那儿经营他父亲银行的一个部门，其分支机构已遍及三大洲。迪查主持着一个禅学研习小组，每个月她都会发来一封信，附带一份用德语宣扬谦卑和心灵宁静的油印小传单。孙辈压根就不用指望了，因为马丁讨厌小孩，迪查自己就称他为"我们的大孩子"。他们每年来探望一次，慷慨地资助慈善机构。为了纪念亚伯拉沙·宾斯奇，他们已经在这儿的基布兹，捐助了一图书馆的社会主义理论书籍。然而，马丁本人呢，认为共产主义和马车是同一个道理：十分美妙有趣，可在如今，在这个尚存其他更为紧迫问题的时代，却不合时宜。

六

亚伯拉沙离开的前夜，迪查得了肺炎病倒了。那时她两岁；金发碧眼，喜怒无常，多病犯疾。她的病转移了巴蒂雅在亚伯拉沙离家问题上的注意力。巴蒂雅整日与护士、老师争吵。到了晚上，他们让步了，允许用帆布床把这病孩从托儿所转移到她父母住的那间破败木屋的房间里。医生乘着骡车从邻村赶来，开了各种方子，吩咐她保证屋子的温暖。与此同时，亚伯拉沙往背包里收拾了几件卡其衬衫、一双鞋、内衣裤和些许俄语、希伯来语书籍，还加了几罐沙丁鱼。晚上，精神振奋的他站在女儿的小床边哼了两首曲子，嗓音被热忱的情绪感染得颤抖不已。他甚至在一张西班牙挂图上将工人们和他们的压迫者之间的那道最新近的分界线指给巴蒂雅看。他一一列举这些城镇：巴塞罗那、马德里、马拉加、格拉纳达、巴伦西亚、法来多利、塞维利亚。巴蒂雅没完全听懂，她想大吼，你怎么了，疯子，别走，留下来；她还想大吼，去死吧。可她什么也没说。她像个老巫婆似的皱起嘴唇。自那以后她从未卸下那副表情。昨晚上她还回想起来，仿佛这样的情景每晚上演，足足持续了二十三年。有时有鱼移过那场景，可它们并没能遮盖掉那画面哪怕一角；它们游过的轨迹曲曲折折，在那些轮廓的里里外外划出了创痕，为一幕幕画面赋上了奇异、寂寥的魅惑，仿佛这寡妇所直面的并不是陈年旧事，而是那些即将发生又依然可以防止的事情。她必须全力以赴，不出丝毫闪失。就在今天，亚伯拉米克·巴特会神不知鬼不觉地踏进这间屋子，而后呢，他就落入了我的手掌心。

三点钟，廉价闹钟响了起来。他下了床，点亮煤油灯。身材纤细的她赤着足跟着他，说道："还没到早晨呢。"他把手凑到唇前，小声说道："嘘。孩子。"她暗自祈祷孩子会突然醒来，哭叫大闹。他在木屋的角落发现一个蜘蛛网，踮起脚尖想把它抹去。蜘蛛侥幸逃脱，藏在了低矮顶棚的平板间。亚伯拉沙悄悄地和她说："一两个月之后，等我们胜利了，我就会回来，我会给你从西班牙带纪念品。也会给迪查带。现在，别让我迟到，货车三点半就要开往海法了。"

他出门到木屋二十码开外的下坡洗漱，水龙头的水冰凉刺骨。一个守夜人急匆匆赶过来探听情况。"别担心，菲利克斯，"亚伯拉沙道，"革命只离开你一会儿。"以诚挚的口吻说笑过后，他们又严肃地谈了几句。三点一刻，亚伯拉沙回到屋里，穿着睡衣尾随着他的巴蒂雅也跟了进来。借着煤油灯的光亮，巴蒂雅看到行色匆忙的他在黑暗中是如此心不在焉地刮着胡子：有几处他刮伤了自己，另几处残留了深色硬毛。她抚了抚他的脸颊，试图抹去上面的血迹和露水。他是个热心肠的大个子小伙，每当他从胸腔底哼出西班牙自由斗士那傲人又悲壮的旋律时，巴蒂雅都会陡然觉得他格外可亲，她可不能挡着他的路，因为他清楚地知道自己将前往何方，而她却一无所知。菲利克斯说："再见了，"又用意地绪语加了句，"保重，亚伯拉沙。"接着他就不见了踪影。她亲吻了亚伯拉沙的脸颊和脖子，他把她拉到近前，说道："好啦，好啦。"这时孩子醒了，开始用病中孱弱的声音哭起来。巴蒂雅把她抱了起来，亚伯拉沙用他的大手轻拍着娘俩，说道："好啦，好啦，怎么啦。"

货车鸣了喇叭，亚伯拉沙兴高采烈道："开动了。我该走了。"

走到门口时，他又说了句："别为我担心。再见。"

她抚慰了孩子，把她放回小床。又熄了灯独自站在窗前，望着暗夜中的围篱和东方渐露的山头。她突然庆幸亚伯拉沙只是把蛛网从木屋的角落清理了出去，并没有掐死那蜘蛛。她回到床上，躺着发抖，因为她知道亚伯拉沙再也回不来了，知道反动势力会一举得胜。

七

鱼缸里的鱼吃完了所有的苍蝇，漂浮在一片澄清的空间中。也许它们还在贪图更多的小片珍馐。它们探进稠密的水草丛，啄着空心石的凸拱，猜忌地相互疾走直撞，看看它们之中是否有谁成功攫取了一小口，是否还有所剩。

只有当最后一瓣碎屑都被瓜分殆尽，鱼儿才纷纷沉到池底。缓缓地，在深思熟虑的漫不经心中，它们用银色的腹腔摩擦沙石，搅起朵朵微小的蘑菇云。鱼儿不受制于矛盾律：它们冷冷冰冰，又生气勃勃。它们的行动如此朦胧梦幻，像极了蒙昧未醒的野兽。

就在午夜之前，风暴刚刮起来的时候，寡妇醒了，她拖着穿旧了的卧室浅口拖鞋曳步走到浴室。接着给自己泡了点茶，用嘶哑的声音嚷道："我告诉过你别疯成这样。"攥着手中的茶杯，她在房中转悠着，开亮了水缸中的灯后，在那张正对鱼缸的扶手椅中坐定了。接着，当风力逐渐增强，猛击百叶窗和树木时，她看到鱼儿苏醒过来。

同往常一样，银鱼最先对灯光有了反应。它们和缓地从它们密密的水草丛中的巢穴里浮上来，借助鱼鳍浅小而激烈的推力将自己划往了水面。一条黑色的莫利在鱼群周围兜了一圈，像是在要把它们都唤醒去赴一次旅行。很快，整支大军排列成行，整装出发。

凌晨一点，鞋匠铺隔壁的一处旧木屋倒塌了。气流呼啸，风暴把铁皮屋顶猛撞到了墙上。与此同时，旗鱼惊醒了，在它们的首领——一条长有黑色利剑的大块头——身后排成了一列。它们并不是被木屋的坍塌吵醒的。它们的表亲绿旗鱼已起锚开航，悄然奔赴丛林，仿佛决意要占领被银鱼丢弃的丛林空地。只有池中之王，即孤独的斗鱼，还沉睡在它的珊瑚府邸。突来的强光让它厌恶地一颤。斑马鱼绕着沉睡中的池中大王玩起了幼稚的追尾游戏。

最后复苏的是池中糟粕，古比鱼，一群到处游走、焦躁地搜寻碎屑的乌合之众。迟缓的蜗牛爬在植物和池子的玻璃壁上，以保持它们的清洁。寡妇握着空杯子，望着鱼缸，坐了一整夜，仿佛要施下法术让鱼从一地移往另一地，她用西班牙城镇给它们一一命名：马拉加，巴伦西亚，巴塞罗那，马德里，科多瓦。而外边的狂风，切下了棕榈树庄严的树冠，折裂了柏树的脊梁。

她把脚搁在牌桌上，这张牌桌是马丁和迪查·兹洛特金送的礼物。她想到禅宗佛教、谦卑、内战、最后那场再无可失的战役、晴天霹雳。她抵抗住了疲惫和绝望，预演了那套她即将用上的无懈可击的论辩，只待时机到来。她的眼睛一直迷失在另一个世界，嘴唇也悄悄说着：好了，好了，现在安静了。

临近拂晓，风平息了下去，我们准备出门估算损失，老妇陷入半睡半醒，混沌中满是咒骂和关节的隐隐作痛。她起来新沏了一杯茶，开始满屋子追捕苍蝇，敏捷的身手掩盖了她的年龄。她心里很清楚，亚伯拉米克·巴特今天一定会来，他会把他的承诺当作借口。她看到电线杆倒下，砸中屋瓦，石膏纷纷从天花板掉落。整个过程进行得悄无声息。池中之王静静起身，开始往空心石悠悠游去。就在它触及拱形隧道的一刹那，它停了下来，僵住了。它呈现出一派死寂的气象。池水停滞。灯色静固。空心石沉默。

八

要不是迪查，巴蒂雅·宾斯奇在十九世纪四十年代初就嫁给了菲利克斯。

那是噩耗从马德里传来的大约两年后。最后的战役又一次在欧洲打响，餐厅墙上挂了一幅地图，上面布满了箭头、一辑振奋人心的标语和新闻剪报。那时迪查准已四五岁了。巴蒂雅熬过了不幸，焕发出新的容光，却在某些人的内心漾起了涟漪。她总是一袭黑衣，像个西班牙寡妇。当她和男人们说话时，他们那张着的鼻孔像是捕捉到了一缕酒香。每天早晨，在去缝纫室的路上，身材苗条笔挺的她走过在农家庭院劳作的男人们。偶尔，那些调子中的一段会回到她的脑际，她会用悲怆的音调哼唱起来，这时，其他做针线活的妇女们相视一瞥，窃窃私语道："嗯，她又来了。"

菲利克斯在等候时机。他帮助巴蒂雅度过了一个个小难关，还费心于迪查的人格发展。后来，当他服从党的愿望，用牛棚换来了党政办公室时，他养成了从大城市给迪查带回小小惊喜的习惯。他还对寡妇奉上了极度的尊敬，就像是她患了不治之症，他有义务让她最后的时日过得舒心。他会在上午去她屋里洗地板，把巧克力藏在她很久都发现不了的地方。或者花上津贴买几个铁衣钩，换下她破旧的木挂钩。而且他给她送上精心挑选的书籍——毫无失落孤寂之情的宜人之书：关于开发西伯利亚的俄国小说、五年计划、通过教育转变心态。

"你这样是在宠坏孩子。"巴蒂雅有时会说。而菲利克斯会措辞体贴地巧妙回答道：

"在特定情况下，溺爱孩子是必要的，以免亏待了她。"

"你可真贴心，菲利克斯，"巴蒂雅会说，偶尔，她也会加上一句，"你总是为他人着想，你为什么不改变一下为自己想想呢，菲利克斯？"

菲利克斯从这些语言中琢磨出了怜惜和个人兴趣的意味，他会抑制住自己的兴奋，答道："没关系。别担心。这样的年头，人不能一直只考虑自己啊。况且，真正在作牺牲的可不是我呀。"

"你真有耐心，菲利克斯。"巴蒂雅会噘着嘴说。

菲利克斯，不知该说他机灵还是单纯，会这样说："是的，我是非常有耐心。"

当然，几个月或许一两年后，寡妇的态度开始和缓下来。她允许菲利克斯从餐厅或礼堂陪同她到房门口，或者从缝纫室到儿童之家，偶尔她还会站在草坪的某张长凳旁听他说上约半小时。他知道想要触碰她，时机尚未成熟，可他也知道，时机掌握在他手中。她依然坚持穿黑色，她的傲慢未减一分，可她也知道时机在菲利克斯那边；他从四面八方将她重重包围，很快，她就将别无选择。

是小迪查改变了一切。

她尿床，她半夜从儿童之家逃走，她一大早溜到缝纫室攥着她母亲，她踢抓别的孩子，甚至小动物，至于菲利克斯，她给他起了"呱呱"的绰号。他的礼物、他的关心、他的糖果和斥责全不顶用。

有一次，菲利克斯和巴蒂雅开始在餐厅公开一起用餐时，那孩子走了进来，爬上了他的膝头。他被触动了，确信一场和解即将到来。但当他要抚摸她的头发、叫她"我的小姑娘"时，她突然尿湿了他的裤子逃走了。怒不可遏的菲利克斯怀着改良者的激情起身追着她跑。他在桌子间挤开一条路，试图捉住那孩子。巴蒂雅僵硬地坐在原地没有干涉。最后，菲利克斯抓起一个搪瓷缸，朝那难以捉摸的孩子摔去，没摔中，绊了一跤，站起来，试图擦拭掉他卡其裤上的尿和酸奶酪。他周围全是一张张笑翻了的脸。当时的菲利克斯担任工人党代理秘书长，而此时此地的他，满脸通红，声音嘶哑，眼镜里闪出凶光。蔡格拍着他的肚子，一声长叹："大开眼界。"直到笑得喘不过气来。韦斯曼，也大声哄笑起来。当那孩子爬到桌底盘腿而坐摆出一副遭迫害圣人的模样时，连巴蒂雅都忍不住笑了出来。托儿所老师愤愤不平地嚷道："我倒要问问你，一个成年人，一个公众人物，在餐厅中央朝一个小孩砸缸子，这像话吗？这不是胡闹吗？"

三周后，传出菲利克斯和蔡格的妻子泽特卡有染。和蔡格离婚后，她在那年早春嫁给了菲利克斯。五月，菲利克斯和泽特卡被派往瑞士，为死亡集中营的幸存者组织逃生路线。在党内，菲利克斯被推崇为在队伍中成长起来的年轻领袖的典范。而巴蒂雅·宾斯奇则每况愈下。

九

亚伯拉米克来的时候，我会给他泡一杯茶，我会给他看所有的旧文稿，我们会讨论版面和封面设计，最后我们还得解决献辞的问题，这样就不会产生任何误解了。

她拿起亚伯拉沙的最后一张相片，是个德国共产主义战士在马德里给他拍摄的。他看起来很瘦，很久没刮胡子，衣服皱巴巴的，肩上还有只鸽子。他的嘴松垮垮地张着，眼神呆滞。他看起来更像是一直在做爱而非为理想而战。背面是亲切的问候，口口押韵。

这些年来巴蒂雅·宾斯奇养成了自言自语的习惯。一开始她低声悄语地说。后来，迪查嫁给了马丁·兹洛特金并同他走后，她开始呱呱地大说出声，基布兹的孩子们叫她"巴巴叶嘎"，那是俄国看护给他们讲的故事中的女巫的名字。

听我说，亚伯拉米克，还有一点呢。是个稍微有点微妙的问题，也有点复杂。但我肯定我们——我和你——能搞定它，只要我们有点远见。是这样的。如果亚伯拉沙还在世，他当然想看到他的书出版。对不对？对的。那当然啰。可他不在了，不能亲自主持出版工作。我指的是颜色啊，封套啊，序言啊，那一类的事，还有献辞。他自然想把书献给他的妻子。就和别人一样。既然亚伯拉沙已经不在我们身边了，而你在收集他的文章和信件，在出他的书，却

192

又没有献辞。人们会怎么说呢？想想吧，亚伯拉米克，你自己寻思寻思：人们会怎样地添油加醋？这只是那些最刻薄不过的流言的导火索：可怜的家伙，他跑去西班牙，只是为了躲避他的妻子。要不然就是他在西班牙爱上了某个卡门·米兰达或者那边的别的什么，以讹传讹。等一等。让我说完。我们必须不惜一切代价扼杀那些流言蜚语。不惜一切代价，我指的是。不，这绝非出于我自己的考虑；我不会再在乎人们如何议论我。至于我自己，人家大可以说我同时与大穆夫提和你那伟大的普列汉诺夫上床。我毫不在乎。这可不关我的事啊，而是为了他呀。对亚伯拉沙·宾斯奇信口开河，说三道四，那可不行啊。这对你不好：毕竟，你需要一个可以为年轻人奉为榜样的人物，没有卡门·米兰达之流的人。换句话说，你需要一个献辞。谁写都不打紧。可以是你。可以是菲利克斯。或者我。可以像这样嘛，比如：扉页："时代症结与适时问题——亚伯拉罕文集，作者亚伯拉罕（亚伯拉沙·宾斯奇，西班牙内战英雄）"。就这样。次页：这张图片。就像这样。次页的顶部："献给巴蒂雅，一位忠诚的妻子，我爱与痛的结晶"。然后接下去那一页，你可以写本书由工人党出版，可以提及菲利克斯的帮助。这都无妨。这会儿，别和我争辩，亚伯拉米克，千万别让我沮丧，因为我不是个好女人；更重要的是，关于你和菲利克斯的事，以及亚伯拉沙是如何被说服去参加那场荒谬的战争的，我都略知一二。所以，你最好什么也别说。就只管照做就是了。得了，喝你的茶吧，别争了。

然后，她叹了口气，打了个寒噤，在她的扶手椅上坐下来等他。她观察着鱼。听到一阵嗡嗡声，她一跃而起，猛拍窗玻璃上的苍蝇。所有的窗都关着，它们是怎么进来的，它们从哪儿冒出来的。让它们全都见鬼去吧。可话说回来，这些可恶的生物又是怎么熬过这样一场风暴的呢。

她打扁了苍蝇，把它丢进鱼缸，重新坐回扶手椅，可再也不得安宁了。茶壶开始沸腾起来。亚伯拉米克马上就到了。必须把房间收拾一下。可已经十分整洁了，就好像它多年来一直这样。也许，该闭上你的眼睛，思考思考。怎么样。

十

我们时时刻刻都在恢复。

我们全力清理废墟。把处于倒塌危险的建筑物用绳隔开。木匠修妥支柱，用木板堵了洞眼。到处都覆上了帆布盖。拖拉机拉来木梁和陨铁。哪条道上有洪水，我们即用沙砾和混凝土砖垫上。电力系统修复前，我们为机要点搭了临时电线。我们从仓库里提了煤油加热炉和生锈的炉灶。老妇们将它们擦洗干净，这会儿的我们仿佛又过上了早年的日子。忙乱给了我们几近狂喜的欢欣。大伙忆起了当年，互开着玩笑。与此同时，菲利克斯让一切有关机构——电话工程部、急救站、区域市政局、农垦局、运动司令部，等等，等等——保持警觉。由于电话线被暴风雨刮断，消息通过吉普加以传递。就连我们的孩子也没闲着。为了不让他们碍手碍脚，菲利克斯吩咐他们去捉回破了笼散落在村庄各头的鸡。欢快的捕猎叫声从草坪、从树底下升起。气喘吁吁、脸蛋红扑扑的一伙人从意想不到的地方跑了出来，追截咯咯乱叫的母鸡，堵住它们的逃生路线。这样的一些声音穿透百叶窗、窗户、窗帘，渗入巴蒂雅·宾斯奇的屋子。怎么了？什么这么好笑，寡妇独自发着牢骚。

　　当天下午，所有的基础设施再次开始运转，食堂也供应上了一顿营养丰富的冷餐，托儿所再次温暖亮堂起来，也有了自来水，尽管水压很低，供应也时断时续。午饭过后，我们终于可以起草首份非官方的损失评估。据透露，受灾最为惨重的地区是山底的一组旧棚屋，它们早在几十年前由基布兹创立者们建造。当年，当他们折叠起在荒芜的坡地上搭起的帐篷，就地安顿在这些棚屋中时，他们就都已知道会在此安身立业，一往无前。

　　多年后，随着永久性建筑阶段相继完结，旧木屋移交给了年轻人。他们的第一批居民是一支年轻流亡者小分队，他们经由中亚、德黑兰从欧洲抵达此地，受到了我们的竭诚欢迎。紧随其后的是一队地下党战士，后来，其中还出了两位杰出的军人。有一天晚上，他们正是从这组棚屋出发，去炸毁一个英军雷达装置；拂晓时分，他们也是折回到了这里。再后来，建国后，地下党的任务完成了，这些摇摇欲坠的小屋摇身一变成了正规的军事基地。这儿是独立战争期间富有传奇色彩的高地旅总部，是大规模夜间作战的策源地。整个五十年代，木屋收容过新近的移民、准军事青年团体、语言强化班课程的学员、志愿者分遣队和开始从世界各地拥来体现新生活的各色古怪人等。最终，它们被用做雇佣劳工的寄宿处。在建筑规划 C 阶段起草完毕后，这批木屋计划拆除。不管怎样，它们快要坍塌了：木墙开裂，顶梁下陷，地板下沉。野草从木板间钻了出来，墙上用六国语言绘制了色情花案和涂鸦。夜晚，孩子们会来到这儿，在废墟间扮鬼和强盗。孩子走了之后，情侣又来了。当我们正要清理这块地方，为新发展开道时，暴风雨为我们先行下手，仿佛它早已没了耐心。木匠在残骸中搜寻着，抢回可以再利用的厚木板、门和房梁。

菲利克斯矮小、结实的身材一时间出现在各处，就好像他有分身之术。他严肃、精确的指示防止了混乱、重复劳动和白费劲。大事情，小任务，他时时刻刻分得清清楚楚，没有丝毫的混淆。

十七年来，菲利克斯历任公务员、秘书长、主席、代表，最终甚至担任议会议员以及党的行政委员会委员。约一年前，当他的妻子泽特卡身患癌症濒危时，他曾一度放弃了所有公职，回家当了基布兹书记。他一回来，之前看来不可解决的社会、财政问题突然不可思议地迎刃而解。搁置的旧计划一一实现。农场的非营利部门焕发新生。外界也有了新态度。几星期前，菲利克斯在泽特卡去世十个月后，娶了韦斯曼的前妻。风暴肆虐的前两天，一支以冷面示人的小型代表团来让我们做好再次失去他的准备：随着新一轮竞选的打响，我们党急需一位强人出任内阁中的代表。

午饭后，电话恢复运作。关切与祝福的电报开始从各地涌来。其他基布兹、机构和组织纷纷表示愿意伸出援手，聊表同情。

平静再次统摄了我们的基布兹。随处都可见到警官与地方要员切磋交谈，或是某位顾问与好奇的记者挤作一团。菲利克斯禁止我们与报刊媒体谈话，因为要求保险赔偿的时机来到时，我们最好言辞一致。

一点过一刻，老纳夫多姆斯基从医院被带回了家，他脱臼的肩膀被小心地固定起来，手臂醒目地吊着绷带，挥着那只得空的手打着招呼。一点半，我们又在新闻中被点了名：他们重申，并没有什么台风龙卷风，而仅是局部现象罢了；两股交逆的风，一股海风，一股沙漠风，直面相遇，引起了相当的湍流。诚然，这样的现象在沙漠司空见惯，但在定居区却十分罕见，再次爆发的可能性微乎其微，无须恐慌，不过仍需保持警惕。

巴蒂雅·宾斯奇关掉收音机，起身向窗口走去。她透过百叶窗的玻璃窥探着外界。她诅咒厨房在混乱中失职忘了给她送午餐。他们应该比任何人更了解她的病情，更应明白避免紧张和疲劳对她有多重要。事实上，她一点也不饿，可那丝毫不能减去她半分怒气：他们忘了啊。就好像我根本不存在。就好像亚伯拉沙在遥远的异乡丢了性命不是为了他们和他们的粉脸小崽子似的。他们忘了一切啦。而亚伯拉米克也忘了他自己的承诺；他今天终究是不会来了。来吧，亚伯拉米克，快来吧，关于封套和献辞，我会给你些主意，我会让你看看风暴到底把这儿蹂躏成了什么样子，你不是充满好奇，迫切想要亲眼看看吗，只是你找不到借口吧，为什么出版社社长要突然丢下手头所有工作，像个小孩似的跑来瞪着眼睛凑天灾的热闹。好吧，来吧，我来给你借口，还给你泡上杯茶，好好谈谈我们该谈的。

她迅速跃过屋子，看到书架上有些灰尘，猛地用手拂去了。她弯腰捡起从盆栽植物落到地毯上的一片叶子。接着从晨袍口袋里抽出亚伯拉米克·巴特的信，将它展开，瞥了一眼秘书的签字，某个露丝·巴多，无疑是个光着大腿、浓妆艳抹的婊子，无疑是个剃了腿毛、拔了眉、染了发的女人，她无疑穿着透明衬裤，涂了厚厚一层除臭剂。她这该死的。今天我已给鱼丢了足够的食物，只能给这么多了。怎么又跑出只苍蝇。我不明白它们是怎么飞进来的，又躲在了哪儿。也许它们本生于此。茶壶又滚了。再来杯茶吧。

十一

自四十年代初食堂那尴尬的一幕后，我们有些人还在为巴蒂雅·宾斯奇和菲利克斯恋情的适时了结而高兴。可我们都为巴蒂雅身上的变化而难过。她会打孩子，甚至会当着其他孩子的面下手。任何规劝或议论都无济于事。她会掐她，直掐得她发黑变紫，还边掐边骂，譬如骂她卡门·米兰达什么的。这孩子床倒是不再尿了，可偏偏又开始虐起猫来了。巴蒂雅显示出了禁欲的最初迹象。她那成熟、令人沉醉的美开始凋零褪色。身材修长笔挺、一身黑的她撩人地从缝纫室往熨衣室走去时，依然有一双双挪不开她的眼睛。可她的神色冷峻，嘴角残留着一抹失望、怨恨的表情。

并且，她继续用铁腕手段惩戒孩子。

一些不怀慈悲的人叫她疯女人，他们甚至这样议论她：她以为她是谁呀，不就是一个西西里寡妇、一个廉价剧女主角、一位西班牙圣徒、两便士伶人而已嘛。

在搬迁至第一批永久性建筑的基布兹创建者中，有巴蒂雅的名字。蔡格主动提出在她的新屋子里建一个鱼缸。他这样做，纯然是出于感激。蔡格是个矮矮胖胖、大腹便便的多毛男人。他老是开玩笑，似乎生命的大体目的，尤其他自己的人生，就是娱乐搞笑。他会说些固定的俏皮话，他妻子遗弃他时，他的幽默感却没有弃他而去。他说给任何喜欢听的人：我不过是个无产者，而革命到来时，菲利克斯总有一天会当上政委。只要他愿意使唤我，我自当接受。

他是个矮小、结实的男人，身上总有股大蒜、烟草味。行动起来笨拙得像头熊，他生性快活，惹人喜爱——即便在从前的非法武器训练中不慎腹部中弹也是如此。我们都喜欢他，尤其在节日、婚礼和派对上，他作出了不可或缺的贡献。

自从他妻子离开以来，他就同一位住在费城、从未亲眼见过的离异的女眷保持着通信联系。他常会在夜里造访巴蒂雅·宾斯奇，让她把这位远亲的信函从英语译成意第绪语，再把他那滑稽的回复从意第绪语译回英语。巴蒂雅是在晚上读床头小说时自学了英语。他总会在每次拜访结束时赔不是，说自己侵占了她宝贵的时间；但也是他在她的新屋前挖出了花床、犁平、盖土，带给她球茎和秧苗。他那独特的味道弥散在屋里。小迪查总爱给他猜谜；他从不知道答案，或者呢，即使他知道，他也装作不知道，而公布答案时，她总会因他的惊愕而发笑。

一天，他带来了鱼池架、玻璃块、折尺、螺丝起子和胶水，还有一种被他称作"kit"的难闻的东西，可巴蒂雅教他应该读成油灰①。

"是个鱼缸，"他说道，"鱼儿可以在里边游。多有美感啊。多抚慰人心哪。而且没有一点噪声，也不会搞得乱糟糟。"

---

① 油灰：又称玻璃腻子，一种黏稠材料，用于钢、木门窗的玻璃镶嵌。

话音未落他就干开了。

巴蒂雅·宾斯奇喜欢叫他阿里巴巴。他欣然接受这个昵称，还回过头来喊她敖得萨的女伯爵。

也许是因为这个昵称，小迪查开始把蔡格称作巴萨卡。即便他的真名是菲谢尔，我们都叫他巴萨卡，连基布兹的时事通讯都把他称为巴萨卡·蔡格。

他小心翼翼地将玻璃块稳稳地置入油灰基座。不时用一用那件让巴蒂雅和迪查都着迷的工具：一把金刚石玻璃刀。

"这件漂亮的礼物我们该怎么谢你呢？"鱼缸安好后巴蒂雅问。

蔡格沉思了片刻，呼出一股大蒜烟草味儿，眨了眨眼，突然耸耸肩，说了句"Chort znayet"，意即，只有魔鬼才知道。

装在罐子里带来的鱼丢进鱼缸里时引起了大大的骚动。迪查邀请了她所有的朋友参加"鱼儿的派对"，这并没能取悦巴蒂雅。那晚，除了费城远亲的信，他还带了一细颈瓶的白兰地。

"你不给我来一杯吗？"他说。

巴蒂雅给他倒了一杯，翻译了来信和回函。

那晚我们在庆祝盟军的胜利。二战结束了，魔鬼也降服了。我们让犹太复国主义和社会主义的旗帜在水塔上飘扬。附近的英军营地燃放起了烟花。凌晨时分，士兵们都乘着军车加入到了载歌载舞的行列。基布兹的姑娘们觉得受英国大兵之邀舞上一曲也不为过，尽管他们满身的啤酒味。食堂装饰着一幅幅标语和一帧穿着制服的约瑟夫·斯大林巨幅画像。菲利克斯发表了一场铿锵激昂的演说，他断言一个崭新的世界即将在黑暗势力溃退后的废墟上建成。他恳请我们所有人不要忘却那些在这儿和遥远的前线为这场斗争牺牲的人们。接着，他将工人党印制的胜利勋章钉在了巴蒂雅的翻领上，和她握手亲吻。我们全体起立，咏唱复国运动圣歌和《国际歌》，彻夜翩然起舞。十点过三分，蔡格抓住巴蒂雅的手臂，几乎是把她从食堂角落硬拽了出去，她已在那儿静静坐了一整晚，然后送她到房门口。他的声音沙哑，白衬衫贴着背脊，因为刚才在跳舞间歇他自告奋勇扮起了小丑，就好像这是个老式的犹太婚礼。走到巴蒂雅房门口时，蔡格说道：

"好了。你在那儿待得够久了。嗯，晚安吧。"他转身要走。

但她吩咐他进屋里来，他顺从了。她脱下他汗涔涔的衬衣。他问是否可以洗洗脸，她没有同意也没有拒绝，而只是扭亮鱼缸的灯，关掉顶灯。他开始道歉，或者说是恳求，可她打断了他结结巴巴的言辞，粗暴唐突地将他压向了自己，大汗淋漓，热烘烘，脏兮兮，困窘不安，她在寂静中将他征服。

十二

在一个遵循着合理原则运转的小村庄里，没有秘密可言，也不

202

可能有秘密。

清晨刚过六点，邻居们就看到蔡格，疲惫萎靡地在巴蒂雅·宾斯奇的门前出现。到了七点，消息已经传到了缝纫室。我们有些人，包括菲利克斯和他的妻子，泽特卡（蔡格的前妻）看到了这项新进展的积极一面：毕竟，之前的整个事态已经十分反常，充满了不必要的紧张。而现在，一切都将单纯化了。殉难、地中海悲剧、情绪的错综怪异与引领我们生活的原则格格不入啊。

然而，甚至连这些人，都不能平静地接受接踵而来的事态。蔡格是第一个，却不是最后一个。几周内，周围各色人物趁夜摸进巴蒂雅·宾斯奇房里的消息不胫而走。她甚至没有对难民们，或者马蒂亚胡·达姆科夫这样的怪人嗤之以鼻。她那沉默、肃穆的忧郁已经演变为某种不说为妙的东西。她的脸，也变得愈发丑陋。

一两年间，连小迪查都和大兵们或暂留者厮混在一起。我们未能全力关注这段不愉快的插曲，因为当时驱逐英军的斗争正进入了白热化阶段，而接着呢，阿拉伯军队也侵入了这个国家；它们甚至长驱直入，直抵我们的基布兹大门，我们则几乎赤手空拳地将它们击退。最终，一切再次归于平静。大群难民从四面八方蜂拥而至。蔡格的远亲，那位中年女人，也作为游客不期而至，将他一起拽回了费城。我们都为他的离开感到难过，也有某些人对他永远不能原谅。菲利克斯接受了党中央的一个职位，只有周末他才会赏光。至于巴蒂雅，她的余晖已经殆尽。迪查一次又一次出逃，奔向先锋营和沙漠中新建的拓居地；又一次又一次地被遣送回来。她母亲喜欢待在她的房里。她宣布，她的境况不允许她再工作。我们不了解境况到底怎样，故而决定不多过问。我们让她一个人待着。迪查最终嫁给知名银行家的儿子马丁·兹洛特金时，我们都松了口气。巴蒂雅平静地接受了这段婚姻和年轻的夫妇俩赠送的昂贵家具。图景中央是那些鱼。电茶壶总在沸腾。对她而言，似乎一切已经完结了，而就在这当口，亚伯拉沙遗作的问题适时出现了，他们决定将他的文集连同他的马德里来函一起出版。就像菲利克斯在庆胜会上许诺的那样：我们绝不会忘记我们捐躯的同志。即便这所有的许诺，菲利克斯也确实没有忘记，是他敦促基布兹运动出版社最终着手这项工作。寡妇等了一天又一天。游鱼丝毫没有模糊这幅图景。它们冷冷冰冰，又生气勃勃。毫不费力就能悬停在水面的它们，不受地心引力的制约。昨夜的风暴会带来亚伯拉米克·巴特；可已经两点了，他还没来。想他那样的人该懂得献辞的微妙之处；他不会有异议。

十三

但我不能穿着晨袍迎接他。我必须梳冼打扮。我必须整理屋子，倘若它还不够整洁。我必须拿出最好的瓷器，这样我就能体面地奉茶。打开百叶窗，透透新鲜空气。换上饼干。可首先，我得梳

204

洗打扮。

她走到水池边，像是禁欲苦行般地在冷水下一遍遍洗着脸。接着，用纤瘦的手指对镜捋过脸和头发，大声说道："好了，好了，你是个好姑娘了，很招人喜欢，别担心，一切都很好。"

她化了点妆，梳理起一头灰发。刹那间，她瞥见镜中被孩子们称为巴巴叶嘎的老妖婆，可转瞬间，又变成了一个高贵、孤独、对苦难誓不低头的女人。巴蒂雅更喜欢后者，于是自言自语道：没有人理解你，可我敬重你。这本书献给巴蒂雅，一位忠诚的妻子，我爱与痛的结晶。

正当念着这些字眼时，她听见食堂前的空地传来刹车的吱吱声。她跳到窗前，头发凌乱，因为没时间去把发髻别好了；猛地把百叶窗拉开，把头探出去。出版社社长亚伯拉米克·巴特，从车里钻出来，为运动秘书长打开车门。

菲利克斯不知道从哪儿冒出来，他表情严肃，热情却又公事化地趋前与他们二位握手。他们交谈了数语，然后一起离开去视察灾情和重建工作，这重建工作自清早起就马不停蹄地开展着了。

十四

她准备完毕。她穿上酒红色的裙子，戴了一条项链和一对不显眼的耳环，在耳后轻拍了几滴香水，提水上炉。此时，蓝色的日光从敞开的窗户倾泻进来，鸟儿和孩子们欢快地尖声叫闹。光束照浑了一鱼缸的水。西班牙老调子又回到了她唇边，温暖深沉的音调从她的胸腔缓缓释出。这是一段充满向往、叫人折服的曲子。过去，在遥远的三十年代，西班牙自由斗士和他们世界各地的拥护者总不停地哼它。离开的那晚，亚伯拉沙情不自禁吟唱起它。十多年后，以色列独立战争期间，它又有了希伯来语歌词。新近从欧洲逃离、脸色苍白的士兵们围坐在旧木屋间的篝火边唱起这个曲子。夜复一夜，它游荡在基布兹的屋舍间，甚至到了巴蒂雅·宾斯奇耳里：

奉上的第一道菜肴

是你挚爱的步枪

用它的弹盒作配菜……

她突然决定出门。

从倒地的树木和碎玻璃间冒出来的她望着山头宁静、清朗的天空，好像什么也没发生。她看到了马蒂亚胡·达姆科夫，光着汗涔涔、油亮亮的脊背，憋着闷气修着水管。远处，她能看到原本伫立着基布兹第一代木屋的那片空地。工人们在废墟间翻寻。几只羊安静地吃着草。

她恰巧在菲利克斯护送他的宾客们回到车里那一刻到达了食堂前的空地。他们站在车边，也许在略述他们讨论的重点。直到那时，菲利克斯还一直把眼镜放在衬衫口袋里；现在他戴上眼镜，草草写下一些笔记，立马就不再像个将军，而是重拾了他惯常的哲人模样。

后来，他们又握了一次手。来访者们钻进小车，亚伯拉米克发动引擎。正当他驾车在横梁和厚木板间穿梭探路时，巴蒂雅·宾斯奇从灌木丛中冲了出来，用起皱的拳头轻敲车窗。秘书长立刻惊慌了起来，他用双手捂住了脸，接着他张开眼睛，盯着车外那个可怖的人影。亚伯拉米克停了车，摇下一点点车窗，问道：

"怎么啦？想搭一程？不过我们不去特拉维夫。我们往北走。"

"要是你敢，亚伯拉米克，要是你敢落下献辞，小心我抠了你的眼睛，小心我惹出让全国看热闹的大麻烦。"巴蒂雅尖叫着没停下歇口气。

"这位夫人在说什么？"秘书长温和地问道。

"我不知道，"亚伯拉米克满怀歉意地答道，"我压根摸不着头脑。事实上，我都不认识她。"

菲利克斯马上控制住了局势。

"等等，巴蒂雅，冷静一下，让我来解释。对，这是我们的巴蒂雅·宾斯奇同志。没错，亚伯拉沙的巴蒂雅。她可能想提醒我们亏欠她的道义责任。还记得原委吗，亚伯拉米克。"

"当然。"亚伯拉米克·巴特说道。接着，像是被突来的疑惑怔住了，他重复道："当然，当然。"

207

菲利克斯转向巴蒂雅，轻轻拉住了她的手臂，和善怜悯地同她说道：

"可现在不行，巴蒂雅。你也看到了我们眼下的境况。你挑了个非常不便的时机。"

小车，这时候消失在了路的拐角处。菲利克斯抽空把巴蒂雅送回家。路上他对她说道：

"你没必要急。我们会信守承诺。毕竟，我们做这些不只是为你，毫无疑问，我们会卖你这个私人情面；我们的年轻人需要亚伯拉沙的著作，它们会成为他们的精神支柱。别催促我们。还有充裕的时间，你没有什么可担忧的。另一方面，我猜你今天还没吃午饭，对此，你有充分的理由抱怨。我会马上去厨房要他们给你送一份热饭：锅炉现在又可以正常工作了。别迁怒于我们，今天已经很不容易了。再见。"

十五

鱼缸依旧在那儿。

这会儿，鱼总算得到了应有的关注。首先，老妇检查了电器装置。池后简直隐藏着一座插头和插座、各色电线、开关和变压器的密林，维系着要害系统的活力。

从池下隐蔽的微小电动泵处有两根透明塑料管引至水中，一根过滤，一根充氧。

过滤器是个含纤维的玻璃罐。水从池底被抽到过滤器中，沉淀污垢微粒、食物残渣、海藻，再还鱼池以清澈和纯净。充气器是个把空气送到池底的纤细管子。空气从池底的穿孔石逃逸出来，吐出一串小气泡，往水中注入氧气，抑制藻类的生长。这些各种各样的设备保持着池水的洁净、新鲜，让鱼儿能够展示它们叹为观止的一列列色彩，让它们能凭着不可思议的敏捷身手横冲直撞。

此外，发热元件也是鱼缸正常运作所不能缺少的电器装置，那里面有精巧盘绕的电线的密封玻璃管。发着热光的线圈能让池水甚至在雨天和暴风之夜也维持在热带温度。灯光和温暖创造了一片奇景，水生植物在池底长成了一片苍绿色的森林，而鱼儿也在其中栖息安家。鱼儿大群大群地出现，臣服于未知的法则，追寻着某种难以捉摸、变幻莫测的轨迹。颤抖的尾巴暗示了一颗被热望占据、不安逸于池底生活的心。鱼身几乎是透明的；透过冰冷的肌肤，骨架清晰可辨。它们，也有血管系统；它们，也会生老病死。可鱼儿不像我们。它们的血液是冷的。它们冷冷冰冰，又生气勃勃。它们的血并非死气沉沉，反而有一股生机和活力让它们翱翔、俯冲、旋转，在半途跳跃。它们从不受制于万有引力。

植物和石头更是起了反衬作用。眼见一列箭鱼轻柔穿过空心石，寡妇的头脑里激荡起巨大的疑惑。可能会死吗，倘若如此，没必要等，为何不就在这一瞬猛冲过去。

她把滚烫的前额抵在玻璃上，感觉那些鱼儿正游进她脑子里去似的。处处平和，宁静。

心神从池底转到了池面。池底没有消却隐退，依然往水面递去一波波黑色的静谧。此时的水面倒映出被横切掉树冠的棕榈。

日光退却，窗影模糊。

这时，她会关上百叶窗，拉上窗帘。茶水会又一次沸腾起来。再来点茶——这次用她特意拿出来的瓷杯来盛。鱼簇拥在水底光源的近旁，仿佛它们也能感到夜的临近。

晶莹的微蓝色静谧伏在山头。空气清朗。干完了日间的活计。但愿她能在幽静中安眠。但愿鱼儿平和地穿梭于她的梦间。但愿她在夜里不会被横切掉树冠的棕榈造访。最后一列鱼儿穿过空心石。黑暗来临。

1963 年

在这邪恶的土地上

一

耶弗他生在沙漠边境。坟也挖在沙漠边境。

耶弗他与靠近亚扪边境的游牧族人为伍，浪迹沙漠多年。即便以色列长老亲自来沙漠寻他，推举他为以色列士师 ① 时，他也从未离开沙漠。他是个莽汉。正因为他的狂野，会众的长老们才选他为他们的首领。这些都发生在无法律的年代。

耶弗他为士师六年。每战必胜。但他的面容被毁了。他不爱以色列，也不恨他的仇敌。他属于他自己，甚至对于自己，他也不过是个陌路人。在他生命中的所有日子里，甚至当他坐在自家屋中时，他都要眯起眼睛，似乎要挡住沙漠中的尘土或者灼眼的光线，

---

① 士师（judge）："士师"一词，希伯来原文是"审判官"的意思。这些人为神所选派，由神的灵赐予独特的能力，奉命做百姓的领袖。他们的工作不仅是裁判案件，最重要的是拯救以色列民众脱离外邦仇敌之手。耶弗他为士师的故事见于《圣经·旧约·士师记》第 11 章。

不然就内翻，事实上，这世上无物可入其目。

的确，那天，他击败亚扪人①，返回他父亲的城池。人们为胜利欢呼，以色列的女儿们唱道：耶弗他杀了敌，耶弗他杀了敌。那勇士站着，一片恍惚茫然。在场有一位部族长老暗自思忖：此人靠不住；他的心并不在此，而在遥远处。

他父亲名叫基列人基列。母亲是个亚扪妓女，名为埃坦姆的女儿皮特达。他让自己的女儿沿袭此名，也叫皮特达。在他最后的岁月，在他弥留之际，耶弗他常把这两个女人混为一谈。

他的母亲皮特达在他很小的时候就死了。他的兄长们，他父亲的儿子，因为他是另外一个女人的儿子，将他驱逐到了沙漠。

沙漠里那些心肠狠毒的游牧浪人聚集于他周围，具有领袖禀赋的他成了他们的首领。他懂得如何同他们讲话，不论温和的语调还是冷漠的恶意，他都随心所欲。而且，在射箭、驯马、搭帐篷时，这勇士看来慢手慢脚，似乎分外疲倦懒散，可这不过是欺人瞒世的诡计，如同一把静卧在绸缎褶中的匕首。他会使唤别人：起来，过来，走吧；那人就会起来，过去，又走开，尽管基列人耶弗他只动了动嘴唇，一声未发。他少言寡语，因为对于言语，他既无偏爱，更不信任。

许多年来，耶弗他居住在沙漠的山地，即使当他被喧嚣的人群

---

　　① 亚扪人（the Ammonites）：古代闪米特人之一支，他们的主要城市为巴勒斯坦境内的拉巴-亚扪（Rabbath Ammon），与以色列人时战时和。

包围，他也是孑然一身。一天，以色列长老亲自请他出山，助他们一臂之力，反抗亚扪人。顾及到沙尘，他们提起袍子的边摆跪在莽汉前。立着的耶弗他望着他们，默默听着，审视着他们被践踏的自尊，仿佛那是一大伤疤。突然，一阵悲凉攫住了他，但他并非为长老们感到悲凉——也许这压根算不上悲凉——而是某种类似于温柔的东西，于是他温柔地对他们说道：

"妓女的儿子将成为你们的首领。"

长老们无声附和道：

"我们的首领。"

这一切都发生在沙漠，发生在亚扪城外、以色列城外，深潜于物换星移的周遭环境的寂静中：沙、雾、矮灌木、白蒙蒙的山、黑溜溜的卵石。

耶弗他打败了亚扪，回到他父亲的领地，实现了他的誓言。他确信，他正面临一场考验，而他经得起这场考验。而一旦他将女儿捆好，他便会被告知：不可对这姑娘下手。

后来，他回到了沙漠。

他爱皮特达，信任过每晚充斥在沙漠的夜语。基列人耶弗他死在叫做陀伯地的山里。许多人生在这世上一遭，亲眼见识了白日与黑夜，他们经历了这一切；而有时，某些人的一生却只充满了阴郁与悲哀，直到死日，也还对这世界心怀愤恨。耶弗他死时，他父亲

213

为他挖了坟，在上面说道：

"承蒙主的恩典，他为以色列士师六年。"

接着又说道：

"主的恩典甚为虚浮。"

每年有那么四天，以色列的女儿们会去山里哀悼耶弗他之女皮特达。会有个盲老头在远处尾随其后。干燥的沙漠风攫走了他皱纹间的眼泪。可所有的风都带不走那盐分，干了的盐分留在老汉的脸颊上，灼得他生疼。以色列的女儿们前去山里，将她们的悲号送至沙漠，那是狐狸、白杨、土狼的领地，那被白光吞噬的浩渺苍天。心狠手辣的汉子们，陀伯地的流浪人，夜里听到她们的恸哭，也从远处回应一曲凄苦的歌谣。

二

耶弗他出生在边界地。基列人基列的领地位于部族世袭藩地的尽头。这儿，沙漠舔舐着播了种的土地，有时，还侵入果园触及人畜。早晨，太阳一突破东边山头，整块土地就要开始经受炙烤。正午，它像熊熊燃烧的雹子般落下，将暴怒一泻而出，击溃一切。日暮，太阳往西沉降，灼烧西边山冈。卵石变了颜色，远处看去一副绝望的神色，仿佛受了烤刑。

可夜晚时分，这片土地异常宁静。凉风轻拂，好似爱抚。卵石覆满露珠。夜风和蔼仁慈。这仁慈是短暂的，却可以时时重温，就像生死的循环，像风和水，交替更迭着恨与渴望，来了又去如影如魅。

基列人基列，这方领地的君主，高大魁梧。太阳灼伤了他脸部的皮肤。他全力压制自己的性情，即便这样，他仍是个暴君。每有言辞，若非斥责，便是恶毒的低语，似乎无论何时他想说话，必先让他人闭嘴。如果他将强壮粗糙的手放在某个儿子头上、马脖子上，或是女人的臀部，他们不用看就知道那是基列。有时他会摸一处静物，并不是他想说或想干什么，事实上他正纠结于满心的疑惑：万物的存在陡然让他惊叹。有时，他企图操纵那些不可触及的事物——声音、渴望、气味。每当夜晚降临时，基列有时会突然说道：夜晚来了。这些话本无必要。晚上，他会召来部族祭司给他读圣书，他会蜷缩起身子听。连些琐碎的事他也会求助于上苍，乞求降生一头公犊，或修好一个破碎的陶罐。有时，他还会令人不明所以地放声大笑。

所有这些都让他的奴仆心生恐惧。盛夏正午的田地上，每当有嘶哑的笑声从他那儿传来，出于惧怕，这些奴隶全随他笑起来。有时候在夜里，突然被清冷星光冷彻骨髓的恨意压倒折服的基列会大喊出声，将所有的男人女人召集在庭院。在他们眼前，他会弯腰捡

215

起一块大石头，雪亮的眼白在黑夜里发出白光，就好像要把石头掷出去砸倒某人。接着，似乎气息正被缓慢而痛苦地从他体内挤出，他又会弯腰把石头轻轻放回庭院的尘土中，好比往玻璃上叠玻璃，小心翼翼以不伤到石头或尘土或夜的寂静，因为这个地方的夜是安宁的，任何声响流经它们，都像水面底下的黑影无声划过。

基列的妻子是祭司和商人的后代，她名为泽不伦的女儿内胡什他。她白如白垩，她胆小羞怯。幼年还在她父亲屋里时，她就已知晓梦与黑暗。她热爱小件物品、小动物、纽扣、蝴蝶、耳环、晨露、苹果花、猫爪、软羊羔毛，以及水面闪烁的银光。

基列娶内胡什他为妻，是因为他认为他窥探到了她内心的热望，世间没有一物能够平息压制的热望。每当她说"看，有块石头"或是"看那溪谷"时，她似乎在说"来吧，来吧"。他对于这些热望的向往好比一个男人陡然升起的渴求，渴望用他的指尖去触碰感知某些念想和欲望。而内胡什他追随基列，是因为她在这个男人身上看到了悲伤和力量。

内胡什他渴望消融他的力量，渗透他的悲伤，同时也甘心顺从。然而，基列和内胡什他却无法对彼此做这些，因为，毕竟，灵与欲不过是灵与欲，世间男女深不可测。她来到基列的米斯巴后数月，已习惯于独自站在窗前用双眼恳求着，期盼能望穿荒野山岭，窥见黑土平原，从那儿，她被带到了沙漠。夜晚她对他说：

"何时你才能带我走？"

基列会回答：

"可我已经带走了你。"

"何时我们才能离开这里？"

"各地都是一个样。"

"可我再也不能忍受。"

"谁又能。拿酒和苹果来，让我清静会儿，回你屋里，要喜欢就坐窗边去，只是别再像那样怔怔地盯视黑暗。"

一年年过去了，生了雅悯、耶母利、阿祖尔后，内胡什他一病不起，似乎陷入了感官衰退的恶症。她已经白如垩，皮肤更是越长越细嫩。她厌恶整日吹进屋窗、夜晚同她耳语着"完了，完了"的沙漠，她也厌恶牧羊人的粗俗歌谣，厌恶庭院中以及她梦中牲畜的低哞。有时她称她的丈夫为已死之人，叫她的孩子们孤儿。有时她会这样说自己，"当然我也早已死了"，她会在窗前连坐三天不吃不喝。这地方太偏远，她只能从窗口看见白天的沙丘沙山、夜晚的星星和黑暗。

泽不伦的女儿内哈什他给基列人基列育有三子：雅悯、耶母利和阿祖尔。她已经白如垩，皮肤更是越长越细嫩。她忍受不了这个男人的性情。如果她抱怨哭泣，基列会扯着嗓子咆哮，猛地将酒罐子哗啦一声摔成碎片。若是她静静坐在窗口抚摸猫，把玩垂到膝头

217

的耳环胸针，基列会站在那儿观看哑笑，浑身散发出一股邋里邋遢的气息。有时他也会怜惜地说：

"也许王会听到你的哀伤。也许他会派出战车和马匹送你去他那儿。也许今天或明天火炬就会在远处亮起，马车侍人就会到来。"

此时内胡什他会说：

"没有王。没有马车侍人。为什么有人要跑。什么都没有。"

听了这席话，基列会对她充满怜悯，会对自己以及自己对她所做的分外气愤，他会用拳头猛击自己的胸口，诅咒自己以及他的记忆。他怜悯她的同时，又会突然蔑视她，蔑视自己，蔑视他对她的怜惜。这时，他会把自己关起来，蒙住自己的脸。她多日不愿见他，然而，某个夜晚，已近黎明时分，正当她已对他绝望之时，他又会过来，满含爱意地扑到她身上。亲热时，他会紧闭嘴巴，像要赤手空拳奋力解开一条铁链。

他是个喜怒无常且不可救药的男人。夜晚，他火光下的面孔就像异教徒教士用来遮脸的一张面具。也许是这样，这个男人活过了一世，却每天都像个流放者；那方客地，他不愿涉足，更难以逃离。

冬天，基列愁绪连绵。他整天、整星期地躺着，怔怔地眼望穹顶，目光空洞茫然。内胡什他有时会踏进他的卧房，用苍白的指尖抚弄他，仿佛是她的某个宠物。他的嘴唇苍白得病态，他的身体屈从于那些手指，好似一个疲倦的旅人顺从于路边小旅店的妓女。静谧笼罩着他们。

可一旦魄力将他的身体唤醒，他就会像匹脱缰的野马，内胡什他逃去她的闺房避难，基列会闯入女舍，把恶躁都发泄到女仆身上。整晚女舍都充斥着女仆们的抽泣、低声战栗和尖叫，直至黎明，基列会粗鲁地叫醒部族祭司。他抖缩在祭司脚跟，抽泣道：邪恶，邪恶啊。脸上的泪还没干，他又一拳将祭司打得仰面朝天，呼地冲了出去，跨上马鞍，向东边的群山疾驰而去。

女舍中有个名叫埃坦姆的女儿皮特达的小亚扪女妾，是基列在一次突袭沙漠外的亚扪领地时掳来的。皮特达是个健壮苗条的姑娘，双眼掩藏在浓密的睫毛下。倘若她松绿石般的眼睛朝她主人的嘴唇、胸脯凝视，倘若她在庭院与他直面而立，指尖在她腹上跳跃扑动，他就会颤抖，诅咒这个小仆女。他会大喝一声，用一只手扣住她的那双手，啃她的唇，直到两人都尖叫出声。她的臀从没闲着，甚至当她过来站在马厩前闻马匹的汗味，它似乎也随神秘的内在节奏而律动。在她眼里的瞳孔中，有火与冰闪耀着绿光。而且，她总是赤脚走路。

适时，传说那亚扪女人会巫术。这是从她的仇敌那儿泄露出来的，据说他们曾看到她在夜里眼光闪闪地炼着草药。皮特达在晚上招魂，把他们召集到她身边，因为自童年起，她就作为亚扪神米勒公的女祭司被供奉了。果园的树木在夜色中悄悄地飒飒作响，房门在风中吱嘎吱嘎。她在地窖中修炼巫法，炮制品沸腾冒泡，那女人的影子在腐烂的鞍具、酒桶、打谷锤和铁链间忽闪曳动。

她的所作所为暴露之后，基列赐她一皮囊水，将她遣入沙漠，与她夜里召来的孤魂野鬼同在，因为《圣经》上记载：行邪术的巫人，不可容他存活。

可天一亮，领主就策马出发，把她带了回来。他诅咒了她的诸神，用粗糙的手背掴了她一巴掌。

皮特达反击了他一巴掌，诅咒了他和他的百姓及他的神。炙热的绿光在她的瞳孔里闪耀。

突然，他们俩笑了起来，一道走进屋里。门在他们身后合上，马匹在外嘶鸣。

基列的妻子内胡什他策动他的三个儿子反对这个亚扪女人，因为她忍无可忍了。她从床上起身，身着白袍站在窗前，背对房间，她的儿子们和她的脸朝向沙漠，她小声交代着，你们眼睁睁地看着你们的母亲在你们眼前死去，而你们却保持沉默：别再沉默了。

只有阿祖尔，她最小的儿子，听从了他母亲，密谋反对那个亚扪女仆。这个阿祖尔整天和领地上的狗混在一起。是他给它们喂食汲水，教它们使诈，训练它们袭人要害。在基列的米斯巴，人们说：这个阿祖尔懂狗语，和它们一样会在黑暗里嗥叫、哀号。阿祖尔有一条从他碗里吃食、从他杯里喝水的小灰狼犊，他俩都有白白的利牙。

入秋的一天，基列去了另一块地里，阿祖尔朝亚扪小妾皮特达放了狗。他站在屋子的荫蔽处，趁皮特达经过时，放出撕心裂肺狂吠的狗，狼犊夹在中央，从狗崽子堆中狂扑了出去，几乎把她撕碎。

傍晚，基列回到家，把他的儿子阿祖尔交给了干瘪秃顶的残忍老奴，依照杀人犯的刑罚，将他带入沙漠。

夜里野兽长嗥，它们黑暗中的黄眼珠在栅栏外发着光。

这一次，基列也跃上马背在夜之将尽时，把儿子带了回来。他打了儿子，诅咒了儿子，就像对他的小妾做的那样。

这些事之后，情况变得更糟，说是亚扪女人给阿祖尔那孩子下了咒：整整四十天，他只能哀号吠叫，却不能言语一句。

对她的主人，皮特达也下了黑咒，因为他赦免了阿祖尔，让她无可原谅。忧郁总笼罩着这个一家之主，只在灌下大口大口的酒后他才得以解脱。

当皮特达生下耶弗他，基列人基列把自己关在酒窖四天五夜。一夜又一夜，他把酒杯碰得叮当响，杯杯饮尽，又满上。第五夜，他瘫倒在地。梦里他看到持黑焰长矛、跨在一匹黑马上的黑衣骑马人，一个会浮漂术的女人握着缰绳，那女人既不是皮特达也不是内胡什他；马匹和骑马人默默跟随其后。基列没有忘记这个梦，因为，像某些人那样，他相信，从我们降生处托来的梦，也会在死时随我们归回原地。

当男孩耶弗他长到可以离开女舍，在庭院游荡时，他学会了躲避他的父亲。他会藏在干草堆中，直到大块头经过，他凶恶的步子也已走远，这样，他就发现不了他了。直到基列不见了，这孩子才会嚼着稻草、干草或是自己的手指，低声自言自语道："小声点，小声点。"

要是这孩子入梦太沉而没来得及躲藏，基列人基列就会抓住他，用那双骇人的大手把他举起来一边摇晃，一边朝他哞哞叫。他满是汗味，头发蓬乱，这孩子又痛又怕，大声号叫，并用他的小牙咬他父亲的肩膀，想从这强有力的紧攥中逃脱，却无济于事。

三

耶弗他出生在面朝沙漠的地方。基列人基列的领地是所有部族世袭藩地的最后一块。沙漠绵延在它的边界，大漠尽头是亚扪人的领地。

基列人基列拥有成群的羊，还有边缘被沙漠染黄的田地和葡萄园。整座宅子被高墙围了起来。宅子本身是用火山石建的。一根古老的藤蔓植物爬满了墙壁。夏天，人们来来去去，似乎都要穿过一丛藤蔓林；那植物太过茂密，以至于在夏天人们都看不到宅子的石墙。

接近清晨时分，羊铃铛声传来，牧羊人的烟管弥漫着模糊的魅惑，灌溉渠中的水流安静地低语，灰蒙蒙的光线映在井中。

接近清晨时分，基列的每寸领地都洋溢着静谧。

静谧中遭压抑的渴望泛起一波波涟漪。大树荫将寒冷的薄暮遮蔽。

可每一晚，阴郁冷漠的牧羊人都会守候农场，防备熊、流浪人和亚扪强盗。整夜，有火把在屋顶燃烧，一群精瘦的猎犬埋伏在果园暗处。部族祭司像个夜晚的黑影在围篱上一掠而过，念着咒文召唤邪恶的魂灵。

孩童时代，耶弗他就了解夜晚所有的声音。他天生就了解它们，风、狼、猛禽的声音，还有伪装成风、狐狸和鸟的人声。

围篱外存活着另一个世界，这个世界不分昼夜地暗暗渴望把这座宅子夷为平地，狡猾地耐着性子啃咬着篱笆，就像溪流一步步侵蚀河堤。不可思议的柔、静，柔比雾霭，静比清风，如影随形：强大而无形。

黑山羊与男孩相伴；他牵它们去牧草地，整天守着它们，看它们津津有味地嚼着那稀疏的青草，带它们去陡峭的悬崖冒险，岩缝间残留着狭长的牧草带，因为那地方逼近大漠边缘。消瘦的狗，他兄长阿祖尔的狗，也同他相伴。那都是些粗暴的狗，谄媚底下埋伏的往往是凶蛮。野鸟也成群向耶弗他飞去，在他耳边尖声鸣叫出它们的斥责。

清早，远处会传来鸟鸣。傍晚，暮色降下，蟋蟀"嘤嘤嘤"像是有紧急的可怕信息要传递。黑暗中，耶弗他听到美好的寂静不时被狐狸或胡狼的嗥声刺穿，被土狼的笑声打断。

有时，沙漠流浪人会夜袭这片领地。黑暗中，基列的牧羊人静候敌人，敌人如气息一般轻悄而来；如果他杀了人，他就悄悄溜走，而如果他被杀了，他也死得悄无声息。早晨，他们会发现有个男人仰面横在橄榄树下，两眼内翻，手里也许还攥着插到了自己肉里的那把匕首的手柄。牧羊人、敌贼概莫能外。

看到尸体凸出的眼白，耶弗他会对自己说："尸体把眼睛往里翻，兴许在那儿他能看到另一番景象呢。"

有时，耶弗他会梦到自己死了，仿佛是一双有力而仁慈的手将他击败在地。细雨温柔惬意地触摸着他，一个牧羊小姑娘说："我们要在这儿坐着歇息一会儿了，等雨过去，等天色暗下。"

夏天，果园的植被泛滥疯长，将熟的果子受了雨露膨胀起来。强劲的汁液流经苹果树的脉络。藤蔓的嫩枝因幽禁已久的汁液的挤压而颤抖。羊群肆意撒泼，公牛怒吼。女舍和牧羊人的小间有沉沉的喘息；临近拂晓，男孩总能在梦里听到野兽奄奄一息时的呻吟。女人也常占据他的梦境：耶弗他对那些他无以名状的微妙力量充满了向往，不是丝绸，不是水流，不是发肤，而是对温暖，对及肤即融的触摸的向往，那几乎算不上触碰，也许是流思、味道、颜色，又或者全都不是。

他不喜欢言语，所以他沉默。

在他年轻时，在夏夜的梦里，他缓缓逆流而上。

早晨起了床，他拿出匕首，在院子里任何他找得到的东西上慢慢地、耐心地试着刀：灰尘、树皮、羊毛、石头、水。

耶弗他没有继承他父亲的脾性。他是个强壮、身形精巧的小伙，颜色、声音、气味和物体比言辞和人更能吸引他。十二岁时，他就能使斧子、棍棒、马缰或对付一头母羊。他做这些时，时常能窥见他那一份克制了的兴奋之情。

而现在，他的兄长，雅悯、耶母利和阿祖尔的憎恨开始将他团团围住。他们之所以诅咒他，是因为他是妓妇生的儿子，是因为他既孤傲又沉默，是因为他那傲慢的镇静每时每刻都在隐藏那些秘密、不容分享的倔强想法。即便他的兄长们邀他加入他们的游戏，他也是一言不发地和他们玩耍。如果他赢了，他既不吹嘘，也不得意，而只是静静地把自己封闭起来，这就更让他们火冒三丈。而要是耶弗他被某个兄长打败了，那也似乎总是出于深思熟虑或轻蔑而主动放弃取胜，又或者呢，是因为他在比赛中途出了神。

三个兄长，雅恂、耶母利和阿祖尔，是身材结实、肩膀宽阔的年轻人。他们喜欢笑闹找乐子。相反，耶弗他，妍妇的儿子，瘦小白净，连笑起来都似乎很孤僻。他喜欢盯着别人看，拒绝把目光移开。眼中黄色火花瞬息闪过，立刻让对方不战而降。

迫于皮特达的咒语，又或许惧怕他们的父亲，几兄弟没胆肆意欺负耶弗他。他们只能在远处窃窃地发出嘘声："你就等着瞧吧。"

有一次，皮特达说道："哭吧，耶弗他，向我们的神明米勒公哭诉吧，他会保护你免受暗地里的憎恨。"

可耶弗他没有把他妈妈的话放在心上。他没有向亚扪神米勒公哭诉，而只是弯下腰，对他母亲说："谨遵我的母亲大人。"仿佛他认为皮特达才是这座宅子的女主人。

她想把亚扪神米勒公的赐福、保佑传承到她儿子身上，因为她有先见之明，知道自己终有死的一天，知道在一群陌生人中间，这孩子会孤苦无依。所以，她在晚上炼制药剂，夜里给耶弗他服下。每当她的手指触及他的脸颊，他就会瑟瑟发抖。

耶弗他心里不相信这些药剂，却也不排斥服用。他喜欢它们奇怪、辛辣的味道，以及他母亲手指的味道。而她呢，会向他谈起亚扪人用酒和丝绸供奉的米勒公。米勒公可不像你父亲的神，一个只会折磨、羞辱爱戴他的子民的贫瘠之神。不，米勒公爱掠夺者，他爱饮酒开怀、以歌倾吐心声的人，而他们那歌的旋律模糊了狂喜与愤怒的界线。

对以色列神，皮特达会说：忤逆他和虔心敬慕他的人都会遭殃；他会用痛苦一概将他们折磨，因为他是个孤戾的神明。

耶弗他凝视领地和沙漠上空夏夜的星辰。在他的眼中，它们似乎孑然一身，一颗孤星占据一片黑色苍穹，有一些星星彻夜从长空的这一端盘旋至另一端，而另一些则扎根一点，不移不弃。这一切星辰，没有悲伤，亦没有欢乐。如果其中一粒陡然坠落，其他的绝不会投来一瞥，甚至眨一眨眼，它们只是继续冷漠地顾自闪烁。落下的星星甩出一尾冷焰，这炽热的曳尾也熄将过去，让位于黑暗。如果你赤足站立，倾心聆听，也许会听到寂静中的静谧。

教他三个兄长的部族祭司也教耶弗他读《圣经》，写心得。有一次，耶弗他问祭司，上帝为什么对亚伯和以撒，对雅各、约瑟夫和以法莲更仁慈，他为什么对他们的喜爱胜过他们的兄长，该隐、以实玛利、以扫和玛拿西：《圣经》里的所有罪恶无疑都来自耶和华自己，想必亚伯的血也是从地里向他哀告。

部族祭司是个大胖子，长着一双忧虑的小眼睛。他在领主愤怒时总是畏畏缩缩。祭司这样回答耶弗他，神的造物之道无与伦比，谁又会质疑神的是与非呢？晚上，耶弗他梦到上帝成了一只笨重不堪、毛发蓬松的熊，垂着贪婪的下颌，咆哮着喘着粗气朝他走来，仿佛勃然大怒或者欲火燎心。耶弗他在梦中大喊大叫起来。在基列的宅子里，可不时会有人从梦中惊叫，惊叫过后又是寂静。

米勒公，也在那些夏夜潜进了耶弗他的梦中。柔软的指尖触及他的皮肤时，热流葱葱郁郁地流过他的脉络，甜蜜的汁液荡涤至他的脚心。

次日清晨，耶弗他会孤僻地出现在大庭院里，从一个暗影跳到另一个暗影，黄色的闪光已经从这孩子的眼里褪去。

约十四岁时，耶弗他开始被讯号所青睐。当他独自走在地里，或随羊群往下至某个溪谷时，他被各种各样的讯号所垂青，他感到这些讯号全递向他一个人，意味着他正被召唤着。可他辨不出那些讯号是什么或是谁在召唤他。有时，他像部族祭司教他的那样双膝下跪，头部猛击岩石，大声哀求道："好吧，好吧。"

在心里，他将上帝的爱与米勒公的爱悉心权衡。他发现米勒公的爱来得轻易，不费吹灰之力就能得到，就好比一条狗的爱，你和它玩耍会儿就能赢得它的心；它会凑近你，舔你的手，也许甚至还在地里守护你安睡。

可耶弗他不敢要求耶和华的爱，因为他不知如何是好。每当一时的骄傲在他心里燃起时，每当他一边暗暗比较，一边心想：我是幼子，我就像亚伯①、以撒②和雅各③那样，是父母老年得来的儿子时，他立刻就又想到，他是妍妇的儿子，就像埃及女人的儿子以实

① 亚伯（Abel）:《圣经》人物，该隐之弟，亚当和夏娃的次子。
② 以撒（Isaac）:《圣经》人物，亚伯和妻子撒拉所生的唯一儿子，也是以扫和雅各的父亲。
③ 雅各（Jacob）:《圣经》人物，雅各是以撒的次子、亚伯的孙子。

玛利①。

一天，领主告诉他的隶民，靠近上帝的方式是蛾扑火，而非蝶恋花。

男孩听到了这番话，便想一试真伪。

他开始搜寻危险，挑战自己。他到山崖边、流沙间、井里考验自己。他甚至与狼对峙。一天夜里，他两手空空，独自出门寻狼，赤手空拳和它在狼穴前打斗，他打断了那畜生的背，带着抓痕和咬痕回了家。他试图博取耶和华的青睐，秋天，他甚至练起了徒手摸火的功夫，却不哭不叫。

这些行为被部族祭司撞见，他前去禀告领主亚扪人在练徒手摸火的功夫，却不哭不叫。基列待祭司把话说完，当即面露怒色，他狂笑一声，诅咒着祭司，给了他一拳，让这厮满地打滚。

那晚，基列人基列下令把妌妇的儿子召至面前。厅里燃着火，因为这是寒冷的大漠夜，空气干燥刺人。大厅的墙上挂着马鞍、铁链、盾、打谷锤和抛光了的铜矛。所有这些都捕捉到了火光，阴郁地反射出去。

基列的灰眼睛盯着妌妇的儿子，狠狠瞪了他良久。他记不得自

---

① 以实玛利（Ishmael）：《圣经·旧约·创世纪》记载，夏甲是属于撒拉的埃及女仆，由于撒拉不孕，将夏甲送给丈夫亚伯拉罕做妾，生育子女。由于夏甲得知自己怀有亚伯拉罕的骨肉，一跃变成女主人般，反而对撒拉处处忤逆，撒拉不得已使出主母的权威。由于撒拉苦待夏甲，夏甲从亚伯拉罕的住处逃走，在旷野遇到天使，天使让她回去。她回去了，顺从撒拉，然后生下了儿子以实玛利。

己为什么在深更半夜把他召到跟前，也记不得外边暗夜中的豺狗为什么厉声吠叫。沉默完了，基列发话道：

"我的儿啊，有人告诉我你在练徒手摸火的功夫，却不哭不叫。"

耶弗他答道：

"确有其事。"

基列问：

"那你为什么要做如此不当、如此痛苦的事呢？"

耶弗他说道：

"做好准备呀，我的父亲。"

"准备什么呢？"

"我不明白什么。"

耶弗他和父亲说话时，一直盯着那双沉沉搁在陶碟上的宽大而粗糙的手。见到他父亲的手，相比较他自己那双苍白瘦弱的手，耶弗他对父亲充满了敬畏和仰慕。也许，他幻想着父亲会亲切地与他交谈。也许，他幻想着父亲会需要他的爱。那一刻，一生头一次也是唯一一次，耶弗他突然渴望成为一个女人。他不知所措啊。火盆中的火熊熊燃着，火光模模糊糊地照亮了墙上的铜质武器，领主的眼中，也掠过一抹闪光。

基列小声说道：

"很好，把你的手放火里让我们瞧瞧。"

耶弗他恳求地望着他父亲的脸，但基列人基列的面孔却藏在了摇曳的火光和暗影里，火盆中的火舌不安地四处乱窜。那孩子说道：

"谨遵父亲之命。"

基列道：

"现在就放你的手进去。"

"倘若你会爱我。"

他把手伸入时，露出了牙齿，嘴型似笑，可耶弗他不是在笑。

他的父亲突然叫道：

"我的儿，别碰那火了。够了。"

可耶弗他没有听，也没移开他的眼。火舌舔舔着肉体，围篱外，大漠绵延到最远的山头。

事后，基列对他的儿耶弗他说道：

"你同你的父亲一样被毒害了。然而我却不忍心来憎恶你。"

接着，领主把酒从陶罐里倒入两个粗糙的杯子，说道：

"耶弗他，和我喝一杯吧。"

由于这父子俩都不相信言辞，都不喜欢说话，他们过了大半个夜都没再说一句话。

最终，基列起身开口了。

"好了，我的儿，走吧。别恨你父亲，也别爱他。很不幸啊，我们不得不在儿子父亲、父亲儿子、男人女人的圈子里打转。越离越远啦。好了，别呆站在那儿了。走吧。"

四

这之后，父亲和儿子经常在天蒙蒙亮时驰骋旷野。他们会穿过峡谷河床，缓缓登上通往广阔沙域的坡地，仿佛梦游般，他们会横穿燥热的高原。灌木冒出嫩芽，顽固而孤独地盘踞在岩间的缝隙。它们似乎不像植物，而更像那些光秃卵石的生殖器。毒辣的白色光束恶狠狠地灼在头顶。他们的骑行渐远，两人骤然开始了断断续续的对话。

基列会说：

"耶弗他，你想去哪里？"

耶弗他呢，在野蛮的炫目日光下眯起眼，沉默片刻后，会答道：

"去属于我自己的地方。我的家。"

一抹笑意闪过基列板着的脸，他会问：

"好吧，何不掉头骑回家？"

耶弗他几乎要笑出声，声音显得遥远而恍惚：

"那不是我的家。"

"那你的家在哪儿，你想去什么样的家？"

"这，父亲，我还不知道呢。"

这次交谈之后，沉默再次逼近。但现在他们都陷入了同样的沉默，而非独自缄口。这孩子会满怀爱意，亲切地抚摸他的马的鬃毛。一次，当二人来到黑玄武岩谷，他问他的父亲：

"沙漠想说什么？荒漠在思考什么？为什么风起风又落？喧嚣让人感觉到什么？寂静又让人感觉到什么？"

对这些，基列回答道：

"你有你的感觉。我有我的感觉。每个人冷暖自知啊。"

过了会儿，他又开始说话，这次他的声音里带着一丝怜悯：

"有只蜥蜴。又跑了。"

说罢，两人再次陷入共同的沉默。

当他们骑回到农庄，基列人基列会伸出他宽阔粗糙的手，突然握住他儿子的马缰好一会儿。然后，鞍上的两人就靠得很近很近。

越过围篱时，他又会放手。耶弗他会被遣去同院子的其他年轻人待在一起，基列则会回屋。

最后一个冬天，皮特达有时会在夜里进入耶弗他的卧室。赤足的她会坐在他的床沿，默念咒语。她老爱突然笑出声，温暖、轻柔的笑声，直到那孩子实在忍不住也随她笑起来，不发出一点声响。或者她会给他唱柔情的亚扪歌曲，唱颂广阔的汪洋、山谷的雄鹿、

233

苦难和优雅。

她会把他的手握入她的掌心，用他的手指缓缓划过她的手臂，缓缓划至她的肩膀，缓缓绕过她柔弱的脖颈。她会怂恿他信奉欢乐神米勒公，她急促地默念奇怪的字眼，怂恿他享受肉体的秘密以及肉体所及之能事。她还恳求他在沙漠烤干他的血液和肉体前逃离沙漠，去有山有水的地方。

耶弗他一辈子从未见过海，他不知道它的味道，不知道夜里波涛的声响，可他称他的母亲，海，海。

一天夜里，她走之后，耶弗他做了个梦。那个形容枯槁的光头管家来剪羊毛，她严严密密地剪了又剪，直到羊皮绽了红，无数筋脉纵横交错，不堪入目，那女仆还在不停地剪，屠杀着母羊，不是从喉咙而是从腹部下手，黑血喷涌而出，冒着泡，在梦里粘在了耶弗他的皮肤上，耶和华裹着铁甲包肩的熊皮沉沉走来，他满身燥热。藤蔓叶铺就的毯上，躺着身着丝绸珠宝的米勒公，耶弗他看到耶和华强行闯入那层绸，像头两眼发红的公羊强行进入了那头被狂放的盛怒吓怵而百般顺从的母羊。

从噩梦中惊醒的耶弗他大汗淋漓。他睁开眼，躺着亢奋地战栗，只看到一片漆黑，他闭上眼，除了一片漆黑，又什么也没看见，于是他开始默念从祭司那儿学来的祷告，但还只是看到黑暗，于是他唱起母亲的曲子，而黑暗依然不肯放过他，吓呆了的他躺在床上僵化了一般，因为他猜想，在他做梦时，他的父亲母亲、祭司女仆、羊和牧羊人、他同父异母的兄弟、家犬，甚至外面的流浪人，他们全被叼走了性命，只留下他孤身一人，而屋外，大漠的黑夜延绵至这世界的尽头。

冬天将尽的某个晚上，皮特达死了。女仆说，亚扪妓女是练巫术死的。于是，第二天，她被葬在了给流放者预留的那小块地里。

那天早上，平原尽头的远处地平线上起了猛烈而阴沉的大沙尘暴，空气中掺和了沙尘和正在聚拢的暴风雨的味道。整块土地被一层细尘覆盖。此时，祭司边往死去女人的坟墓上铲土，边念着恶咒：现在离我们而去吧，不论在夜里还是梦中都别回来，否则上帝的诅咒会追随你至黄泉，魔鬼也会将你的魂魄捕猎摧毁。去吧，去吧，你这被诅咒的，去吧，永远别回来，留给我们安宁。阿门。

听着这些言辞，男孩耶弗他捡起一块小石头，把它贴放在嘴边。他突然在内心深处哀求道：爱我吧，耶和华，我愿做你的奴仆，抚摸我吧，我愿做你的忠臣，最凶恶的猎手，只是千万别远离我。

葬礼过后，天色暮合。风中，巨大的黑块你追我赶，仿佛被遣去撞击东边的山墙或突破同一堵峭壁。又过了些时候，银色闪电闪过，低雷隆隆。黑火山岩建造的宅子屹立在风暴中，看起来似乎已经燃着。

耶弗他从墓地回来，踏进宅子。他的三个同父异母的兄弟，雅悯、耶母利、阿祖尔靠在门厅阴影处的黑墙上，像是在等他回来。他从他们身旁穿过窄窄的门厅，他们的胸几乎要擦到他的肩，可没有一个人移一移或者动一动。当他从他们之间穿过门廊走进屋里时，他们的眼里只有狼一般的神情投在耶弗他的皮肤上。他一言不发，他们也没有对他说只字片语，他们甚至没有相互说话，他们中间没有一丝窃语。一整天，三兄弟都在屋内的走廊里来来回回地走；每一个脚步都传达出极致的微妙，尽管三兄弟都是笨拙之人。

雅悯、耶母利、阿祖尔一整日都在屋里踮着脚尖来回回地走，尽管他们的兄弟耶弗他病势危重。

傍晚，他们的母亲内胡什他离了床榻，立在窗前。可她一反往常的习惯，她并没有望向窗外看看外面发生了什么，却背对窗，盯着这孤孩。泽不伦的女人内胡什他白如白垩的手抚着她的头发。她对三个儿子说：

"从此，他，也，成了个孤崽子。"

儿子们道：

"因为他死了母亲。"

她小声交代着：

"你们都是大块头黑皮肤，唯独他一人十分不同，那么白净瘦弱。"

大儿子雅悯说道：

"白净瘦弱，我们可不这样。天黑了。"

就在那一晚，继母内胡什他突然到耶弗他在屋顶的房间来看他。她打开门，赤脚站在门口，就像皮特达以前那样，可内胡什他苍白的指间有支白蜡烛，那粒火焰猛颤着。当她走近床头，那只冷冰冰、湿腻腻的手挥过他额头，耶弗他看到她惨然一笑。她对他轻声说道：

"孤儿。现在睡去吧，孤儿。"

他不知对她说什么。

"你现在是我的了，瘦瘦的小孤崽子。现在睡吧。"

她用指尖抚摸了一会儿他的胸毛。接着停住了。

离开的时候，继母吹熄了灯。走时把灯和蜡烛都带走了。一片漆黑。

外边，风暴彻夜呼啸。风东倒西歪地将自己猛掷在宅子的墙上。柱子呻吟起来，木质天花板嘘嘘地、咯吱咯吱地响。院子的狗发了疯。牲口在黑暗中可怖地哞叫、哀号。

耶弗他站在门口望到天明，以防他们来。他咬紧牙关握着匕首。他想象他能听到门外很轻的脚步声来来回回地走，衣服窸窸窣窣地与石头摩擦着，楼梯口有声音飒飒作响。屋外，土狼恶笑，鸟儿尖叫，阴暗角落里的铁器哐当作响。宅子和农场屹立着，怪异而凶险。

晨光初现，耶弗他就从他房间的窗口溜了，叼着刀顺着藤蔓滑了下去。他从空空的庭院偷了面包、水、一匹马和匕首，向沙漠逃亡，躲避他父亲的儿子：雅悯、耶母利和阿祖尔。

基列人基列，这块地产的领主，没有出现在他的女仆皮特达那块给流放者预留的小块墓地边，葬礼后也没有，日暮时没有，黑夜里更没有。

太阳升起，风暴歇退。大漠尘沙吸干了所有池子里的水，在恶毒的阳光下，一切再次变得干旱耀眼。

这一大片一大片白色的广袤来得如此残忍强硬。

只有在岩石的缝隙中还残存着少量的水，被刺眼的阳光照得闪亮。有那么一刻，耶弗他想象着是这些空心石攫住了昨夜闪电的残骸。所有这些，他都曾在梦中见过。每一样事物，山川、沙丘、风和那炫目的闪光，都在一一召唤他，来吧，来吧。

几小时后，他的马已经载他远离了他父亲的家，他的脑子突然很清晰。去亚扪。时机成熟了，是时候该奔向亚扪儿女了。然后他再伙同亚扪人一起回来，给整个农庄放上一把火。火燃尽一切时，亚扪人耶弗他会出现在灰烬中，把老家伙不省人事的身体抱出来。他会在灰烬中把他放下，蹲伏下去喂他水，包扎他的伤口。基列一旦失去了他的妻子、农庄和他的儿子们，除了救他性命的儿子，他还能留下什么呢。

到那时，他们就可以一齐出门寻海了。

耶弗他离开的第二晚，在泥灯下，部族文书在族谱上记载：耶弗他将得不到他父亲宅子里的任何财产，因为他是妓妇的儿子。部族文书在族史中继续写道："黑暗和愤怒必定催生愤怒和黑暗。此事前前后后都无比邪恶：邪恶的他逃离了，邪恶的他们仍在。邪恶将是我们的最终归宿。愿神宽恕他的奴仆。"

五

耶弗他在亚备勒-基拉明城与亚扪人一起住了多日。自小，他就说他们的语言，知晓他们的律法和歌谣，因为他的母亲原本就是个亚扪女人，当年是基列人在突袭亚扪聚居点时掳走了她。

事实上，在亚备勒-基拉明城，他还找到了他母亲的父亲和她所有的兄弟，他们都是些大人物，不仅收养他，还带他去宫殿庙宇。亚扪王子颇为赞赏耶弗他，因为他的声音冷静高傲，眼里时有黄光闪现，且他惜字如金。

他们说：

"这人生来就是领袖。"

他们还说：

"似乎他确实总很安静。"

又说：

"难以理解。"

在旁人的眼里，耶弗他在射箭畅饮时，有时似乎动作缓慢，略显疲惫和踌躇。这是多么迷惑人呵：像把静卧在丝绸褶皱里的利刀。

他能使唤一个陌生人：起来，过来，走吧；那人就会起来，过去又走开，尽管耶弗他只动了动嘴唇，一声未发。即便当他对城里德高望重的长者发话，"现在说吧，我在听"，或者，"别说了，我没在听"，那长者也会因内心难抑的冲动而乖乖答道："是的，我的大人。"

他被亚扪城里很多女人爱慕着。像他父亲一样，耶弗他有一股与生俱来的悲凉的力量和不动声色的威严。女人渴望消融他的力量，渗透他的悲伤，同时也甘心顺从。夜晚，在丝绸被间，她们与他窃窃耳语：你这异地客。当他们肌肤相触时，女人们会尖叫起来。而他呢，缄默冷淡，知道如何从她们身上汲粹一曲喷溢而出的旋律，又或迟缓而纠结的曲调，它们炽热地膨胀拱起，几近忍无可忍，又耐性十足、夜复一夜、逆流而上，驶向灵魂的极限。

当时，盖特尔王统治着亚扪的子民。他是个少年君主。当耶弗他来到王跟前，王看着他就像个病弱的小子看着骁勇疾驰的战车勇士，王要求他给自己讲故事：让异地客给朕讲故事，好让朕香甜入睡。

就这样，耶弗他时常在日暮时分来给盖特尔王讲徒手擒狼，讲牧羊人和流浪人的战争，讲沙漠正午的铮铮白骨，讲午夜值勤时从沙漠升起的恐怖声音。

有时，大王会恳求，再多讲点儿，再多讲点儿；有时，他会哀求，别走，耶弗他，坐这儿直到我熟睡，外面很黑；又有时，他仿佛鬼魂附体，会突然恹恹地笑个不止，直到耶弗他把手搭在他的肩上，对他说："够了，盖特尔。"

亚扪王这才止住笑，让人怜爱的蓝眼睛望着耶弗他，乞求道，再多讲点儿，再多讲点儿。

渐渐地，盖特尔王让耶弗他成为了他的心腹，不论耶弗他眼里有没有出现黄色闪光，他总是入神地望着他的眼睛。

亚扪长老们对这一切侧目而视：一个从沙漠里来到城里的小奴隶，现在王却对他着了迷，我们得见机行事，切不可打草惊蛇。

盖特尔王酷爱读古史。他已立志要做一个强大的王者，征服大片山河。可是，由于他过于倾心文字，总是钟情于将来的编年史中有关他自己的文字，而不太关注胜利功勋本身，因而连最简单的问题也能勾起他深深的疑虑，令他饱受困扰。倘若他不得不选一个新男仆，或者下令建造一座新堡垒，或者，就总体而言，要在两套不同的行动方案中做抉择，他就会彻夜疑虑重重，自我折磨，因为他总是可同时看到问题的方方面面。

如果耶弗他屈尊提示他哪个方案更好，哪个则不会有好下场，盖特尔就会满怀感激和挚爱之情但他却无法向耶弗他表达哪怕点点滴滴，因为，去蛊惑那求取文字的人乃文字之道也。

他会说：

"我们骑马去亚罗玥或拉巴-亚扪，去看看无花果有没有成熟。"

接着又会说：

"或许我们不该去，因为今天的星象不宜远足。"

或者：

"我的耳朵和膝盖彻夜疼痛。现在我还牙痛背痛。再给我讲个关于之前你说过的那个男孩的故事吧，就是那个懂犬语的。别离开我。"

就这样，盖特尔王陷入了爱与困惑，每个早晨，倘若耶弗他没来宫里，他就会渴望地跺脚。而在宫中却埋下了秘密的憎恨。人们彼此相告：

"不会有好结果。"

亚备勒-基拉明是个欢乐的大城。那里美酒潺潺流淌，女人屁股浑圆，芳香阵阵，奴仆热情欢快，女佣随和，马儿疾驰。基抹和米勒公曾把欢乐撒向这座城池。日暮时分，喇叭为宴会而响起，夜晚，乐器与乐师竞相辉映，排排火把在城市广场中央燃至天明晨光显现，直至大篷车在城门穿梭。

耶弗他没有避开亚备勒-基拉明的欢乐。他眼见了一切，也尝试了一切，可每一样他都浅尝辄止，因为他的心在远处，他对自己说：让亚扪人在我面前嬉戏。同一晚，有三个，甚至四个女人拥向他，耶弗他也乐意和她们一个个寻欢作乐，而她们自己也同享共乐，他会在她们当中注入情欲的天谴、盛怒的鞭笞，有时，在所有的喧哗与骚动之后，她们会给他唱起歌颂广阔的水域、葡萄园中的雄鹿、苦难和恩赐的亚扪曲子，而他，则会倚在她们中间，像个被夜梦冲刷着的孩子般随波逐浪。晨曦初露，他会对所有人说，好了，走吧，够了。接着他会坐在窗前凝望晨光的指触，苍白的山尖，远处如火如荼的朝霞，还有最终升起的太阳。

夏天来了又去。秋风抓攫树梢。老马突然暴跳嘶鸣。耶弗他坐在窗前，想起了他父亲的宅子。他突然渴望能和部族祭司以及他三个兄长雅悯、耶母利、阿祖尔坐在一起，部族祭司会给他们读《圣经》。屋外，水在小渠中流动，果园藏匿在寂寥的忧伤中，藤蔓叶落下的时候，秋天的气息漫布葡萄园。这样的向往化作一支利箭刺痛了他，他的心灵在苦痛中翻腾扭曲。

他起身站在窗前，而身后的榻上，一个美人熟睡着，脸被秀发遮住，呼吸平稳匀称。在他听来，那就像一阵轻柔的夜风，陡然间他记不起那女人是谁，他是否已和她同床共枕，抑或他是否正要朝她而去，又为何如此，他不知道。

耶弗他坐在床端，开始给睡着的女人唱他母亲的歌。可他的声音粗涩，曲子也出来得刺耳难堪。他伸出手去用指尖轻触她的脸颊，可她没有醒。他站起来回到窗边，看到黑色云朵惶恐地匆匆往东聚拢，似乎东方地平线外发生了什么，他必须起来立刻赶到那里，就现在，以免为时过晚。可他不知道那地方到底在哪里，为什么会太晚，又是谁在召唤他走，他只对自己说：

"不在这里。"

然后，耶弗他还想：我的兄长阿祖尔不是亚伯，我也不是该隐。沙漠的白杨树神啊，别躲着我了。召唤我吧，召唤我，把我引向你。如果我还没有资格赢得你的青睐，那么让我受雇于你，成为你的刺客：我会在夜里以你之名携刀直奔你的仇敌，白天你可以随心蒙上脸，好像我们本是陌生人。你是狐神，你是秃鹰，我仰慕你狂放的力量，我不奢求你在我眼前展示你的真面容。我渴望的只是你的暴怒和你荒瘠的哀伤。无疑，愤怒和悲伤是个讯号，它告诉我，我以你的形象生就。我是你的儿，我是你的，夜晚你会把我带到你那儿，因为你那仇恨的形象造就了我，大漠的狼神啊。你是个困倦、绝望的神，不论你爱上谁，他都会因你的嫉妒而焚身火海。我要对你说，神啊，因你的爱，因我对你的爱，我必受诅咒。我知晓你的秘密，因为我即身在你的秘密中：你关注亚伯和他的献祭，但在你心里装的却是该隐，该隐才是你的所爱，因此，你把愤怒的关爱撒向了该隐，而不是他那心地单纯的弟弟亚伯。你选择了该隐而不是亚伯成为这片邪恶的土地上的浪子、亡命徒，该隐的神啊，皮特达的儿子耶弗他的神啊，他的眉宇间烙上了你形影的封印，你漫步在整片土地上，将那儿的人民、土地都盖上你的封印，荒瘠之神的封印。该隐是佐证，我是你形象的佐证，暗夜谷仓疯犬狂吠，熊熊燃烧在火林间的闪电之神啊，我了解，因为你就在我心中。我，亚扪女人的儿子，爱我的母亲，我的母亲在内心深处忠于我的父亲，在内心深处，我的父亲呼唤你。显灵吧。

亚备勒-基拉明城坐落在商队路线的交叉路口。薄暮降临，一长列一长列远道而来的商队车从城门下经过，满载着从埃及带来的财富，有亚述 ① 的香料、香水和铜，有腓尼基 ② 的玻璃器皿，有自以东地区南面来的芳香扑鼻的野味，朱迪亚 ③ 的葡萄和橄榄，幼发拉底的酒，阿勒颇 ④ 的丝绸，从海上蓝色岛屿来的蓝眼小男孩，赫

---

① 亚述（Assyria）：是兴起于美素不达米亚，两河流域，今伊拉克境内幼发拉底河和底格里斯河之间的国家。

② 腓尼基（Phoenicia）：是历史上一个古老的民族，生活在地中海东岸的黎巴嫩和叙利亚沿海一带，他们曾经建立过一个高度文明的古代国家。腓尼基人是古代世界闻名的航海家和商人，他们驾驶着狭长的船只踏遍地中海的每一个角落，地中海沿岸的每个港口都能见到腓尼基商人的踪影。

③ 朱迪亚（Judea）：古巴勒斯坦的南部地区，包括今巴勒斯坦的南部地区和约旦的西南部地区。

④ 阿勒颇（Aleppo）：叙利亚北部重要城市，阿勒颇省省会，全国第二大城市，位于接近土耳其国境的西北高地的绿洲上，距地中海和幼发拉底河均 90 多千米。奥斯曼帝国时为近东最大贸易中心。

梯①妓女，手镯，没药②和妾侍；夜幕下，所有东西都聚集到围墙里边，大门闩了起来，整座城里满是火把的光亮和喧嚣。有时，金色穹顶拢住了一线掠过的火光，似乎闪耀出血与火，所有庙宇都溢出欢欣的旋律。

耶弗他沉溺流连于美酒、女色和宫廷生活之中。纵使奢华尽享，耶弗他仍满面怒火。夜里，他在榻上被城中最美艳的女子爱抚；她们像迷乱的小鸟啜饮他冷漠的力量。她们的嘴唇在他胸前的毛发间扑动，她们对他窃窃私语：你这异地客。他不言不语，却把眼珠内翻，因为在四周，它们再找不到别处。

渐渐地，城中猜忌四起。亚扪的要人显贵纷纷因为他们的妻女、王对耶弗他的恩宠而饱生妒意。长老们在议事会上放言：亚扪伺候盖特尔王，盖特尔王像个女人似的被基列人耶弗他左右于股掌，这个耶弗他却不是我们自己人，他只属于他自己。

这番话传到了王的耳中，他对自己喜爱耶弗他而深感惭愧。夜里，他常自言自语道："为什么不杀了这个金发男人？"

可他犹豫了，因为他总能看到问题的两面性。

当长老们的话传到了他耳里，当谣言悄然流传，说什么王在异乡人面前就像个妓女，他的眼里就会盈满泪水。年轻时的他，总是

---

① 赫梯（Hittite）：位于小亚细亚的卡帕多细亚，是一个亚洲古国。
② 没药（myrrh）：来自一种会渗出芬芳树脂的灌木或乔木，可用以制成香水和香精。

梦想着像历史上某个伟大的王那样南征北战，可他不知道如何开战用武。每当他踏出宫外，阳光就照得他眩眩晕晕，马匹的气味让他的牙齿咯咯打战。因此，有一天，他召来了耶弗他，对他说道："带上人马、双轮战车和矛，带上马和马夫，带上祭司和术士，赶往基列领地，征服你母亲受奴役的土地。如果你拒绝，那么就证明长老们是对的，你不是我们自己人，不过是个异乡人。我是金口玉言。给我拿杯水来。"

那晚，耶弗他梦到了沙漠。梦中，他在攀爬大漠上的一处峭壁，却被半途中一块岩壁堵住了去路，因为它和西顿①玻璃一样滑溜，既不能往上爬又不能往后退，只能闭上他的眼睛，因为他脚下是处悬崖，千尺以下是片片锋利的白岩。狂风像头野兽在他耳边哀号。就在那时，他感觉到一只女人的手在抚摸他的背，她的触摸唤醒了紧攀岩壁的他，他多么渴望就此罢休，奔向女人召唤他的那个地方。山洞深处，阴风阵阵，火光惨白可怖，可女人就在身边，况且周围还有寂静、凉水，和安睡。

早晨醒来时，他知道他在亚扪的日子到了尽头，是他离开的时候了。城外是参天的棕榈树和金圆顶塔。当晨光触及那片金色，整座城熠熠生辉起来。这是种令耶弗他猝不及防的伤感。他曾天真地

---

① 西顿（Sidon）：黎巴嫩地中海沿岸古城，南黎巴嫩省行政中心。为最古老的腓尼基城市之一。

以为，他起来了就可以一往无前，不再回头。他几乎改变了主意。仿佛这座城市用尖爪攥住了他的长袍，不愿放他走。

但盖特尔王下了紧急命令："我的战争在哪里哟，我可等了一整天了，哪有什么战争，啥都没有，你在等什么，耶弗他。"

耶弗他没有再迟疑。

他策马逃向大漠。

他并非独身一人，他还带了他的女儿，是其中一个女人给他生的。

皮特达在他父亲的马背上出了城，她被带进沙漠时只有七岁。像她母亲一样，她是个亚扪人，在女仆、宦官、丝绸中度过了童年。耶弗他在亚备勒-基拉明城中已生活了十年。

他们离城经过粪厂门①时，皮特达欢心地大笑，因为她喜欢骑马；她高兴地猜想，她不过是去沙漠骑行一天，傍晚她又会被带回到母亲和猫咪身边。可当荒野的第一个夜晚降临时，她开始警觉地尖叫，跺脚，她咒骂她父亲，甚至用短短的壮腿踢马肚子。她的嘴巴气愤地噘着，多么叫人怜悯的情景啊。

直到沙漠的声响抚慰她睡去，她才消停下来。

清晨，耶弗他给了她一根芦苇做的小管子。皮特达会吹女伶们在夜晚的城市广场唱的亚备勒-基拉明小曲。有几首他的母亲皮特

---

① 粪厂门（Dung Gate）：耶路撒冷旧城的一座城门，位于城墙的南侧东部。

达还曾给他吟过。她吹的时候，耶弗他听到基列农庄果园中有水在沟渠中奔流。每当她叫出父亲这个字眼，他的心也跳出来随她去了。他骑得很慢，而为了让她忘却沿途的炎热和不适，他给她讲了一个又一个故事，讲了徒手杀狼的事，还讲了他那懂犬语的兄长阿祖儿。那天，耶弗他说的话比他一生中的任何一天都多。

几天后，皮特达不再一个劲地吵着要母亲，要家。他告诉她，他们的目的地是大海。当她问海的样子，他答道，海是一片巨大的丘陵地，只不过那儿的山丘上不是沙，却全是水。当她问那儿有什么，他答道，那儿也许有和平宁静。当她问为什么土地没有像吸干水一样立刻吸干海时，他不知如何回答，只是说：

"现在快把你的头遮起来躲太阳光。"

皮特达说：

"我们什么时候才能像你说的那样到达海呢？"

耶弗他说：

"我不知道。我从没到过那儿。瞧，皮特达，有只蜥蜴；现在跑了。"

有时，当她抬头望父亲，她的眼里会有一抹倦容。可能是她厌倦了沙尘和毒阳，也许那只是她的警觉。夜晚，他会把她裹进他的斗篷里，躲避刺骨的严寒。

月亮开始阴亏时，耶弗他和女儿到达了一处名叫陀伯地的地方的一个山中洞穴。那里有一眼泉水和几株橡树，橡树投下了一片幽深而柔软的暗影。泉眼旁有几道沙漠游牧人用来给他们肮脏的畜群汲水的长满苔藓的石槽。他们在山坡上支起了黑山羊毛帐篷。正是在那儿，皮特达学会了拾柴火在洞口生火。耶弗他会去打猎，扛回一头雄獐或是一只乌龟，在火上烤。

夜晚，他们看着亏了一角的月亮在山峰边缘缓缓滚动，月亮仿佛须先谨慎地检验过沙漠表面才敢在它上面泻满银色的苍白。月光下的锯齿状山峰，看似一张张干渴的下颚。

一大早皮特达会下去槽里取水，光脚回到她父亲身边，用手在他脸上洒几把冷水叫醒他。他起床后，皮特达会吹奏她的芦苇管，而耶弗他则静静地坐在一旁，仿佛享用美酒般享用那乐声。

游牧陀伯地的沙漠流浪人全是反叛者或弃儿。耶弗他加入了他们。形容枯槁的女人们整天抱着这小女孩，对她关爱有加，因为在陀伯地，还没有孩子出生过呢。这块土地上的居民不安地徘徊于沙漠平原与高山峡谷间。陀伯地时常遭到突袭，不是亚扪军队，就是发誓要杀尽游牧人的以色列伙帮。这些流浪人都是亡命之徒：有杀手，有躲避追杀的，有定居地难容其仇恨的怀恨者，亦有猎犬常随踵后的可恨之人；那里还有占卜师，还有以根茎药草为生，不想给这个世界再添苦痛的梦想家。

这片土地上方绵延着生铁水般的天空；土壤是铜红色的，被烤焦，晒裂。但陀伯地的夜却似黑酒般力道无穷，让人陶醉。每个夜晚，舒心的清凉静静降临在万物之上，给流浪人，给肮脏的畜群，给这片绝望的荒原带来解脱。

有一天，耶弗他和他的女儿被带到游牧部落族长跟前。

那是个形容枯槁的精瘦老头；他的脸像片枯叶，只有他下颚的线条还保留着曾经的力量与残忍的痕迹。耶弗他站在他面前那条干河床的沟渠中。他沉默着，因为他选择先听族长会对他说什么。那老头也懒洋洋地躺在他的灰骆驼上，等着陌生人先开口。他们沉默了好长时间，两人都以近乎顽固的耐心检验着对方沉默的定力，稍远处有一圈瘦女人将他们围在中央。

族长像只蜥蜴坐在太阳下，眼睛一眨不眨。耶弗他面如石雕，站在他的骆驼前，双脚仿佛立地生根。脚边的女儿皮特达在沙里挖着，掘着，试图找到蚂蚁的家到底在哪儿。万籁俱寂。只有两个男人的影子，一个骑在他的骆驼上，另一个在原地站着，不时轻缓地动一动，太阳爬到了白白的高空。这是一段冗长的沉默。最终，老头用嘶哑的声音发话：

"你是谁，陌生人？"

耶弗他答道：

"我是基列人基列的儿子，大人，母亲是个亚扪女仆。"

"我没问你的名字，也没问你父亲的名字；我问的是，你是谁，陌生人。"

"就像你说的那样，我是个陌生人，大人。"

"你为何来这地方。你是亚扪人或以色列派来暗中监视我们的，想把我们出卖给我们的宿敌吧。"

"我与以色列无丝毫瓜葛，亚扪子孙的遗继也不与我相干。"

"你陷入了极度的渴望，陌生人。我看得出你的眼像渴切的双目般内翻。你膜拜的是谁？"

"不是米勒公。"

"你膜拜谁。"

"大漠夜晚的狼神。他仇恨的形象铸就了我。"

"那女孩又是何人？"

"我的女儿皮特达。她变得一天比一天更像沙漠了。"

"你是个勇士。和我们一道去劫掠和杀戮吧，就像这里的年轻人一样。今晚就加入我们。"

"我是个陌生人，我的大人。我这一辈子都在陌生人中度过。"

六

耶弗他在陀伯地的流浪人中很得宠。

渐渐地，他同他们一起抵御入侵者，参与了他们对定居点的几次劫掠，因为这些游牧浪人痛恨所有的居民。夜半，他们似鬼魂一

252

般一溜烟潜入农庄围篱。遇害者悄无声息地咽了气，杀手也同样悄无声息地偷偷潜逃。他们随身带了刀子或匕首。还有火。早晨，亚扪地或以色列的农庄废墟中就会冒起烧焦灰烬的浓烟。在他们之中，耶弗他的威信越来越高，因为他天生具有领袖禀赋。他只动动嘴就能让别人任他摆布。他少言寡语，一如既往，因为有天晚上，耶弗他的人偷偷溜进了基列人基列的农庄，那儿已经到了沙漠边上，基列地的边境。

漆黑的果园和茂密的藤蔓叶掩映的老宅间，许多个暗影沿着小径疾走到黑火山岩铸成的屋门前。但耶弗他没有允许他们将这宅子连同它的主客一炬成灰，因为从他的仇恨间陡然升起一股渴切，他想起他父亲在那遥远的时日对他说过的一席话。你像你父亲一样被毒害了。你有你的感觉。我有我的感觉。每个人冷暖自知啊。有只蜥蜴。又跑了。

他匍匐着饮了一口灌渠中的水。在发出了一记尖锐的鸟哨声之后，他的人聚拢了起来，未对农庄放火，而是一道溜进了荒野。

游牧浪人用同样的方法洗劫亚扪和以色列。人人抗敌，凡遇之必杀之。昼间，他们在岩缝、石隙、洞穴昏睡，布满苔藓的石槽边，精瘦牲口黑乎乎的轮廓散落在橡树荫下。消瘦的黑袍女人白天看守牲畜，太阳以它白热的恨意消融了一切。晚上，流浪人从隐匿处出现，突袭定居点。回来时，他们唱着凄苦的歌谣，好似一串拉长的哭号。间或会有某人唱到一半大叫一声，然后突然又安静下来。

皮特达也颇得游牧人的宠爱。她是个阴郁美十足的姑娘，她的行动总如梦似幻，仿佛她的身体是由脆弱易碎的质体拼就，仿佛她脚下的黑土和她指间的玩物统统渴望破碎，因而她总得小心翼翼。

苦难的女人们喜爱皮特达，因为陀伯地还未曾降生过婴孩。她还跑到山坡和巨砾边吹芦苇管，即便压根没有人听。无论何时在远处听到她的乐声，耶弗他都会觉得那似乎是葡萄庄园中拂过他父亲领地的风语，是淌过果园树荫下沟渠的沙沙水声。皮特达醒时亦睡，假若她给他讲了她的一个梦，或者她突然唤他一声"父亲"，耶弗他的心都会陡然间动情动容。

他疯狂地爱着她，但不论何时抚弄她的头发，拥着她的肩，他都小心翼翼，因为他能忆起当他还是个小男孩，他的父亲基列抱他时的情景。他会说：

"我不能伤着你。只给你我的手。"

然后小姑娘会回答：

"可你那样子看着我，我忍不住要笑了。"

他疯狂地爱着她。每当他想到某天会来一个陌生男人把她从他身边带走，他的血液都要在血管中沸腾起来。某个矮胖的男人会将她扣在毛茸茸的手臂间，身上散发出汗臭和大蒜味，舔咬着她的嘴

254

唇，笨拙的手指会往下向她敏感的隐窝挠去。看到他血红的眼睛，她会咯咯大笑起来，他用匕首的刃面冷却灼烧的眉，悄声对她说："吹吧，皮特达，吹吧。"接着，他会坐下来听乐声，仿佛渐渐失了明，直到他的愤怒消退，只有一抹燥燥的悲凉好似烟味还滞留在他喉间。有时，爱的力量让耶弗他野蛮地怒吼，就像他的父亲对他一样；有时，他也渴望在夜里能调制她的药水，用巫术驱走咄咄逼近的邪恶。

耶弗他和游牧浪人能在眼皮子底下看着她在一天天长大。假如她不和憔悴的女人们出去拾柴火或给牲畜喂水，她就会坐在水沟旁玩小河里的鹅卵石，搭塔、墙、城堡、角楼和门，她会突然欢欣地把它们都推倒，咯咯大笑起来。当蓟盛开的时候，她也会编蓟花花环。她似乎在梦中，噘起的嘴微微张开了。有时候，她用晒黑的小手高高举起她找到的一块发白的骨头，为它歌唱，朝它吹气，甚至将它凑近她的发际。

她懂得怎么在灌木枝上刻小人像、疾驰的骏马、休憩的羔羊、拄着拐杖的黑老头。有时候。一些不好笑的怪事也会让耶弗他的女儿呵呵直笑。要是有个女人在往骆驼上捆包袱，而骆驼受了惊，所有的包袱散落在地，皮特达会轻轻扑哧一笑。或者，要是有个游牧人背对她站着，他的头静静地向前倾着，就好像他在岩间撒尿时坠入了沉思，她就会抑制不住地笑起来，即便那人发了怒，朝她大吼，她仍笑个不停。

如果有个男人突然张着嘴，舌尖伸在两齿间，瞪大眼睛盯着她，皮特达就会放声大笑。要是耶弗他见到有个男的盯着他的女儿，他的眼里就开始露出凶狠的怒意。皮特达会笑得更厉害，其目光前前后后移动着，似乎在两人之间画着线条。即使他大吼一声"够了"，她仍笑个不停；有时候，她的笑声会感染他，他也会大笑不止。年轻的游牧人将这一切诠释为幸福，可女人们却认为这不会有什么好结果。游牧族人的妻子们教皮特达编织、煮食物、挤羊奶和驯化躁性子的雄山羊。那姑娘能将这些事轻而易举地搞定，可她总那么心不在焉。

有一次她对父亲耶弗他说：

"晚上，你出去打仗，胜利而归；白天呢，你就睡觉，力气还及不上叮在你脸上的苍蝇呢。"

耶弗他答道：

"人人都得睡觉。"

皮特达说：

"蛇就不用，它们连眼睛都闭不上，因为它们根本没有眼睑。"

耶弗他说：

"《圣经》上说，蛇比地里任何牲口都狡猾。"

皮特达说：

"比地里任何牲口都狡猾，那多悲哀呀。晚上从不睡觉，从不

256

合眼做梦，那多悲哀呵。如果蛇真的狡猾，它就有方法闭上眼。"

"你呢。"

"我喜欢看你晚上打仗回来睡在地上，苍蝇在你脸上爬来爬去。我爱你，爸爸。我也爱我自己。还有你从没带我去过的那些地方，傍晚太阳落下的地方。你已忘记了海，可我还记得。好了，把斗篷罩在头上哼哼叫吧，我要看你笑。"

梦里，耶弗他看到一列侯爵和有权势的男人来向他的女儿求婚。他们一副邪恶相，就像恶犬，只有用棍子或石头才能将他们赶走，因为皮特达不属于他们。缓缓地，沉沉地，他的父亲基列出现在耶弗他梦里，他也伸出他那宽大粗糙的手去触摸皮特达，她从他身边跑开去，躲在石槽后，他去追她，耶弗他从梦中叫醒。或者呢，在他梦里就出现那些男孩子，阿祖尔、雅悯、盖特尔和耶母利，他们都围着皮特达，上百根惨白的手指在撕扯她的衣服，她与他们一起笑闹，他一看到他们就尖叫起来，因为他们全都没有眼睑，他们的眼睛得圆滚滚的，一眨不眨地、怔怔地看她，他们把她围在正中，他大叫一声醒了过来，发现自己握着匕首双手颤抖。

触摸我吧，耶和华，你从未触摸过我，我们还要等待你多久。伸出你的手触摸我，用你如火的指尖。这儿，我在山巅，在你面前，手托羊羔以作燔祭，看到了火光看到了林子，可刀子在哪儿。我乞求你的形影一辈子在我左右。倘若你出现在山林，我就化作燃烧的灰烬。倘若你在新月，抑或水心的月影中熠熠闪光，你的奴仆就在白沙间，就在深水底。倘若犬群嗥叫，在它们的吠声中倾诉衷肠，这昭示着你的慈爱与愤怒。赐予我你的愤怒，耶和华，容我沐浴其中，是的，你这孤独的神，而我亦是孑然一身。除了我，你不会有其他的奴仆，我就是你的儿，此生见证着你诡秘的恐惧，哦，夜晚的山猫神啊，你出没在死寂的河床，一夜又一夜。

耶弗他渐渐成为了游牧浪人的首领。他少言寡语，而一旦开口，也是声音细柔。要听清他的话不得不倾身靠近，洗耳恭听。

那时，亚扪王入侵以色列。他征服了所有的城市和农庄，人民沦为奴隶。一些成功逃走，其余的还在盖特尔王的淫威之下。这个王从未离开过他的宫殿，只用一卷卷圣旨诏书向他的将军们下达命令，他还在撰写一本《盖特尔王征战史》。

一天，耶弗他的三个兄长雅悯、耶母利和阿祖尔来到陀伯地的沙漠，来到耶弗他居住的地方。他们从亚扪人那逃来这里，因为耶弗他早已声名远扬，因为他和他的游牧团伙，这群"耶弗他帮"，在亚扪军队的背后偷袭，劫了商队，像小鸟逗笨熊般愚弄了大王的卫兵。

耶弗他没有对他的兄长们隐瞒他的身份。却也没有抱住他们恸哭。随着时间的流逝，他的两个大兄弟变得愈加粗壮。老大雅悯现在是个身材魁梧的男人，长得既不像他父亲也不像他母亲，倒是和部族祭司有几分相像。耶母利的脸上总去不掉那抹谄媚的笑意和好

258

色的眨眼，它们好像在说，来我家吧，我的朋友，咱们来寻欢作乐吧。只有最小的兄长阿祖尔练出了像疾飞的箭那样的速度和敏锐。和泽不伦的女儿内胡什他的两个儿子相比，他更像他同父异母的弟弟，亚扣女人的儿子。

当三位兄长在游牧人的首领面前鞠躬俯首时，耶弗他说道：

"起来吧，逃亡者。别向我鞠躬。我不是约瑟夫，你们也不是雅各的儿子。起来。马上。"

大哥雅悯像念稿子似的说道：

"我的大人，我们来这儿是向您禀报，亚扣敌已占领了家父的领地。现在我们的父亲老了，无力抵抗。我们，您的奴仆，我们请求您：奋起吧，耶弗他，挽救你父亲的宅地，除了您，没有其他人能击退亚扣蛇。"

他们恳求耶弗他，耶弗他却一言不发。他只下令将他们在战队中留了下来。日复一日，他们对他说：我们的大人还要等待多久。他没有给他们答复，也没有加以非难。他在内心呼喊着，耶和华啊，赐我一个旨意。

"耶弗他帮"掠夺了亚扣军队。夜晚的亚备勒-基拉明一片恐慌，因为"耶弗他帮"袭击了商队大篷车。耶弗他的人和他们的首领一样地敏捷机灵。夜晚，他的脚步似一阵微风一触轻拂。月黑风高夜，他遣杀人不见血的刺客去刺杀亚扣首领。每当听到风声、狼嗥和猛禽的声音，盖特尔的士兵就会吓得魂飞魄散，唯恐是耶弗他的游牧人使诈伪装出了这一切。"耶弗他帮"翻过拉巴-亚扪的城墙，渗入亚备勒-基拉明城的广场和庙宇：他们白天假扮成商人随大篷车入城，夜晚便散播恐慌，早晨他们又随风而去，销声匿迹。长此以往，盖特尔派出了他的军队追踪这股风。在他的征战史中，他这样记载道：

"无疑，偷袭后便逃之夭夭，此乃懦夫之行径。让他们光明正大地来，让我们面对面较量，我必将他们打得落花流水，还天下以太平。"

可是，耶弗他帮并没有堂堂正正地来。一天又一天，游牧人的首领伫立在山头，背对营地，面朝旷野，仿佛在等待某个声音，某种气味。

后来，盖特尔传话给耶弗他：

"你是个亚扪人，耶弗他。我们是兄弟。为什么我们要互相残杀？如果你愿意来，我会封你为老二，一人之下万人之上，在亚扪以色列城中，要是你没发话，没人敢轻举妄动。"

游牧人首领特遣他的副官阿祖尔给盖特尔王回话，他这样表示：

"盖特尔，我不是你的兄弟，也不是你父亲的儿子。你知道我只是个陌生人。我不为以色列而战，我为一个你从不相识的人而战。蒙他的恩泽，我会将你和你的敌人都带到我的剑下，因为这一生一世，我始终是个陌路人。"

七

皮特达在陀伯地的帐篷中做了个梦。梦中，她成了穿着嫁衣的新娘。侍女们托着竖琴和手鼓在她周围起舞，她的臂上套着镯子。

当她把梦告诉了她父亲后，他陷入了惶恐。他摇着她的肩膀，狂暴地对她低声耳语："告诉我新郎是谁。"他恳求她时，他的手把她的肩膀扭得生疼，她突然笑出声，就像她时常无来由地大笑。接着，他就用手背胡乱捆她的脸，大叫道："谁是你的新郎？"

皮特达说道：

"你看着我的样子就像个凶手。"

"那是谁？告诉我那是谁。"

"梦里我看不清他的脸。只感觉到他热络的呼吸。瞧你，嘴唇上都沾了唾沫星子，快走，去溪里洗洗你的脸。"

"是谁？"

"不许再打我了，要不然我会大笑，让全营地人都听见。"

"是谁？"

"你不是知道我的新郎是谁么？为什么对我大吼大叫，为什么你哆嗦得这么厉害？"

261

她站着大笑，他用一种恍惚的眼神望她。他闭上眼，他的嘴唇告诉他："我当然知道，为什么我如此震惊。"当以色列长老们骑马要到他跟前俯首行礼时，两人仍相对而立。

他睁开眼，看到他们来了，他的父亲基列也在其中。他依旧像以前那样魁梧丑陋，只是胡子变成了花白。

顾及到沙尘，以色列长老们提起了长袍的褶边。他们在游牧人首领面前伏地贴面。只有基列一人没有鞠躬，也没有向他儿子行礼。一股洋洋的蜜意开始流过耶弗他的血管，这样的快意空前绝后。

他向长老们发话时，努力控制着自己的声音：

"起来吧，以色列长老。你们此时鞠躬叩拜的可是个妓女的儿子啊。"

可他们仍跪着一动不动；他们只是你看看我，我看看你，不知如何是好。沉默之后，基列人基列说道：

"你是我的儿子，将把以色列从亚扪手中解救。"

耶弗他远远凝视着他们那受了伤的自尊，仿佛那是个伤疤。他被一阵悲凉触动，却并非长老们的悲凉，也许压根算不上悲凉，而是一种与温柔相去不远的东西，一股大地被烧焦了的滋味。他温和地对他们说道：

"哦，以色列长老啊，我是个陌路人。没有哪个陌路人会在你们的战争中为你们冲锋陷阵，除非营地出了内鬼。"

闻此，长老们站了起来。他们说道：

"你是我们的兄弟，耶弗他，你是我们的兄弟。看，今天我推举你父亲基列成为以色列士师，而你，我们的兄弟，会成为我们的军中首领，你会助我们抵抗亚扪人；成了你父亲军队的首领，你也就成了我们的统帅，你也就能驾驭你所有的兄弟，耶弗他，因为你自小就精通战术。至今，牧羊人还在篝火旁传诵你徒手擒狼的故事。"

"但无可否认的是，你们恨我啊，长老们；一旦我替你们将亚扪人打得一败涂地，你们反倒会追捕我这个叛奴，我的父亲也会将我丢入牢笼，因为他是以色列士师，而我，是游牧人和妓女的儿子。"

"你是我的儿子，耶弗他。你是我那徒手摸火、擒狼的孩子。如果你回来助我们击退亚扪人，我会在你所有弟兄面前祝福你，在我有生之年，你亦能呼风唤雨。"

"你们为什么不能让我安静一会儿，长老们。还有你，以色列士师：别再步步相逼。你们不是孩子了，为何还要再和我玩这些把戏？现在走还不迟，省省你那业已灰白的脑子吧，带走你的祭司和所有的文书吧。别纠缠我了，我能识破你们的奸谋。耶弗他不会成为以色列的战马，这个老头也不可能骑上我的背。"

接着，基列人基列说话了，双唇紧合，仿佛要使劲扭断一根铁链。

"你父亲不做以色列士师了。由你来反击，也由你来做士师。"

长老们沉默不语，听闻这些话他们瞠目结舌。

耶弗他眼里曳过一缕黄色的闪光，他像只狐狸般轻声说道。

"倘若你真心推举我为今日以色列的士师，那么现在以耶和华的名义向我起誓吧。"

"耶和华在上为证：命你为士师。"

"一个妓女的儿子成为了你们的统帅。"耶弗他的狂笑惊动了马匹。

长老们默念道：

"我们的统帅。"

"立刻给这个老头铐上镣铐。以色列士师命令你们。"

"耶弗他，我的儿——"

"将他丢入地窖。这是我的命令。"

第二天耶弗他检阅了部队，委任了大帅和首领。他派遣他的两位兄长雅悯和耶母利从以色列部族中速速召集勇士。派他的副官基列人阿祖尔带信给亚扪盖特尔国王。

"滚出我的领地。"

次日黄昏，以色列士师下令在营地中央支起一个巨大的贵宾帐，吩咐来人把他的父亲从地牢安置在此帐中，还设以美酒女仆。

对女儿皮特达，他说道："如果老头将酒罐掷碎在地，吩咐仆人赶紧换上新的。如果他打破了第二只，那么为他再取，因为此公爱听玻璃碎裂的声音。让他尽情摔吧。只是你自己别擅自闯入那帐篷，别笑了。快走。"

亚扪王盖特尔心烦意乱，白天，他的士兵被耶弗他帮逐个击毙，夜晚，他们就像被这片土地吞咽下去了一般。他派出军队追捕他们，可那就像追一阵风。他成了摩押和埃多姆的一大笑柄：蝇子叮得狗熊乱舞。

盖特尔经由副官阿祖尔给耶弗他带了个口信：别多管闲事，耶弗他。你是个亚扪人，为何要与我反目？我如此深爱你。可耶弗他对盖特尔再了解不过了，他明白他立志成为史上最强大的王者之一，可远处的马臊味都能令他头晕目眩。通过来去往复的使节，以色列士师平静地与亚扪王发动了一场文字之战：这片土地究竟归属于谁，谁的祖先最先于此安营扎寨，所有的史书都如何记载，又是谁占据了正义和真理的一方。最后，盖特尔设想他不得不发动一场纸上战役，于是，他下的诏书一卷垒一卷。

以色列长老们来到士师帐中上奏道："苍天在上，时间在一分一秒流走，亚扪人在吞并所有的领土，倘若再迟疑，便没有什么给我们留下的了。"耶弗他一味听着，默不作声。长老们继续禀告道："带口信给以东和阿拉伯，派使节去埃及和大马士革，孤军奋战我们将一败涂地，亚扪对我们来说太过强大。"耶弗他仍一言不发。

可内心，他琢磨着：

"哦，耶和华，再赐予我一个旨意吧，我会为你献上遍野横尸，如你所爱，我大漠夜晚的狼神啊。"

有一天晚上，皮特达又做了一个梦。她的新郎从暗处走来，低声对她说："来吧，我的新娘，起来吧，是时候了。"

早晨，耶弗他听了她的梦，这一次，他沉默了，但他的脸阴沉了下来。他这辈子一直被梦追随左右，像那父亲那样，他相信从我们降生处托来的梦，也会在死时随我们归回原处。他自言自语道："是时候了。"那姑娘咯咯大笑起来。

一小时后，号角吹响。

整个营地聚集到斜岩坡上，阳光嬉戏于长矛护盾之上。部族长老们陷入了恐慌，寻思着合适的言辞阻止他发动全部兵力孤注一掷冲破亚扪城墙，强大如亚扪，以色列也许再无法从这场灾难中复原；无疑这个蛮子决意把以色列的头往亚扪石墙上砸。但以色列士师在一片哀求声中起身离开了帐篷，站在帐前面对军队，这一次他的女儿皮特达伴在他身旁。他把手搁在她肩上，他出声时，他死去母亲的声音似乎回响在他的声音之中："哦，耶和华，倘若你将亚扪之子交在我手中，那么我从亚扪之子那里平平安安回来的时候，无论什么从我家门口出来迎接我的就必归你，我也必将它献上为燔祭——"

"他会将亚扪之子交于你手中。现在，你们，我的婢女们，快去为我准备嫁衣。"这阴郁美十足的姑娘说道。人们欢呼着，马儿嘶鸣着，她大笑不停。

基列人耶弗他从他在陀伯地的藏身处现身，鉴于亚扪的强大，须攻其要害，将其防御夷为平地。他横扫村落，推塌钟塔，焚烧寺庙，夷平塔楼，粉碎金穹，给飞鸟扔食般地接济妻妾妓女。

战斗进行得如火如荼，盖特尔被一剑击中，亚扪已从亚罗珥与米匿之间的二十座城邑，乃至亚备勒-基拉明城溃退，一路诛戮，天黑时，亚扪败北，盖特尔赴死，耶弗他依旧沉默。

八

人的生命就像水流入沙。他腐烂在这片生来就未知、死去仍不识的土地上。像个无可挽回的影子那样消退。可有时，梦还会在夜晚回来纠缠我们，而我们明白，在梦中，没有什么真正逝去，没有什么被人忘却，一切总是依然如昨。

死者在梦中归家。逝去忘却的日子会完整重现于夜梦中，历久弥新再焕异彩，无分毫差误。许久前秋晨的湿尘味道，灰烬业已四散在风中的烧毁的宅子，死去女人的翘臀，远夜中祖先向月而吠的犬，又一次徘徊在我们左右：一切的一切鲜活复原，在我们梦中呼气喘息。

犹如在梦中，基列人耶弗他立在他父亲的宅子门口，他就降生于这道围篱之内。在这片果园的暗影中，他第一次感受到那一只手的触碰，从那儿，多年前他远走天涯：一分不差，丝毫无漏。围篱和果园依旧立在他面前，藤蔓仍覆满宅子的四墙，用怀抱掩住了里边漆黑的火山石。水在沟渠中潺潺流动，而在那树下，有阴凉私密的渴望。

耶弗他像被梦迷住了似的抬头凝望那宅子，只隐约瞧见个阴郁美十足的女子哼着歌谣出门迎接他。在她之后是托着小手鼓的婢女，手拿烟管的牧羊人和他魁梧、痛苦的父亲基列。雅悯、耶母利和阿祖尔也在小道上，透过窗口能看到他们那一身白衣的母亲泽不伦的女儿内胡什他，她的唇边挂着一抹苍白的笑意。所有的狗都在吠叫，母牛低哞，部族文书、祭司和秃头的侍从都在那梦里，无一遗漏。

婢女们都跟在她身后，身着白裙拍打手鼓歌唱：耶弗他杀了敌，耶弗他杀了敌；人民欢呼，火把照亮了基列的整个米斯巴。

她出来的时候似乎在飘，仿佛她的双脚不屑触碰道上的尘土。如瞪羚下水，皮特达也向她父亲迎去。她的嫁衣闪着熠熠白光，睫毛遮住了她的眼，当她抬头看他，他听到她的笑声，他看到她眸中燃着火与冰的绿焰。婢女们唱着：耶弗他杀了敌杀了敌杀了敌，皮特达的臀似乎随着诡秘的节奏不住地扭动，她身形修长、赤着足——

以色列士师昏昏欲睡地立在他父亲的宅子门前。他面容燥热枯槁，饱经风霜，他的双眼内翻。仿佛他已死一般地疲惫。又似乎神游于梦。

当基列被雅悯、耶母利和阿祖尔用轿子抬出时，人民的欢呼声渐趋响亮，军队高呼着："最幸福的乃是父亲，最幸福的乃是父亲。"基列的整个米斯巴都被火把点亮，嘈杂的手鼓声化作欢乐的狂欢。

阴郁而美丽的皮特达把胜者的花环戴在她父亲头上。接着，她默默把手遮在他眼前，说道：

"父亲。"

当他女儿的手指触到他的眼睑，耶弗他觉得像是沙漠中烤干的乱石忽然被浇洒以凉水。可他仍不想从昏睡中苏醒。

他又累又渴，蓬头垢面的身体还沾染血迹尘污。有那么一会儿，他思念起那天被他焚毁的城市，亚备勒-基拉明，在那里一个个金穹堡垒直插天空，早晨的太阳触摸着那抹金色，病快快的少年国王恳求着：耶弗他，别离开我，天黑了，给我讲个故事吧。大篷车在暮色和驼铃声中穿过城门，女人的嘴唇在他胸前的毛发间扑动，轻唤着异乡客，夜晚到处是灯色乐曲，他的剑刺入体衰的大王的咽喉，漫着血气戳穿了他的背颈，奄奄一息的盖特尔说道：这是个多么丑恶的故事，城市陷入火海，燃着的女人们从屋顶纵身跳下，烧焦尸体的气味，尖叫——

他静立在他父亲的宅子前一动不动，他闭上眼。

这时，老基列挥手示意歌手乐手和欢呼的人群安静，让以色列士师说话。

所有人都停下来倾听。只有火把在静默的风中战栗。

以色列士师张开嘴想对他的人民说些什么，可突然间他瘫倒在地，高嗥起来，像头中箭的狼。

我的母亲大人，他的嘴唇默语道。在场有位部族长老暗自思忖：此人靠不住；他不是我们的人。

九

她问了他两月有余，而他，仿佛把什么都忘掉了，对她说道：

"离开这个地方，去另一个国家，再也不要回到我这里。"

姑娘笑答：

"把斗篷罩在头上哞哞叫吧，我们都要看你笑。"

他呢，在热望中分外失落，说道：

"瞧，皮特达，围篱上有只蜥蜴。现在跑了。"

两个月来，她浪迹山间，她的婢女们跟随其后。牧羊人一见她们过来就逃。当她途经某个村庄，村民们闭门不出。她们一袭白衣，沿着月色倾泻的峡谷边默默行走。在这披靡着萧条银光的死寂山头，如此鬼魅的苍白，传达了什么样的信息。没有野兽敢靠近。被岁月扭曲的橄榄树不敢刮擦她们的皮肤。她们被尘土抑住的脚步声，好似微风中簌簌作响的树叶。聆听这许多声响该是何种感受，聆听这寂静又该是何种滋味。男人，女人，父亲母亲儿子，父亲母亲女儿，兄弟，冬，秋，春，夏，水和风，都只在远方，远方，不论你尖叫、大笑，或是保持沉默，一切的一切无一例外都会被吞没在星星的静谧和山峦的悲凉中。

皮特达戴着她的新娘花冠笑着走来时，阴郁美十足。肮脏的游牧人见她从远处走来，说道："她是个异乡人，她是异乡人的女儿，与她为伍的人都不会有好下场。"

两个月后，她回来了。耶弗他在山中支起了一座祭坛，手中持着火和刀。后来，游牧族人会在夜晚的篝火边谈起属于他们俩的狂喜，她，婚榻上的新娘，他，年轻的爱人，伸出指尖第一次触及了她。他们俩如暗夜中的野兽般狂笑，他们没有说话，只有耶弗他对她说着，海，海。

在我所有兄弟中，你选中了我，让我为你效力。除我之外，你再没有其他奴仆。这就是我刀下的阴郁之美；我已将我唯一的女儿献给了你。许我一个旨意吧，你必定在考验你的奴仆。

之后，夜兽在岩间毛骨悚然地尖叫，贫瘠的沙漠延伸到遥远的山巅。

十

耶弗他为士师六年。他浴血奋战，挑起基列与以法莲 [①] 敌对，摧毁了以色列，正如他年轻时对亚扪王盖特尔所言："我与以色列无丝毫瓜葛，亚扪子孙的遗继也不与我相干，我会将你和你的敌人都带到我的剑下，因为这一世，我始终是个陌路人。"

六年后，他厌倦了士师生活，独自回到沙漠。没有人与他为伍，因为陀伯地的所有游牧人都对他心怀极度的恐惧。只有他同父异母的兄长阿祖尔会赶来，在远处给他留下面包和水。那群精瘦的猎犬总紧随其后。

一整年，耶弗他独自一人居住在陀伯地的山洞。他每晚都钻研着大漠被激怒时，自荒野传来的各种声响，直到自己能够模仿出那些声音，而后他横下决意：足矣。

在部族编年史上，部族文书记载道：

"耶弗他以后，有伯利恒人以比赞做以色列的士师。他育有三十个儿子，三十个女儿。"

1966 年

1974—1975 年

[①] 以法莲（Ephraim）：今日犹太人的祖先，《圣经》时代的以色列人十二支派之一。

译后记

　　阿摩司·奥兹的文学创作总流连在耶路撒冷和基布兹这两重交相叠映的世界。倘若把上世纪中叶中东战争冷峻形势下三面遭敌包围的耶路撒冷比作被人围观的受伤女人，即便"她"暂且抛下昔日盛名下的孤傲跛扈，悲戚戚地用白纱和冷漠蒙住眼眸，也无法蒙蔽、藏掖她的神秘，她内忧外患的敏感焦虑，她沦为刀俎下鱼肉的情绪化。面对两千年的流散，哭墙断壁残垣下朝觐者的恸泣，以及浓得化不开的血泪，奥兹为圣城献上了《我的米海尔》《黑匣子》《爱与黑暗的故事》等史诗般的作品，驾轻就熟将自己推至诺贝尔奖的预备役行列。而基布兹——那大片大片需要用浓笔泼洒的沙漠，生性狡诈、被人奉若死敌的豺狼，零星点缀的贝都因人帐篷——这一方胡狼嗥叫的土地，许给了奥兹一弯用希伯来语写作、为复兴母语而身体力行的苍穹。在这一隅文学处女地，用诗意书写严酷环境下受抑的人性，再现犹太拓荒者与阿拉伯游牧民间硝烟浓浓的"战场"，捉摸沉淀在细微琐碎的基布兹生活中的复杂历史，

273

就好比试图在质料坚硬的大理石上雕刻一种文化。为此，奥兹处处殚精竭虑。

长陷于四面楚歌、八面埋伏的危险境地，人心会有如何微妙的起伏跌宕？深入骨髓的信仰和使命感能最大化群体的潜力，还是扭曲甚至摧毁个体正常的情感心智？一百多年前，在欧洲已无立锥之地的犹太复国主义者受社会主义思想熏陶，怀着重建这片"淌着牛奶和蜂蜜"的沃土的愿景，来到巴勒斯坦自然条件恶劣的土地拓荒。迫于生存，他们集中仅有的生产资料和劳动力资源，共同劳动，按需分配，造就了民主和平等，自给自足、集体公社性质的乌托邦、桃花源。小说集《胡狼嗥叫的地方》中的八个短篇几乎都把大本营设在了原始共产主义色彩浓厚的基布兹。奥兹"孤注一掷"，并不等于把自己的创作禁锢在了狭隘的壁龛。《星期日电讯报》曾这样评论："奥兹对地域的感觉让人想起福克纳，他像托尔斯泰一样追求完美，他笔下那些倒运、腐化的主人公令人联想到贝娄，但他们广阔的感情疆土以及被小事纠缠的特色是陀思妥耶夫斯基式的。"挖掘一个地域包括人文历史在内的诸多细节，从而创造出一种文学效果，你写作的那只手在哪儿，哪里就是世界的中心。如同福克纳邮票大小的南部小镇，莫言土腥味十足的高密东乡和王安忆笔下的上海弄堂，基布兹成了一块流动的疆域，一纸没有边界的文本。悬空凌驾于故事之外的全知全能的声音被邀请进门，将短篇集中的一干人物丢入熔炉——基布兹——受试，待看人"兽"对峙，进退维谷，激进使命下潜动的欲流，伟大动机与原始情感间暗自滋生的矛盾聚焦成一幕幕扭曲的镜像：基布兹少女加里拉是否陷入了丑陋的马蒂亚胡·达姆科夫——令她既恐惧又着迷的保加利亚流亡者——的诱骗陷阱？臆想中捏造的性袭击会不会真正挑起犹太狂热主义者对贝都因游牧人的宣战？纤弱的儿子能否在危急时刻纵身跃下，让身为基布兹精神领袖的父亲刮目相看？护卫基布兹的捕狼人敌得了豺狼恶兽，但能否逃得过自己的宿命？看似不折不扣的现实主义凸现技巧，却灵动着诸多亦真亦幻的寓言式魔幻因子：疯疯癫癫的寡妇巴蒂雅·宾斯奇自认为遭到"排斥"，对她的基布兹，她的集体倍含敌意，只有自己的妄想世界——鱼尾曳出诡秘轨迹的鱼缸池底——才令她痴迷神往；无名小卒内厄姆·赫什为基布兹英雄无器械徒手缝合伤口的血淋淋的臆想；多夫·舍尔金"最后一夜"与在战地被弃尸荒野的儿子"再次相见"。触目惊心的现实和迷离恍惚的幻觉融合一体，本就极端化了的人物更是被虚实相生的艺术笔触推到了风口浪尖。

威胁，成了书中没有点破却不言自明的主题。以色列犹太群落的"他者"——阿拉伯贝都因人成了基布兹"围篱"外的胡狼，不敢轻易逼近又时刻虎视眈眈，极尽伪装之能事。出乎早期犹太拓荒者的意料，他们眼里落后的阿拉伯民族不仅没有黯然消失在背景之外，反而不再被动，跃跃欲试，成了觊觎着基布兹社会的危险因素，这也是六七十年代希伯来文学中无时无刻无不凸现的一个现实。基布兹人白天在棉田卖命劳作，夜里胡狼不绝于耳的恫吓、愤懑的哀号让他们不寒而栗。它们嗜血的眼中闪着狡诈、绝望的凶光，白铮铮的獠牙明晃晃。我们似乎听到了基布兹人的呻吟，这些来自各国的难民，终日生活在战争及恐怖的阴影中，他们亲眼见过魔鬼，他们思旧、偏执、富于幻想、期盼救世主的来临。然而，化身为胡狼的形象招摇于市的危险和敌意不仅来自外界，亦出自人心。如此内忧外患强势夹攻下的基布兹好比一处在封闭海域上升起的浮岛，胡狼和黑夜即是海浪，退潮时安静蛰伏，一旦涨潮，这孤岛既不敌浪奔浪涌，又唯恐一夜之间淹入海底，小小的基布兹成了笼络以色列六七十年代扼喉之痛的缩影。

藉《胡狼嗥叫的地方》，奥兹力图解构长期以来在阿以关系上所存在的粗鲁、偏颇的判断。多个篇章中的叙述堪比变色龙，魔术师般灵巧地转换态度和视角，使客观而权威地衡量人物视角的道德寓意悍然缺席。本为"土著"的阿拉伯贝都因却成了这片土地的"他者"，其"劣根性"早已在以色列犹太群落的怀疑和成见中被定性。但阿拉伯人身上散发的异域风情，未受"文明"践踏污染的天然气质，让"威胁"赤裸裸的骇人可怖演化为一份狰狞的惊喜，一份来自黑夜，来自死亡的吸引力。一切原本刚正不阿的评判标准也由此突然变得飘忽不定，模棱两可。落寞的老姑娘葛优拉在果园邂逅的贝都因男子："他不像葛优拉之前见过的任何男人，连他的味道、肤色、气息都那么与众不同。"这个被她一眼就认定与蜂蛇一般恶劣的男人却勾起了她心底受抑已久的强烈的原始冲动。如同福斯特《印度之行》中的阿德拉，隶属于主导文化，在异域遭遇本土的"他者"，本文化的认同感被撼动，女主人公自认为遭受性侵犯的幻觉便在意识与潜意识间猖狂作祟，掀起了两个本是同根生的部族，两派一脉相承的宗教文化间的轩然大波；少女加里拉想到马蒂亚胡·达姆科夫堪比猿猴的丑陋，本能的厌恶下还隐藏着一丝快意，一缕欢愉。厌恶与欢愉并置，丑陋与快意为伍。万物的矛盾，人性的悖论成了一段橡皮绳，被奥兹拉扯到一触即裂的极限。由此，谁又能粗鲁地漠视奥兹为避免将阿以关系黑白分明化所作的良苦用心？作家不是政治家。用大卫·格罗斯曼的话说："作家的职责是将手指放在伤口上，重新描写错综复杂的生存境况。"

《胡狼嗥叫的地方》没有言说政治，却处处充溢着剑拔弩张的氛围；没有刻意直面描写宗教，却遍布着《圣经》人物原型的踪影。经典的光环与气息业已积淀成西方人灵魂深处的集体无意识，奥兹自然也难逃哈罗德·布鲁姆所谓的"影响的焦虑"。对话《圣经》，奥兹在新文本与旧经典间投放了一种话语的张力——让旧经典检视新文本，让新文本挖掘和复苏埋葬在历史尘嚣间的旧经典；于旧文本中寻得阐释的源头，又让新文本对经典的权威保持俄狄浦斯式既认同又排斥的焦虑感，为自己对新希伯来文化两难的诠释定下充满个性异质的基调，笔力遒劲。《游牧人与蝰蛇》中葛优拉呼应圣祖雅各的女儿黛娜，《风之道》中的欣鲍姆致意《圣经·旧约》中献子以撒的亚伯拉罕，小说集的尾篇更是呈现了名为《在这片邪恶的土地上》的"米大示"（midrash）。神话人物以色列士师耶弗他不知该敬奉亚扪和它的神米勒公，还是忠于以色列与耶和华，内心此般的挣扎恰如其分地隐喻了萨巴拉（第一代土生土长的以色列人）的两难境地。回到神圣的故土，深知与中东文化、本土文化维系着源与流般的纽带，他们仍抗拒不了对精致不足、软弱有余的欧洲犹太文化失望却难以割舍的爱，恨不得分身有术。于是，奥兹故事中本该霸气十足的部族英雄沾染上了一份凄迷的色调，在日与夜、天与海的混沌的中间地带怅然若失。与《圣经》的互文、对话拓宽了小说时空、主题上的维度，迫使我们空间旅行般地伸缩调整视角，在更为恢弘的历史语境中揭开厚重的门帘，去了解一个个基布兹家庭，基布兹成员的欢愉与饮泣，荣耀与苦难。

阿摩司·奥兹的处女作《胡狼嗥叫的地方》可以说是一处有容乃大的深宅府地，将基布兹，乃至以色列特殊历史时期的渴望、创伤、侮辱、梦魇、希冀，以及对欧洲，对《圣经》时代乌托邦的单恋永恒地保留在庭院深深深几许的大宅门内。倘若，对犹太纽带和集体共振下的歇斯底里仍百般不解，但闻其详，不妨细细端详奥兹那张"仙人掌般不动声色坐落在时间荒原"里的脸。或者，像他亲口说的那样，"若要问我的风格，请想想耶路撒冷的石头"。

郭国良